KB239365

목숨의
기억

목숨의 기억

최인석 소설

문학동네

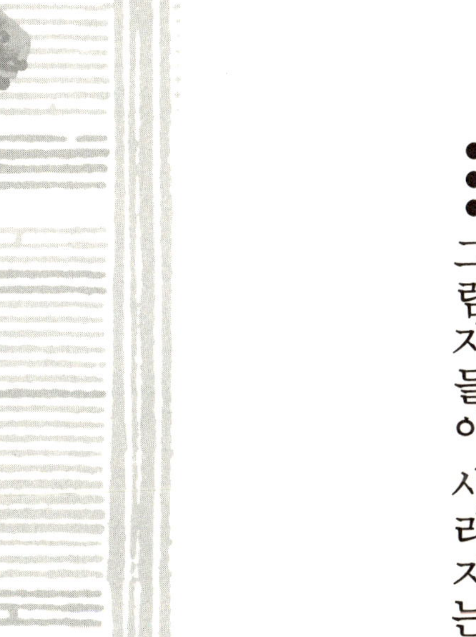

그림자들이 사라지는 곳

1

삶과 죽음 사이의 격리는 사람에게는 가혹하다. 송충이나 잉어, 강아지풀이나 은행나무처럼 죽음 이후를 상상할 수 없는 존재라면 모르지만, 사람이라는 존재의 중요한 특성 가운데 하나가 생각도 욕망도 그 끝을 모른다는 점이다. 사람은 죽음을, 그 너머를 상상할 수 있고, 원한다면 평생토록 생각해보고, 탐구할 수도 있다. 그러니까 죽음이라는 현상 자체 때문이라기보다 사람의 그런 생각과 욕망으로 인해 그 격리는 더욱 가혹하다. 아니, 이런 경우 어쩌면 그 격리가 아니라 차라리 사람의 그런 특성이야말로 가혹한 것이라 해야 할지도 모르겠다.

사람은 까마득한 옛날부터 죽음 이후를, 죽음이라는 격리 너머에 무엇이 존재하는지를 상상하고 생각하고 탐구해왔다. 『이집트 사자死者의 서書』나 『티벳 사자의 서』라거나 하는 것으로부터 미신과 종교, 오늘날에도 여기저기서 사람들 입에 오르내리는 임사(臨死) 체험이라거나 하는 것들은 그런 탐구의 결과라 할 수 있을 것이다. 그러나 그 성과는 아직까지도 미미하다. 아니, 전무하다 해야 할 것도 같다. 당연한 일이다. 죽음이란 사실상 도저히 탐색할 수도 넘어설 수도 없는 격리이기 때문이다.

나에게는 이 죽음과 격리를 내 나름대로 탐구해볼 수 있는 기회가 있었다. 물론 나 자신의 체험을 통한 탐구이기 때문에, 나로서는 틀림없다고 단언할 수 있지만, 듣는 사람들로서는 당연히 그 체험이 과연 진실한 것이냐, 의구심을 품게 될지 모른다. 더구나 다시 말하지만 이것은 입증이 불가능한 영역의 일이니 말이다.

이에 대해서 나는 이런 새로운 질문으로 답하는 수밖에 없을 것 같다. 살다보면 누구나 적어도 한두 번쯤은 체험하는 일이리라고 생각하는데, 삶과 죽음 사이의 그 엄중한 격리가 간혹, 미농지처럼 얇아지거나 희미해지는 순간이 있다. 그래서 그 격리 너머를 얼핏, 희미하게나마 엿볼 수 있는 순간이 있는 것 같다. 그런데 이런 순간에 엿보는 것이 과연 나만일까. 그 격리 너머에서도 누군가가 이쪽을, 나를 엿보고 있는 것은 아닐까.

2

　내가 체험한 죽음에 대해서 얘기하자면 먼저 할머니로부터 시작해야 한다. 할미는 오랜 병환으로 누워 있다가 임종하셨다. 평생 방물장사로, 바느질로 세 아들 세 딸을 기르고, 시집 장가 보내고, 일제시대에는 자식들을 만나기 위해 만주 벌판을 헤매고 다니다 마적떼에게 쫓겨 우물 속에 숨어 날을 새운 적이 있다는 사실이 전설처럼 전해내려오는 분이었다.

　그녀가 나를 특별히 귀여워했는지 아닌지, 그런 것은 기억에 없다. 도대체 그녀와 내가 마주 앉아 무슨 얘기를 나누거나 밥이라도 같이 먹어본 기억이 나에게는 없다. 그녀는 장남, 그러니까 나에게는 큰아비 댁에 살고 있었고, 아마 가끔 아비 어미를 따라 그댁을 방문하거나, 그녀가 우리 집에 다니러 오거나 하는 식으로 만난 적은 있을 테지만, 나는 그런 기억도 전혀 나지 않는다.

　할머니의 병문안을 갔던 날이었다. 그날 할머니와 무슨 얘기를 했는지, 할머니의 모습이 어땠는지 그런 것은 기억나지 않는다. 할머니가 누워 있던 어둠침침한 방의 미닫이를 열고 넓은 마루로 나서는 순간, 내가 기억하는 것은 그 순간이다. 뜰에 기울어가는 햇살과 함께 그림자들이 가득했다. 낮은 흙담, 거기 돋아난 녹색 잡초들과 이끼, 사립문, 그것이 만들어낸 그림자, 뜰 바닥에 떨어진 햇살과 그림자 사이의 경계에서 안개 같은 것이 희미하게 피어오르는 듯했고, 그 안개 속에서 햇살과 그림자가 뒤엉켜 빛도 그림자도 아닌 것으로 변해가는 것 같았다. 뜰을 야트막하게 가로지른 빨랫줄, 거기 널린 바지와 저고리와 치마와…… 뜰에 떨어진 그 그림자들과, 낡은 자전거, 그 그림자, 평상 옆에 느른하게 엎드린 강아지, 그 발치의 그림자…… 그런 것들이, 그 햇살과 그 모든 그림자들 사이의 경계가 흔들흔들, 미풍에 흔들리는 나뭇가지처럼 흔들리면서 희미해지고, 서로의 속으로, 석양의 빛과 어둠처럼, 스며들고 있는 것 같은 느낌이었다.

그 뜰의 광경은 나에게는 아직까지도 죽음, 임종, 그런 것들을 생각할 때면 늘 더불어 생각난다. 내 나이 네 살, 아직 말도 온전히 하지 못하던 때였다.

그로부터 얼마 지나지 않아 할미는 돌아가셨다. 고모들이 평상 위에, 마루 위에 엎드려, 그리고 아비와 큰아비는 지팡이를 짚고 뜰에 서서 곡을 하는 것은 슬프다기보다는 기이한 광경이었다. 왜냐하면 가만 관찰한 결과 나는 그들이 정말 우는 것이 아니라는 사실을 발견했던 것이다. 고모가 곡을 하다 말고 벌떡 일어나 손님을 맞는 것을 나는 보았다. 고모의 눈에도 얼굴에도 눈물은 찾아볼 수 없었을 뿐 아니라 그녀의 표정에도 슬픔이란 없었다. 그것은 큰아비 역시 마찬가지였다. 정말 슬퍼하는 사람은 막내고모와 아비뿐인 것 같았다. 막내고모도 아비도 정말 울고 있었다. 왜 다른 사람들은 우는 척만 하고 있는지, 우는 척한다 치더라도 저런 식으로 성의 없이 해봐야 누가 속기나 할 것인지 자못 의심스러웠다.

그 다음 기억나는 것은 뜰 가운데 세워져 있던 할미의 상청(喪廳)이다. 방에 모신 궤연(几筵) 외에 뜰 한쪽에 자그맣게 막을 치고 만든 상청이 있었다. 사람 하나가 겨우 비집고 들어설 정도로 비좁은 그 상청 안에도 영정(影幀)과 향촉대가 모셔져 있었다. 웬일인지 나는 그 안에 들어가 있었다. 향 옆에 곽성냥이 있었고, 나는 향을 피워 촉대에 꽂았다. 영정 속에서 깊은 주름살로 밭고랑이 진 얼굴로 할미가 나를 쳐다보았다. 나도 그 할미를 쳐다보았다. 무섭다거나 꺼려지는 기분 따위는 전혀 없었다. 그것은 그저 할미의 얼굴, 할미의 사진일 따름이었다. 곡을 하다가 쉬는 것인지 밥을 먹는 것인지 바깥은 조용했다. 그 조용한 것이 좋았다. 비좁은 상청 안에 흰 면포를 통하여 스며드는 햇살도 좋았다. 나는 할미의 얼굴을 바라보고, 할미는 나를 바라보고, 세상은 조용하고, 촉대에서는 향이 야릇한 냄새로 피어오르고…… 그 안은 마치 딴 세상 같았다.

갑자기 면포가 들춰지고 아비가 얼굴을 들이밀었다. 그는 기겁을 하여 나를 거기서 끌어냈다. 너 왜 여기 들어와 있는 거야? 나는 대답할 말이 없었다. 거긴 너 들어가 있으라는 데 아니야. 거긴 왜 들어가 있어? 어미가 달려왔다. 혼이 나간 얼굴로 어미는 나를 끌어안고 소리쳤다. 너 어디 가 있었어? 뭐? 거긴 니가 왜 들어가? 아마 내가 보이지 않자 아비 어미는 한참 동안이나 나를 찾아 헤맨 모양이었다. 나는 갑작스러운 아비 어미의 큰소리에 기가 질려 아무 대답도 하지 못한 채 울음을 내놓았다. 아비와 어미, 그리고 나를 굽어보는 어른들의 얼굴에 단순하지만은 않은 근심과 불안이 드리워진 것을 보았으나, 그리고 그 때문에 더욱 겁이 났으나, 나는 그것이 의미하는 바를 알 수 없었다. 아비와 어미가 너무 집요하게 거기 왜 들어갔는지를 묻는 것도 이상스러웠다. 나중에야 나는 할미의 무당이 고인이 손자 가운데 한 놈을 데려가려 한다는 엉뚱한 소리를 한 적이 있고, 그 때문에 아비 어미를 포함한 어른들이 질색을 했다는 것을 알게 되었다.

할미의 장례를 치른 지 며칠 지나지 않은 아침, 나는 잠에서 깨어나자마자 아비를 찾아가서 말했다. 할미는 비암이 됐다. 아비는 내 말을 듣고 깜짝 놀랐다. 그는 어린 자식에게 물었다. 그게 뭔 말이냐? 나는 대답했다. 할머니가 비암이 돼서 돌아온다고 했어. 어디서? 언제? 누가? 아비의 질문은 계속되었다. 나는 전혀 망설이지도 더듬거리지도 않고 또박또박 대답했다. 꿈에서. 아까. 할머니가. 어미는 말했다. 하필이면 비암이다냐. 그것이 사탄의 종잔디. 아비가 시끄러워, 하고 고함을 빽 질렀다.

아비와 어미, 그리고 모든 집안 어른들이 기이하게도 모두 그 말을 믿었다. 그 얼마 뒤에 큰집 서까래에서 뱀 한 마리가 기어나온 일이 있었다거나, 그때 어른들이 모두 모여 눈물을 흘리고 절을 하고 제사를 지냈다거나, 그리하여 할미가 비암이 되었다는 것은 집안의 기정 사실이 되었다거나, 그뒤부터는 온 집안 식구들이 어디에서 마주쳐도 결코 뱀을 죽이지 않는다거나 하는 얘기 같은 것은 사족에 지나지 않을 것이다.

기독교도인 어미는 나중까지 나에게 말했다.

"그때 니가 거기 상청에 들어간 것이 우연이 아니다. 무당년이 그러드라. 할마씨가 손자 중에 제일 예쁜 놈을 데려갈라고 한다고. 그 할마씨가 널 얼마나 귀여워했는지 모른다. 넌 기억 못 하겠지만 니가 한번 큰집에 가면 그 할마씨가 널 며칠이고 끼고 살면서 보내지를 않아서 내가 얼마나 애를 태웠는지 모른다."

나는 홍역을 남달리 심하게 앓았다. 어미에 의하면, 죽네 사네 하다가 겨우 살아났다고 한다. 그 와중 어느 밤에 꾼 꿈이다.

임실역이었다. 한적한 역 앞 광장에 나는 혼자 서서 아비와 어미가 오기를 기다리는 중이었다. 어디선가 할미가 나타났다. 가자, 하고 할미는 내 손을 잡았다. 나는 아비 어미를 기다려야 한다고 말했다. 할미는 고개를 흔들었다. 괜찮다, 어서 가자. 나는 할미를 따라 발걸음을 옮기기 시작했다. 역사 안으로 들어서서 나는 멈춰 섰다.

"엄마 아빠 오실 텐데."

"괜찮다니까. 이따 오겄지. 어서 들어가자. 차 온다."

기적 소리와 함께 기차가 플랫폼에 들어서고 있었다. 시커먼 기차 몸뚱이에 형형색색의 꽃과 풍선과 깃발이 장식되어 있었다. 누나네 유치원 발표회 날의 운동장 같았다. 그게 아니라 상여 같았는지도 모른다. 나는 넋을 잃고 그 기차를 쳐다보았다.

"기차 놓치겠다, 어서 가자."

할미는 내 손을 잡아끌었다. 나는 기차에 홀려 다시 몇 발자국을 더 옮겼으나, 아무래도 아비 어미를 기다려야 할 것 같았다.

"그래도 엄마 아빠한테 혼나는데……"

"혼은 무신. 할미랑 가는디 혼은 왜 나냐. 얼른 가자. 무서울 거 하나 없어. 차 안에 다 아는 사람들뿐이다."

할미는 막무가내로 내 팔을 잡아끌었다. 개찰구를 지나 플랫폼으로 들어갔다. 하늘에 이상하게 먹구름이 꾸물꾸물 밀려들고 있었다. 시커먼 하늘, 그 아래 꽃과 풍선으로 울긋불긋 장식된 기차, 그것을 본 순간 문득 바로 그날, 누워 있는 할미의 방을 나와 마루에서 바라본 뜰의 풍경이 떠올랐다. 나는 멈춰 서서 할미를 올려다보았다. 그녀는 나를 내려다보고 있지 않았다. 기차를 쳐다보고 있었다. 나는 할미의 시선을 따라 기차를 돌아보았다. 그 순간 나는 할미의 손을 뿌리쳤다. 객차의 차창으로 이쪽을 내다보고 있는 사람들, 그들은 모두가 한 번도 본 적이 없는 낯선 사람들이었다. 사모관대를 쓴 사람, 군복을 입은 사람, 넥타이를 반듯이 맨 사람, 색동저고리를 입은 여자아이, 짙은 화장에 새빨간 양장을 한 아주머니…… 그들 가운데 몇몇 사람은 나에게 손짓을 했다. 오라는 소린지 가라는 소린지 분명치 않았다. 기차 지붕에, 꽃과 풍선 사이에 커다란 뱀 한 마리가 붉은 혀를 늘름거리며 나를 내려다보았다. 나는 그 기차를 타고 싶지 않았다.

할미가 다시 내 손을 붙들었다. 내가 뿌리쳤으나 할미의 손아귀는 힘이 완강하여 내 팔목을 붙들고 놓아주지 않았다.

"어서 가자니까. 거그 가면 참 좋다. 묵을 것도 많고 구경할 것도 지천이다. 거그 가서 기다리면 에미 애비도 올 것이다."

할미는 나를 기차로 잡아끌었다. 나는 다시 할미의 손을 힘껏 뿌리치고 그 자리에 멈춰 섰다.

"어서 가자니까. 할미 말 안 들을래?"

할미가 다시 내 손을 붙잡고 끌어당겼으나 나는 한 발도 움직이지 않고 그 자리에서 버텼다. 나는 생각했다. 할미는 죽었다. 그러나 무섭다거나 싫다는 생각은 들지 않았다. 그저 아비와 어미를 두고 할미를 따라가서는 안 된다는 생각이 들었다. 기차가 뾱뾱 고함을 질러대더니 성난 괴물처럼 새하얀 수증기를 바퀴 사이로 뿜어냈고, 이어 기차가 움직이기 시작했다. 할미는 갑자기 내 손을 놓고 기차로 뛰어올랐다. 손을 내지르며 할미는 말했다.

"니 에미 애비한테 가. 실컷 살아봐라, 요놈아. 여그가 그렇게 좋은 덴 줄 아냐, 니가?"

기차는 내 곁을 스쳐 달려갔다. 기차 전체를 뱀이 휘감고 있었다는 것을 나는 그제서야 알게 되었다.

내가 기억하는 꿈은 그것이 전부다. 내가 어째서 할미가 뱀이 되었다고 한 것인지는 오늘날까지도 분명치 않다. 사실 내가 아비에게 그런 얘기를 한 날이 내가 이 꿈을 꾼 날이었는지, 다른 날이었는지도 알지 못한다. 따로 할미가 뱀이 된 꿈을 내가 꾼 것인지도 모르지만, 적어도 지금은 그런 기억은 전혀 나지 않는다. 어쩌면 기차 지붕의 뱀을 보고 아이의 직관, 혹은 상상이 할미가 뱀이 되었다는 결론을 이끌어낸 것일 수도 있다.

그 어느 쪽이건 기독교도인 어미를 포함하여, 집안 어른들은 모두 아직까지도 할미가 뱀이 되었다고 믿고 있다. 우리 친척들은 생사탕이나 뱀소주 같은 것은 약으로도 먹지 않는다.

나? 나는 할미가 뱀이 되었다고는 믿지 않는다. 그러나 뱀이 되지 않았다고도 얘기할 수 없다. 할미가 무엇이 되었는지 나는 모른다. 나는 내가 모른다는 것을 안다. 다만 그때 할미가 틀림없이 어디론가, 삶과 죽음의 격리를 넘어 나를 데려가려고 했다는 생각은 든다. 가끔은 그때 할미를 얼른 따라나서지 않은 것을 후회한 적도 있다. 아직도 가끔 할미가 마지막으로 남긴 말은 귓전을 울린다.

"실컷 살아봐라, 요놈아. 여그가 그렇게 좋은 덴 줄 아냐, 니가?"

3

고등학교에 다닐 때의 일이다.

한여름, 점심시간 후 첫 수업이었다. 열어젖힌 창 밖으로는 더위가 꾸역꾸역 밀려들고, 아이들의 눈에는 졸음이 매달려 있었다. 기하시간, 교실에 들어온 선생님은 우리들 꼴을 내려다보더니, 도저히 온전한 수업이 불가능하겠다는 생각이 들었는지 출석부와 책을 교탁에 탁, 내던지고 노래 잘하는 놈 하나 나와봐, 하고 말했다. 아이들이 와아, 환성을 올렸다. 다 아는 일이지만, 이럴 때는 노래를 잘하건 못하건 아무 상관이 없다. 그저 교단으로 뛰쳐나가 노래를 불러제끼면 되는 것이다. 자칫 시간을 끌었다가는 선생님의 마음이 변하여 곧 수업으로 들어가버릴 수도 있었다. 아이들은 서로 앞뒤를 돌아보며 어서 나가, 누구 나가, 야 누구 얼른 나가라, 하고 재촉했다. 팝송을 제법 잘 부르는 것으로 알려진 준영이가 얼른 일어나 교단으로 올라갔다. 그는 영국에서는 톰 존스가 부르고, 우리나라에서는 조영남이 불러 크게 인기를 끌었던 〈딜라일라〉를 온몸을 비틀어가며 목청껏 불러제꼈다. 교실 분위기가 아연 활력으로 차올랐다. 선생님이 그렇게 하라고 지시한 석도 없지만, 준영은 재빨리 다음 사람을 지명하고 교단에서 내려갔다. 그렇게 해야 오락시간이 조금이라도 더 연장될 수 있다는 것을 우리는 잘 알고 있었다. 원규는 〈프라우드 메리〉를 춤까지 추어가며 불렀다. 그 다음 지명된 사람이 오성환이었다.

오성환이 지명된 것은 뜻밖이었다. 작고 가는 몸집에 창백한 얼굴, 약시에 가까운 두꺼운 안경에 늘 착하다기보다는 멍청해 보이는 미소를 짓고 다니는 아이였다. 고등학교 일학년이라고 하지만, 겉으로나 속으로나 제법 어른 흉내를 내지·못해 안달인 그 또래 아이들 사이에서 성환은 동류라기보다는 차라리 귀염성 있는 아우 취급을 받았다. 그렇다 하여 성환이 바보라거나 아이큐가 부족한 아이는 아니었다. 공부도 곧잘 하고 축구도 곧잘 했다. 착하고 쾌활했다. 다만 또래 아이들보다 늦되고 굼떠 한 수 아래로 치부되는 편이었다.

소풍을 갔을 때나 수학여행을 갔을 때나 그가 노래를 부르는 것을 본 적이 없었으므로, 나는 이건 무슨 엉뚱한 장난일까, 하는 생각이 들어 원규와 성환을 번갈아가며 돌아보았다. 원규는 장난기가 가득한 얼굴로 성환이 어서 나가, 하고 소리치며 제 자리에 가서 앉았다. 성환은 예의 수줍은 미소를 띤 얼굴로 한동안 망설이는 기색이다가 교단으로 나갔다. 성환이 어떤 노래를 부를까, 자못 궁금하기도 하고 재미도 있었으므로, 우리들은 모두 그를 주시했다. 성환은 교단에 올라가 잠시 머뭇거렸다. 아이들이 득달같이 재촉했다. 빨랑빨랑 해. 시간 끌지 말아. 그는 뜻밖에도 선생님을 불렀다.

"선생님, 노래 말고 옛날애기 해도 돼요?"

옛날애기? 우리는 잠시 혼란을 느꼈다. 선생님도 잠시 당황하는 것 같았으나 곧 허락했다.

"옛날옛날 한 옛날에요……"

성환의 애기는 그렇게 시작되었고, 그 순간 교실 여기저기 킥

킥, 숨죽인 웃음이, 더러는 폭소가 터져나오기 시작했다. 우리는, 적어도 우리 자신이 생각하기에는, 옛날옛날 한 옛날로 시작되는 얘기를 들을 나이가 이미 아니었다. 그가 얘기를 하겠다고 했을 때 우리가 기대한 것은 적어도 영화 얘기라거나 여자친구 얘기, 노골적인 음담패설은 아닐지라도 아주 부드러운, 잘 가공되고 은폐된 성적 농담 정도의 수준이었다. 성환은 얼굴을 붉히면서도 얘기를 계속했다.

"어미 양이 새끼 양 열두 마리를 데리고 살고 있었대요. 어느 날 어미 양이 시장에 갈 일이 생겼는데요……"

그렇게 경어체로 그는 얘기를 이어나갔다. 마치 유치원 선생님이 아이들에게 동화책을 읽어주듯이. 그쯤 되자 교실 안은 걷잡을 수 없는 웃음판으로 변해버렸다. 선생님이 기가 막히다는 낯으로 멀거니 성환을 쳐다보고 있었다. 나 역시 잠시 웃어댔으나, 곧 아니, 그럴 리가 없다고 생각했다. 아무리 오성환이라고 해도 고등학교 일학년이 아닌가. 그런데 초등학교 저학년생이나 읽을 동화 얘기를 꺼내놓을 리가 없는 일이었다. 그는 뭔가 흥미있는 반전을, 아니면 패러디를 준비하고 있을 것이다. 나는 기대를 품고 성환의 얘기에 귀를 기울였다. 내 상식으로는 그런 준비가 없는 한 고등학교 일학년생이 이런 얘기를 시작할 리가 없었다. 더구나 그는 유치원 교사 흉내까지 내고 있지 않은가.

"어미 양이요, 늑대에게 팔 하나를 떼어주었어요. 그리고 또 한 고개를 넘어갔더니 이번에도 늑대가 앉아서 기다리고 있었어요. 늑대는 다리 하나 떼어주면 안 잡아먹지, 했어요. 어미 양은 다리를 하나 떼어주는 수밖에 없었어요……"

그러나 얘기는 아무런 반전이나 패러디 없이 고스란히 동화책 그대로 진행되고 있었다. 교실은 아이들의 웃음으로 가득 찼다. 성환이 한 마디를 할 때마다 아이들은 도저히 참을 수 없는 듯 웃음을 쏟아냈다. 더러 호들갑스런 녀석들은 책상을 치고 발을 구르며 웃어댔다. 선생님마저 터져나오는 웃음을 참지 못하고 흐응흐응, 홍소를 터뜨리고 있었다. 나 역시 참을 수가 없었다. 더이상 기대할 반전이나 패러디 같은 것은 없으리라는 것을 나는 그쯤에는 알고 있었다. 그러자 걷잡을 수 없는 웃음이 밀려나왔다. 진지하게, 너무나 재미있는 얘기가 아니냐는 낯으로 태연히 유치원생의 동화를 구연하는 그를 바라보고 있자니 웃음이 밀려나오는 것을 참을 수가 없었다. 아무리 늦되고 아무리 어리석다 해도 성환이 같은 녀석이 있을 수 있다는 것이 믿어지지 않았다. 내가 생각하던 것보다 성환이가 훨씬 더 모자라는 아이라는 사실을 나는 깨달았다. 그는, 적어도 어떤 면에서는, 천치인 것이 분명했다.

"괘종시계 속에 숨은 새끼 양 한 마리만이 어미 양에게 달려갔어요. 그래서……"

웃으면서도 나는 궁금한 것이 생겨 유심히 그를 살펴보았다. 성환이는 지금 교실이 웃음바다가 되는 까닭을 무엇이라 생각하는 것일까? 얘기가 너무나 재미있어서라고 생각하는 것일까? 그 동화가 어린 시절 한때 흥미롭게 읽고 들을 만하다고는 해도 결코 우스운 내용이라고는 할 수 없는데? 그는 그런 것도 구별하지 못하는 것일까? 그럴 리가 없었다. 그러나 성환은 여전히 저 천진난만한 미소를 지은 채 처음 시작한 그 어조로, 동화책을 읽는 유치원 선생님의 말투로, 웃음을 참지 못하는 아이들을 내려다보며, 가끔은 그 자신 쾌활하게 웃어가며 얘기를 이어나갔다. 어쩌면 그가 스스로 부끄러워져서 얘기를 중단할지도 모른다는 내 기대는 끝내 어그러졌다.

"잠을 자고 깨어난 늑대는 목이 말라 우물로 가서 물을 먹기 위해 몸뚱이를 기울였어요. 그러자 어미 양이 뱃속에 넣어둔 돌덩이들의 무게 때문에 우물로 떨어지고 말았어요. 어미 양과 열두 마리 새끼 양들은 행복하게 잘 살았어요."

마침내 길고 긴 얘기가 끝나자 아이들은 웃어대며 박수를 치며 우우우, 환성을 내질렀고, 성환은 자리로 돌아갔다. 선생님은 교단으로 올라가 성환에게 물었다. 너 이름이 뭐라고 했냐? 음, 아버지 뭐 하시냐? 이리 나와서 이 문제 풀어봐라.

그렇게 수업이 시작되었다. 그날 이후 어미 양은 성환의 별명이 되었다. 내가 제일 먼저 장난삼아 그를 어미 양이라고 부르기 시작했는데, 며칠이 지나지 않아 반 아이들 모두가 그를 어미 양이라고 부르고 있었다. 그는 그때마다 상처 입은 표정으로 얼굴을

붉히며 우리들을 흘겨보았으나 우리들에게는 그것까지도 재미가
있었다.

　이학년으로 올라가면서 나는 그와 반이 갈려 더이상 가까이에
서 그를 볼 수 없었다. 그뿐, 나는 더이상 그에게 특별한 관심은
기울이지 않았다. 그럴 여유도 없었다. 대학입시 준비에 바빴을
뿐만 아니라 감당하기 힘든 일들이 너무나 한꺼번에 벌어져 나는
태어난 이래 처음으로 세상이라는 곳에 대해서도, 사람이라는 존
재에 대해서도 의구심과 불신과 불안, 때로는 심한 공포까지 느끼
기 시작하고 있었다.

4

　아비와 어미가 이혼을 하고, 형이 돌연 다니던 대학을 그만두고
중이 되겠다고 절간으로 들어가버린 것은 그해 봄 여름 사이의 일이
었다. 누나는 가을에 도망치듯 시집을 가버렸다. 그로부터 두 달이
채 지나지 않아 아비는 누나와 비슷한 또래의 여자와 재혼을 했다.
　집에는 나와 어미만이 남았다. 그러나 어미는 눈만 뜨면 예배
다, 봉사활동이다 교회로 나가버려 결국 밥을 해주는 여자를 제외
하면 집에는 늘 나 혼자였다. 세상의 모든 울타리들이 다 사라져,
벌거벗고 벌판에 혼자 서 있는 것 같은 기분이었다. 나는 혼자라

는 것이 어떤 것인지를 처음 알게 되었다. 그것은 고독이니 외로움이니 하는 낯간지러운 말로는 결코 표현되지 않는, 처참하고 무섭고 당혹스러운 것이었다, 감옥 같은 것이었다, 그것은.

그 시간들을 견디게 해준 것은 무엇보다 책들이었다. 나는 집에 쌓인 무수한 책들을 닥치는 대로 끌어내어 읽기 시작했다. 책을 사들이는 것을 취미로 삼았던 아비, 문학소녀였던 누나, 사회학이 전공이었던 형 덕분에 집에는 책이 꽤 많았다. 철학으로부터 역사, 사회과학, 시와 소설 등 문학 예술에 이르기까지 제법 골고루 구색도 갖춰져 있었다. 나를 버리고 여자를 찾아간 아비와 나를 버리고 신을 찾아간 어미를 이해할 수 있게 된 것도, 어느 날 돌연 나를 포함하여 세상을 다 버리고 절간으로 숨어들어가버린 형을 용서할 수 있게 된 것도 어쩌면 바로 그 책들 덕분이었다. 책 가운데에는 아비 어미나 형 같은 사람들이 무수했다. 그들은 사랑하고 배신하고 헤어지고 절망하고 달아나고 죽이고 자살했다. 아비를 죽이고 어미와 동침하고 자식의 여자를 가로채고 딸을 범하고 신에게 왕에게 부모에게 반항하고 그들 모두를 속이고 간음하고 끝없이 방탕하고 도박을 하고 세상이고 뭐고 다 내던지고 술에 쾌락에 탐닉했다. 국가나 민족은 허구였고, 가족이란 과거의 노예제도로부터 변화되어온, 노동력을 통제하거나 사유재산을 관리하기 위한 제도일 뿐이었으며, 일부일처제란 생리적으로나 사회적-역사적으로나 그 정당성이나 타당성이 애매한 억압적 제도였고, 논

리와 수사학으로, 궤변과 말장난으로 논박하고 조롱하고 뒤집어 엎을 수 없는 진리란 존재하지 않거나 아직 발견된 적이 없었고, 인간의 능력이나 성향으로 볼 때 앞으로도 그런 것이 발견될 가능성이란 거의 없었으며……

그들 모두를 이해하고 용서할 수 있게 되면서 오히려 세상은 이해할 수 없고 용서할 수 없는 물건이 되었다. 당연한 귀결이었다. 세상이란 불가해한 엉터리였다. 그래서 나는 그들을 이해할 수 있었다. 그러나 그와 더불어 이해할 수도 용서할 수도 없는 일이 하나 생겼다. 그것은 이곳에서 산다는 일이었다. 이 처참한 고독과 슬픔과 고통을 무릅쓰고 살아남아야 하는 이유를 나는 어디에서도 발견할 수 없었다.

그때 생각난 것이 오래 전 할미가 기차를 타기 전에 남긴 말이었다. 실컷 살아봐라, 요놈아. 여그가 그렇게 좋은 덴 줄 아냐, 니가. 한글도 깨치지 못했다는 할미는 어떻게 그런 것을 다 알았을까. 삶 자체를 통하여 할미는 삶이 살 만한 것이 아니라는 깨달음을 얻었다. 아니, 프로이트에 의하면 그 꿈은 할미의 것이 아니라 나의 것이었고, 그러니까 할미가 깨달은 것이 아니라 겨우 네 살에 불과했던 내가 깨달은 것이었다. 도대체 네 살 나이에 나는 어떻게 그런 것을 알게 된 것일까. 솔로몬은 이미 여러 천 년 전에 말한 적이 있었다. 사람이 해 아래서 수고하는 모든 수고가 자기에게 무엇이 유익한고…… 산 자보다 죽은 지 오랜 자를 복되다

하였으며, 이 둘보다 출생하지 아니하여 해 아래서 행하는 악을 보지 못한 자가 더욱 낫다 하였노라…… 그러나 네 살 나이에 나는, 이성적으로는 아니지만, 나의 내면에 존재하는, 적어도 나의 꿈속에 존재하는 무엇인가는 이미 그것을 깨우쳤다……

죽는 길뿐이라는 생각이 들었다. 도대체 이렇게 고통스럽게 살 필요가 없었다. 산다는 노릇은 할수록 손해 보는 도박이었다.

문예반에 몇 번 드나들면서 친해진 친구가 하나 있었다. 서해중이었다. 나는 그에게만 조심스럽게 내 심경을 토로했다. 그는 나의 거의 모든 견해에 이견이 없었다. 세상은 공포와 절망의 바다, 고해(苦海)였다. 거기 살아남기 위해 아무리 발버둥쳐봐야 그것은 오직 헛되고 헛된 짓에 지나지 않았다.

"어떤 고장으로 이사를 갔는데, 그곳에는 오직 공포와 절망뿐이야. 게다가 그 절망과 공포를 같이 나누거나 위로할 사람도 없어. 그러면 어쩌겠냐? 당연히 그 고장을 떠나는 거야. 절망과 공포가 없는 고장을 찾아서."

결정적인 곳에서 그와 나는 생각이 달랐다.

"그런 고장이 어딘데? 죽으면 그런 곳에 간다더냐?"

그런 고장이 없다 해도 지금 사는 고장을 더이상 견딜 수가 없으면 일단 그곳을 떠나 다른 고장을 찾아보는 것은 지극히 당연한 일이 아닌가.

"하지만 자살에는 한 가지 치명적인 모순이 있어. 생명의 본능에 반하는 행위라는 모순. 모든 생명체는 그 생명을 유지, 확장, 번식시키려는 본능을 지니고 있어. 그것은 모든 생명의 가장 기본적인 목표야. 그곳이 절망과 공포의 고장이 아니라 오직 죽음과 죽음과 죽음만으로 뒤덮인 곳이라 할지라도 생명은 그런 곳에서마저 최선을 다하여 스스로를 유지, 확장, 번식시키려 하는 법이야. 자살은 그런 면에서는 생명의 본능과 목표에 반하는 행위야."

"그래, 그러기 위해서 남의 생명을 빼앗고 짓밟고 배신하고 비굴해지기도 해야 하지."

"지상목표거든, 그게."

"적어도 내 지상목표는 아니야. 난 생명이 아닌 걸까."

"니 지상목표는 아닐지 몰라도 니 속에 엄연히 존재하는 생명의 본능에게는 그것이 지상목표라니까."

그와 나는 틈이 나면 도봉산에 올라가 길 없는 숲을 찾아들어갔다. 눈 아래 희부연 시가지가 내려다보일 때마다 내가 거기 살고 있다는 것이, 거기로 다시 돌아가야 한다는 것이 두려웠다.

"생명, 생명 하지 말아. 생명의 본능이 아니라 짐승의 본능이겠지."

"식물도 마찬가진데?"

과연 그랬다. 그렇다면 인간은 만물의 영장이다, 하고 백번 주장해봐야 췌언(贅言)에 불과한 것 아닌가.

"사람은 식물이나 동물이 지니지 못한 것을 엄청나게 많이 가지고 있어."

"그것들이 모두 근본적으로는 니가 말하는 그 본능에 종사하는 것뿐이라면 그게 그다지 대단한 걸까?"

"대단하건 대단치 못하건 존재한다는 사실, 그것은 엄연하니까."

"엄연하다고 해도 본능의 노예에 불과하지."

"노예라고 해도 분명히 존재하고."

죽음은 매일 나를 유혹했다. 나는 카르멘 같은 죽음에 매혹당한 호세였다. 어미가 휴거 신앙에 빠진 나머지 집을 팔아 나에게 셋방을 하나 얻어주고 남은 돈을 모두 교단에 갖다바치고 그들과 더불어 어디론가 사라져버리자 나는 더이상 카르멘의 유혹에 저항할 수 없었다. 텅 빈 방, 아침에 깨어나면 간밤에 끓여먹다 남긴 라면이 달라붙은 냄비가 뒤집힌 채 나를 맞았고, 밤에는 더러운 이부자리에 몸을 던지고 자살하듯 잠을 청했다. 그런 생활이 한두 달 계속되는 동안 나는 사실은 매일 죽어가고 있었다. 아니, 때로는 벌써 죽어버린 듯 느껴졌다.

나는 해중에게만 내 결심을 알렸다. 몇 날 며칠 그와 나는 토론을 했다. 때로는 비장하고 때로는 감상적이었던 그 토론은 물론 결말이 나지 않았다.

삼학년, 봄이 무르익어갈 무렵이었다. 그날 아침 일찍 나는 셋방을 나섰으나 학교로는 가지 않았다. 철물점에 들러 플라스틱 밧줄을 사고 구멍가게에서는 김밥과 소주와 담배를 샀다. 도봉산으로 올라갔다. 혹시 해중이 눈치를 채고 찾아나설지 모른다는 우려 때문에 그와 가본 적이 없는 방향의 숲으로 찾아들었다.

나는 먼저 나무를 찾았다. 발을 딛고 올라설 수 있는 위치와 목을 매달 수 있는 위치에 튼튼한 가지가 있는 나무를 찾아내는 것은 별로 어려운 일이 아니었다. 떡갈나무였다. 나는 아래쪽 가지에 올라서서 위쪽 가지를 붙잡고 매달려 실험까지 해보았다. 미리 등산교본을 통하여 습득한 대로 올가미까지 만들어둔 다음 근처의 바위 밑에 쭈그리고 앉았다. 아침 기운은 상쾌했다. 나뭇가지에 새가 앉아 우짖다 날아가고 땅에서는 개미들이 부지런히 눈에도 보이지 않는 먹이들을 날랐다. 아무도 나처럼, 사람처럼 고독하거나 불행하거나 비굴하거나 잔인하지 않은 것 같았다. 그러니까 인간이 불행한 것은 본능 때문이 결코 아니었다. 모든 생명이 골고루 나눠가진 본능 외에 인간이 가진 것, 바로 그것이 인간을 불행하게 만드는 것이었다.

나는 간밤에 공책에 쓴 유서를 읽어보았다. 해중에게 보내는 편지 형식이었다. 처음에는 어미에게 보내는 편지였다. 그러나 어미는 어디에 있는지도 알지 못하는 형편이었고, 어쩌면 벌써 휴거되어 지상에서 사라져버렸는지도 모르는 일이었다. 어미에게 할 수 있는, 하고 싶은 말도 원망뿐이었다. 그런 유서는 쓰고 싶지 않았다. 아비? 그에게는 원망 같은 것마저 남기고 싶은 생각이 없었다.

나는 유서를 고쳐 쓰는 것으로 시간을 보냈다. 배가 고파지자 김밥을 먹으며 소주를 몇 모금 마셨다. 마지막 마시는 소주라 생각하니 그 맛이 각별했다. 나 자신 술을 잘 마시는 체질은 못 되는 줄 알았으나 그 날은 한 병을 다 마셨는데도 취하지도 않았고 속이 불편하지도 않았다.

나는 어둑어둑 해가 저물어갈 무렵에 목을 매달 작정이었다. 그것이 내가 하루 가운데 가장 좋아하는 시각이었으니까. 어둠과 빛이 서로에게 삼투하는 시간, 투명하던 하늘이 그림자로, 어둠으로 채워지며 차츰 머리 위로 가까워지는 시간, 나에게는 그것은 빛과 어둠이 그러하듯 모든 상호 모순되는 것들이 서로에게 삼투해들어갈 수 있는 시간이었다. 옛날 아메리카 인디언들에게는 죽기 좋은 날이라는 게 있었다지만, 나에게는 그 저녁 무렵이야말로 죽기에 적당한 시간이었다.

마침내 햇살이 기운을 잃고 나무들 그림자가 숲에 가득 차 바람과 함께 수런거리기 시작했다. 이제 가야지, 하고 나는 생각했다. 더 어두워지면 부서워질 것 같았다. 유서가 기록된 공책을 꺼내 가방 위에 놓고, 바람에 날리지 않도록 그 위에 돌멩이를 하나 올려놓았다. 이제 일어나야 한다. 이제 죽는 것이다. 가슴이 후르르, 떨렸다. 나는 올가미를 주머니에서 꺼내 쥐고 일어섰다. 떡갈나무 쪽으로 발을 옮기려다가 나는 멈춰 섰다. 나무 밑에 누군가가 앉아 있었다. 우리 학교 교복을 입고 있었다. 내가 그를 발견한 순간 그가 이쪽으로 고개를 돌렸다. 나는 소스라쳤다. 그는 성환이었다.

성환아. 나도 모르는 사이에 목구멍에서 짓눌린 외마디가 튀어나왔다. 그의 얼굴에 그 특유의 수줍고 무구한 미소가 떠올랐다. 나는 그가 어째서 갑자기 여기 나타난 것인지 이해할 수가 없었다. 아무튼 반가웠다.

"너 여기 웬일이냐?"

성환은 물끄러미 나를 쳐다보았다.

"넌 여기 웬일인데?"

나는 잠시 할말을 잃었다.

"나? 난…… 땡땡이 치는 거지 뭐."

나는 얼른 공책을 가방 속에 쑤셔넣었다. 성환은 이상하게 내 눈을 똑바로 들여다보며 대답했다. 안경 너머 그 눈이 처음 보는 사람의 눈 같았다.

"난 너 만나러 왔어."

나는 기가 질렸다. 내가 여기 있는 걸 어떻게 알았을까? 그는 자신 있게

"난 알아. 조금 있으면 상준이도 올 거야."

하고 말했다. 상준이가? 그가 여길 왜 온단 말인가?

"온다고 그랬어."

이해할 수 없는 일이었다. 상준이 역시 같은 학교 친구였으나, 크게 친한 사이는 아니었다. 하기야 별로 친하게 지낸 적이 없기는 성환이하고도 마찬가지였다. 나는 해중이가 내 결심을 아이들

에게 발설한 것인가, 하는 생각이 들었으나, 그것은 터무니없는 의심이었다.

물론 해중은 내가 자살할 결심이라는 것도, 인적이 드문 도봉산 숲 속에서 목을 매다는 방법을 택하리라는 것도 알고 있기는 했다. 그러나 그뿐, 내가 언제 결행할 생각인지는 알지 못했다. 내가 하루 결석했다 하여 그가 그것을 곧 나의 자살과 동일시할 리는 없는 일이었다. 적어도 내 생각에는 그랬다. 만일 해중이 그렇게 생각했다 할지라도 그것을 하필이면 성환이나 상준이에게 발설할 리는 없었다. 그는 성환이나 상준이를 잘 알지도 못할 것이다.

해중은 오늘이 그날이라는 것을 알지 못한다. 나 역시 그 전날 저녁 해중과 헤어질 때까지만 해도 알지 못했다. 바로 그날 새벽녘에야 나는 마음을 굳힐 수 있었다. 도무지 알 수가 없는 일이었다.

"너 요즘도 동화책 읽어?"

내가 물었다. 그는 고개를 끄덕였다.

"어제도 읽었어. 얘기해줄까?"

그때 떡갈나무숲 너머에서 인기척이 들렸다. 어디 있어? 어디 있는 거야? 성환이 외쳤다. 여기야, 여기. 나뭇가지를 헤치고 숲 사이로 나타난 것은 상준이었다. 그는 엉뚱하게 푸른색 양복에 푸른색 줄무늬 와이셔츠에 넥타이까지 매고 어른들처럼 머리를 기른 모습이었다. 나이도 더 들어 보였다. 그는 나를 보고 싱긋, 웃을 뿐, 말없이 성환 옆에 가서 앉았다. 이제 막 재동이한테 어제 읽은 책 얘기를 하려는 중이야. 아, 같이 할까. 두 사람은 그 책을 같이 공부라도 한 듯 입을 모아 얘기를 시작했다. 뜻밖에도 그것은 성경이었다. 아니, 성경하고는 좀 달랐다. 아브라함은 이삭을 낳고, 죽고, 이삭은 야곱을 낳고, 죽고, 야곱은 유다와 그의 형제를 낳고, 죽고, 유다는 다말에게서 베레스와 세라를 낳고, 죽고, 베레스는 헤스론을 낳고, 죽고, 헤스론은 람을 낳고, 죽고…… 죽고, 죽고, 죽고, 죽고…… 그것은 끝도 없이 계속되었고, '죽고', 하고 말할 때마다 그들은 웃음을 터뜨렸다. 그 '죽고' 하는 소리와 웃음이 끔찍스럽고 소름끼쳤다. ……야곱은 마리아의 남편 요셉을 낳고, 죽고, 마리아는 예수를 낳고, 죽고, 예수는 아무도 안 낳고 죽고…… 마침내 긴 얘기가 끝났다. 두 사람은 큰 소리로 웃음을 터뜨렸다. 어두운 숲에 그들의 이상한 웃음소리가 메아리쳤다. 그것이 무엇이 우습다는 것인지 이해할 수가 없었다. 그들은 어딘가 낯설고 이상했다.

자살은 포기하는 수밖에 없었다. 나는 그들과 더불어 산에서 내려왔다. 숲에서 빠져나오자마자 상준이 말했다. 우린 이쪽으로 가야 해. 잘 가. 그들은 백년지기인 듯 어깨를 나란히 하고 멀어져갔다. 뱀 조심해, 하고 상준이 나를 향해 외쳤다. 그들이 다시 웃는 소리가 들려왔다. 뒤늦게 할미를 떠올린 내가 돌아보았을 때는 그들은 이미 어디에도 보이지 않았다.

거리에는 이미 어둠이 깊어 차들의 헤드램프가 어둠을 가르고 번쩍거렸다. 낡은 버스가 깡통 굴러가는 소리로 거리를 달려갔다.

어두운 버스 정류장에서 내린 사람들이 분주히 발을 옮겨 골목으로 스며들었다. 음식점 창으로 밥과 고기와 술을 그들먹하게 상위에 올려놓은 사람들이 떠들어대는 소리가 요란하게 넘어왔고, 놀이터에서 한 어미가 윤지야, 윤지야, 아이를 불러댔으며, 구멍가게 창 너머로 텔레비전이 요란하게 뉴스를 떠들어댔고……

나는 길을 잃은 기분이었다. 아침에 집을 나설 때 나는 다시는 그곳으로, 그 텅 빈 방으로 되돌아가는 일은 없으리라고 생각했다. 그러나 그 외에는 갈 곳이 없었다. 계획대로라면 나는 이미 죽어 그 떡갈나무 가지에 매달려 있어야 했다. 어디로 갈 것인가? 절간으로 형을 찾아가볼까. 그는 나를 반기지 않을 것이다. 누나는? 그러나 나는 그들을 만나고 싶지 않았다. 어미는? 나는 그녀가 어디에 있는지도 알지 못했다.

나는 자살에 실패했다는 참담한 기분을 안고 집으로 돌아갔다. 그 참담한 기분을 조금이나마 덜어준 것은 성환과 상준으로 인한 당혹감이었다. 아무리 생각해봐도 알 수가 없는 일이었다.

배가 고파 라면을 끓여먹고 있을 때에 방문이 벌컥 열리고 해중이 들어섰다. 그는 나를 보자 기가 막히다는 듯 씨발놈, 하더니 가방을 내던지고 주저앉았다. 그의 뒤에 문예반 친구들이 대여섯 줄줄이 따라들어왔다. 나는 웬일로 이렇게 몰려다니냐, 하고 물었으나, 아무도 대답하는 사람이 없었다. 해중은 물끄러미 나를 쳐다보기만 했다. 다른 녀석들의 태도 역시 심상치가 않았다. 뭔가 크게 실망한 것도 같고 몹시 지친 것도 같은 낯빛이었다. 라면 끓여 줄까? 내가 물었으나 영대는 가방에서 소주병과 오징어와 과자봉 지를 꺼내놓았다. 해중은 담배를 붙여물었다.

"어떻게 된 거냐? 왜 결석했어?"

나는 대답하지 않았다.

"어디 갔다 왔냐?"

영대가 물었다. 이번에도 나는 대답하지 않았다. 그들의 태도가 영 심상치가 않았다. 그들은 저희들끼리 소주잔을 돌렸다.

"너희들은 어디에서 오는 길인데?"

내 질문이 채 끝나기도 전에 영대가 쏘아붙였다.

"도봉산에서."

나는 흠칫하며 그들을 돌아보았다. 왜, 하고 나는 간신히 물었다.

"아침에 1교시가 끝나자마자 해중이란 놈이 문예반 애들 다 찾 아다니면서 니가 자살하러 도봉산에 올라간 게 틀림없다고 법석을 떨더라."

그는 친구들에게 나를 죽게 내버려둬서는 안 된다고, 지금 당장 도봉산으로 나를 찾으러 가야 한다고 주장했다. 몇몇 친구들이 동 의했고, 그들은 그 즉시 가방을 꾸려 학교를 나와 도봉산으로 갔 다. 해중은 먼저 나와 몇 번 드나든 적이 있는 곳부터 찾아 헤맸 다. 두어 녀석들은 감정이 북받쳐 눈물을 찔끔거리기도 했다. 어 둑어둑해질 무렵에는 나뭇가지에 뭔가 매달린 듯 보이기만 해도 사람인 것만 같아 소스라쳤다. 날이 어두워져도 아무도 가자는 얘기를 꺼내는 사람이 없었다. 완전히 캄캄해진 다음에야 그들은 산을 내려왔다. 경찰에 신고를 하느냐 마느냐를 놓고 갑론을박을 벌이던 그들은 혹시 내 집에 가보면 유서라도 발견할 수 있을지 모른다는 생각으로 집으로 찾아든 길이었다.

"그런데 이 자식은 속 편하게 라면 끓여 처먹고 있었어."

나는 미친놈들, 하고 내뱉었다. 내가 죽겠다고 얘기를 했냐 광고를 했냐? 뭣 났다고 그런 짓은 하고 다녀? 꼭 내가 자살하지 않은 것이 분통이 터져 미치겠다는 낯짝들이잖아, 이거. 해중이 투덜거렸다. 내 잘못인가보다. 니가 죽겠다 죽겠다, 노래를 부르고 다니는 바람에 내가 너무 과민해져서 그랬나봐.

그때 영대가 자지러지는 듯 소리쳤다. 이게 뭐야? 그는 어느새 내 가방을 뒤져 플라스틱 밧줄과 유서가 기록된 공책을 꺼내들고 있었다. 올가미까지 만들어져 있잖아. 이건 유서고. 그는 공책을 뒤적거리다가 읽어내려갔다. 나는 그의 손에서 공책을 뇌아챘다. 다시 친구들의 시선이 나에게 모아졌다. 알 수 없이 창피해 낯이 달아올랐다. 어떻게 된 거야, 이 자식아. 해중이 고함을 질렀다. 어디 있었어?

나는 성환을, 그리고 상준을 만난 얘기를 했다. 해중은 코웃음을 쳤다.

"내가 아침에 상준이하고 같이 등교했어. 니가 거기서 어떻게 그놈을 만나? 말이 되는 소리를 해라. 양복? 넥타이? 교복 얌전히 입고 있더라. 머리가 길긴? 며칠 전에 이발했다고 하던데.”

나는 그 말을 믿을 수 없었다. 다른 녀석 하나가 맞장구쳤다. 나도 봤어. 나는 말문이 막혔다. 내가 산에서 본 상준은 그럼 무엇이었을까. 영대는 너 미쳤구나, 하고 말문을 열었다.

“오성환이는 자살했어. 작년 겨울에. 그래서 학교 안 나오는 거야. 선생님들이 비밀에 붙여서 그렇지 알 만한 애들은 다 알아.”

등줄기에서 돋은 소름이 머리끝까지 뻗어올랐다. 내가 본 것은 그럼 무엇이었을까. 성환도 상준도 정말 이상했다. 그들이 들려준 이야기, 죽고, 죽고, 죽고…… 그 말을 반복할 때마다 그들은 미친 듯 웃어댔다. 다시 한번 머리카락이 뻣뻣이 곤두섰다. 나는 무엇을 본 것인가? 무엇과 함께 몇 시간 동안 얘기를 나누며 앉아 있었던 것인가?

나는 더이상 아무 말도 할 수 없었다. 며칠 뒤에야 해중에게만 그날 내가 목격한 것이 틀림없이 성환과 상준이었다는 사실을 다시 한번 얘기해주었다. 해중은 고개를 갸웃거렸다. 그럼 니가 본 게 귀신이었다는 거냐? 백 보 양보해서 성환이는 귀신이었다고 치자. 그럼 상준이는 뭐냐? 걘 죽지도 않았는데 어떻게 거기 나타날 수가 있어? 도대체 나에게 대답할 말이 있을 리 없었다.

아무튼 그 이후 자살하겠다는 생각은 사라지고 말았다.

나는 무엇인가를 보았다. 성환과 상준의 무엇인가를. 아니, 성환이나 상준이와는 아무 상관도 없는 존재, 혹은 비존재였는지는 모르지만, 적어도 나에게는 성환과 상준으로 보인 무엇인가가 그날 나의 자살을 막았다. 그런데 산에서 내려온 순간 그것은 거짓말이 되었다. 아무도 내 말을 믿지 않았다. 나 자신 차츰 믿을 수가 없어졌다. 그러니까 나는 자살을 포기한 이유를 설명할 길이 없었다.

성환은 죽었다. 상준은 죽지 않았다. 그러니까 그들은 귀신은 아니었다. 그들 둘은 너무나 정다워 보였다. 삶과 죽음의 격리를 사이에 두고 죽은 자와 죽지 않은 자가 교류하는 현장을 나는 본 셈이었다. 나 역시 그렇게 그 격리 너머와 교류한 셈이었다.

내가 본 것은 도대체 무엇인가?

5

그날 내가 본 것이 무엇인지 조금이나마 더 확실해지기 위해서는 사 년의 세월이 더 걸렸다. 우리가 모두, 더러는 재수를 하거나 삼수를 하는 식의 우회로를 통하기는 했지만, 대학에 입학하여 저마다 학생운동이나 여자친구를 만드는 일이나 이도 저도 아니면 그저 무작정 노는 일에 골몰하여 한동안 시간 가는 줄을 모르던 시기가 지나고, 차츰 대학생활이나 세상에 대한 낙담과 환멸에 익숙해지기 시작하던 무렵이었다.

고교를 졸업하면서 문예반 출신들이 중심이 되어 매달 한 번, 첫째 토요일에 정기적으로 만나는 모임이 만들어진 적이 있었다. 모임이라고는 하지만 회칙이 있는 것도 아니고, 회원 자격에 큰 제한을 두지도 않았다. 처음에는 동기 문예반 친구들 예닐곱이 만나 빈대떡에 술이나 한잔 하던 모임이었는데, 시간이 흐르면서 해중이 친하게 지내던 녀석을 데리고 나오고, 나는 나대로 친구를 데리고 나가고, 심지어는 어떤 녀석은 대학 들어가서 새로 사귄 친구까지 데리고 나오는 식으로 분방하게 드나들다보니까 문예반의 틀은 사라지고 그저 동창들의 친목모임 정도가 되고 말았다. 많을 때는 이십여 명이나 되는 참석자들이 나이트클럽으로 휘몰려가 밤을 새워 퍼먹고 놀기도 하고, 적을 때는 대여섯 명이 둘러앉아 소주에 빈대떡이나 먹고 헤어지는 식으로 모임은 유지되었다.

상준은 문예반이 아니었으나, 우리가 이학년이 되었을 때 영대가 데리고 나온 녀석이었다. 재수를 해서야 대학에 들어간 상준은 그 다음부터는 한 번도 빠짐없이 꼬박꼬박 모임에 참석하여 원래의 회원들보다 더 열성적인 회원이 되었다. 얼마 지나지 않아 그는 미리 회원들에게 연락을 하여 참석을 독려하고, 참석 여부를 확인하는 일까지 도맡게 되었다.

그 무렵 대학 다니면서 양복으로 정장을 하고 다니는 사람은 거의 없었다. 그러나 상준은 언제나 넥타이까지 매고 양복을 입고 다녔다. 이유를 물으면 플레이보이는 언제 어디서든 항상 준비가 되어 있어야 하고, 깨끗한 옷차림은 최소한의 준비라는 것이 그의 대답이었다. 너 플레이보이냐, 하고 내가 묻자 그는 반문했다.

"너 아직 모르고 있었냐? 전국 사교계에 소문이 파다한데. 너 요새 열심히 안 사는구나?"

술과 친구와 노는 일이라면 그는 주야를 가리지 않았고 남녀노소를 가리지 않았다. 아직 통행금지가 매일 밤 전 국민의 귀가시간을 국가적으로 통제하던 시절이었다. 그의 집은 한남동이었는데, 밤 열한시 반에 영등포에서 전화를 해도 그는 무슨 수를 써서든 친구들 앞에 나타났다. 한두 녀석 군대로 끌려가던 무렵에는 멋진 송별연을 마련하는 것이 그의 주된 책무였다. 송별의 밤에는 군대 가는 녀석이 원하는 소원을, 그것이 무슨 소원이든, 어떻게 해서든 한 가지씩 들어주는 전통을 만들어낸 것도 그였다. 태수는 그 덕분에 군대 가기 일 주일 전에 총각 딱지를 뗐고, 철규가 군대 가기 나흘 전에는 십여 명의 친구들이 호텔 나이트클럽으로 몰려가 밤새도록 놀다가 날이 새자 철규 혼자 내보낸 다음 우리늘은 술값 대신 클럽에 붙잡혀, 밤새도록 우리들의 호기로운 명령에 따라 허리를 구십 도로 꺾으며, 큰 소리로 네, 네, 대답하며 술을, 담배를, 재떨이를, 물수건을 날라들이던 종업원들에게 뭇매를 맞았고, 혹은 부모가, 혹은 형이 돈을 가져와 술값을 물어준 다음에야 풀려난 적도 있다.

그 모든 일이 상준이 있었기 때문에 가능했다. 그가 없었으면 그런 무모하고 흥미진진한 전통은 생겨나지 않았을 것이다.

내가 포르노 비디오를 처음 본 것도 그의 집에서였다. 요즘처럼 포르노나 비디오 재생기가 흔하던 시절이 아니었다. 누군가가 힘들게 구한 포르노 테이프를 마음 놓고 볼 장소가 없었고, 우리는 당연히 그에게 상의했다.

"이 자식들, 아직 그런 것도 구경 못 했냐? 이런 불쌍한 놈들, 우리 집으로 가져와."

너댓 명이 보물처럼 포르노 테이프를 품고 그의 집으로 찾아갔으나 불행히도 영락없는 고등학교 물리선생님처럼 보이는 그의 어미가 우리를 맞았다. 재생기는 안방에 있었으므로, 우리는 크게 실망했다. 상준은 어미가 곧 외출을 할 것이라고 우리를 안심시켰다. 마침내 그의 어미가 호사스런 양장으로 날아갈 듯 차려입고 집을 나서자 우리들은 곧 안방으로 몰려들어가 포르노를 넣고 재생기를 켰다. 여자와 남자가 만나자마자 벌거벗고 막 그짓을 벌이는 것을 우리가 숨을 죽이고 지켜보고 있을 때 돌연 안방 문이 벌컥 열리고 그의 어미가 들어섰다. 물론 상준이 재빨리 재생기를 껐으나 그의 어미는 이미 진상을 파악한 다음이었다. 우리는 불호령이 떨어지기를 기다렸다. 그러나 놀라운 일이었다. 그의 어미는 아이고 이놈들아, 하고 혀를 몇 번 찼을 뿐 빠뜨렸던 물건을 찾아들고 곧 다시 집을 나섰다. 우리가 낯이 뜨거워 서로의 얼굴을 쳐다보고 있을 때 상준은 괜찮아, 괜찮아, 하며 곧 재생기의 전원을 켰고, 우리는 언제 낯을 붉혔던 적이 있는지도 잊고 포르노에 열중했다.

휴거라는 게 믿을 게 못 된다는 것을 그 무렵에야 깨달은 어미가 돌아와 신사동에 전셋집을 얻어 살던 시절, 새벽 한시가 가까운 시각에 그가 술로 엉망이 되어 우리 집으로 찾아온 적이 있었다. 얼굴이 벌겋게 부풀어올라 있었다. 어미에게 맞았다고 했다. 울었다고도 했다. 이유를 묻는 나에게 그는 대답은 않고 술을 내놓으라고 요구했다. 새벽 한시, 어디에서 술을 산단 말인가? 그러나 그는 막무가내였다. 이 자식아, 나는 새벽 한시 아니라 지옥굴에서라도 느네들이 술 사달라고 하면 갖다줬고, 포르노 보고 싶다면 보여줬어. 술 한잔 안 줘? 그것은 틀림없는 사실이었다. 술을 구하는 수밖에 없었다. 나는 어미가 목사에게 가져다주겠다고 인삼 넣고 담근 지 아직 한 달밖에 지나지 않아 개봉한 적도 없는 술병을 통째 가져다주는 수밖에 없었다. 그는 흐으, 웃으며 말했다. 오늘부터 내가 니 엄마 목사다. 아니, 오늘만.

술을 마시며 그는 다시 울기 시작했다. 어미가 잠에서 깨어나 무슨 일인지 들여다볼 정도로 큰 소리로 엉엉 울어댔다. 그는 말했다. 우리 엄마 뭐 하는지 아냐? 내가 태어나자마자 우리 아버진 죽었어. 우리 엄마가 뭐 해서 우리들 먹여 살리고 공부시켰는지 아냐? 우리가 지금 뭐 해서 먹고사는지 아냐? 이제까지 그는 어미가 포목점을 한다고 했다. 이태원에서 미제 물건 장사하고 양갈보 장사했다. 지금도 한다, 시발.

그날 상준은 어미와 담판을 했다. 양갈보 장사 고만두라고 요구했으나, 그의 어미는 한마디로 잘라 거절했다. 철모르는 소리 마, 이놈아. 그는 누나와 형의 이혼을 들이댔다. 그들이 이혼한 이유는 그들의 남편이, 아내가 그 사실을 알게 되었기 때문이었다. 어미는 소리쳤다. 이놈아, 이 짓 하지 않았으면 그것들 아예 시집 장간 보내지도 못했어. 상준은 어미에게 애걸했다. 이제 살 만하지 않으냐. 더이상 그 짓 않고도 먹고살 수 있지 않으냐. 구멍가게라도 하는 게 낫지 않으냐. 어미는 말했다. 철딱서니 없는 소리 말아, 이놈아. 그렇게 어미와 다투다가 집을 뛰쳐나온 길이었다.

나는 한편으로는 충격을 받았고, 다른 한편으로는 그가, 그의 물리선생 같던 어미가 두려워졌다. 세상에, 양갈보 장사라니. 나는 그를 위로할 말을 찾을 수 없었다. 멍청히 그를 쳐다보며 술잔만 기울였다. 내 어미가 나를 버리고 교단을 쫓아 집을 떠났을 때에 내가 어떻게 살아왔는지 얘기해주면 그것이 위안이 될까?

나는 화제를 바꾸는 것으로 그를 위안하기로 했다. 나는 그가 대학에 입학한 직후부터 연애에 골몰하고 있다는 것을 알고 있었다. 이름은 선이. 가난한 아이라고 했다. 등록금이 없어 휴학해야 하는 처지가 되자 상준은 자신의 등록금을 선이에게 주고 자신은 휴학한 적이 있었다. 그러니까 그는 한 학기 뒤처져서 학교를 다니고 있었으나 그의 어미는 그것을 알지 못했다.

"선이는 잘 지내냐? 선이나 만나보지 그러냐?"

"난 연애를 해야 해. 죽도록 연애를 해야 돼. 그래야 이혼당하지 않을 수 있어."

나는 그를 내심 한심한 놈이라고 생각하고 있었다. 내가 보기에는 선이는 그런 정성을 기울일 만한 가치가 있는 아이가 아니었다. 헤프고 성질 나쁘고 자의식으로 가득 찬 앙칼진 가난뱅이 계집아이에 불과했다.

"보통 연애로는 안 돼. 죽고 못 사는 연애. 그래야 우리 어머니가 양갈보 장사를 한다는 게 알려지건 말건 여자가 이혼할 생각을 못 할 거 아니냐."

나는 잠시 어이가 없었다. 연애에 그런 참혹한 이유가 있어야 하다니. 그 역시 한심한 노릇이었다.

나는 그와 선이를 같이 만난 적도 있었다. 그들은 왠지 편안해 보이지 않았다. 상준은 그녀를 위해서라면 뭐든 다 해줄 듯 열성적이었다. 돈은 충분히 있었으므로 해줄 수 있는 일도 많았다. 그러나 선이는 내가 보기에는 고마워하지 않았다. 고마움보다는 부담감과 자의식이 너무 컸다. 그를 사랑하지도 않았다. 한때 그를 사랑했는지도 모르지만 만일 그렇다 해도 그 사랑은 그 부담감과 자의식이 다 삼킨 지 오래였다. 그녀는 우리들과 같이 만나는 자리를 회피했고, 알지 못할 일에 자존심이 상하여 화를 냈으며, 그녀의 비위를 맞추는 것은 우리들에게는 물론 상준 자신에게도 점점 어려운 과제가 되어갔다. 나는 그들을 만나는 자리가 불편했고, 그들에 대한 혐오감을 노골적으로 드러내기를 주저하지 않았다. 이를테면, 친구들이 둘러앉아 소주라도 마시고 있다가 그녀가 들어서면 나는 인사도 건네지 않고 벌떡 일어나 그 자리를 떠나버린 적도 있었다.

결국 그들은 삼학년 초에 헤어졌다. 그가 선이를 얼마나 좋아했는지를 잘 알고 있었으므로, 또한 그가 그녀에게 해준 일이 어떤 것이었는지도 잘 알고 있었으므로 친구들이 오히려 더 큰 배신감에 사로잡혔다. 상준이 오히려 우리를 위로하고 달랬다.

"등록금 좀 대주고, 생활비 몇 번 나눠준 게 사랑하고 무슨 상관이냐. 한심한 놈들. 걔가 날 싫어하면서도 내가 준 돈 때문에 계속해서 날 만나기를 바랐냐? 난 싫다. 난 그런 거 싫어. 그런 여자 데리고 다녀서 뭐 하겠냐?"

나는 말해주었다.

"잘된 일이야. 그런 앤 가까이 두지 않을수록 좋아."

그는 나를 탐탁잖은 눈으로 쳐다보았으나, 바로 이튿날부터 새 여자친구를 찾아나섰다. 그런 그를 지켜보는 것은 우습기도 하고 당혹스럽기도 했다. 그리하여 그해 여름방학에 친구들과 함께 강릉에 가서 마침내 여자를 하나 낚았다. 나는 그 여행에 동반할 수 없었으므로 그가 어떻게 하여 정화를 낚았는지 구체적으로는 알지 못한다. 친구들 얘기에 의하면 상준은 매일 낮이고 밤이고 정화만 쫓아다녔다고 했다. 카메라를 독차지하여 정화만을 찍어대는 바람에 다른 친구들은 사진 한 장 제대로 찍을 수 없었다. 하지만 덕분에 그들은 좁고 덥고 불편한 민박집을 나와 별 세 개짜리 호텔로 숙소를 옮겨 편안히 지낼 수 있었다. 상준의 고집 때문이었다. 정화를 초대해야 하는데 민박집으로는 안 된다고 생각한 그가 호텔을 찾아가 이미 예약이 차서 빈 객실을 줄 수 없다고 하는 호텔 직원에게 뇌물까지 써가면서 두 개의 객실을 빼냈던 것이다. 그는 정화에게 그녀의 일행을 데리고 호텔로 숙소를 옮기라고 권하고 조르고 강요했으나 그들은 끝내 그 제안을 거절했다.

나는 혼자 혀를 찼다. 휴가철 바닷가에서 만난 여자라니.

서울로 돌아온 상준과 정화는 거의 매일 만나 붙어 살았다. 상준이 우리를 만날 때는 정화가 따라나왔고, 정화가 친구들을 만날 때는 상준이 따라나갔다. 언제 봐도 그들 두 사람은 붙어 있었다. 그러나 나는 더이상 그 녀석의 연애니 사랑이니 하는 헛소리에 속지 않기로 마음먹고 있었다. 아닌게 아니라 늦가을에 그들은 헤어졌다.

그 일 주일 뒤에 상준은 죽었다. 교통사고였다. 정화의 마음을 되돌리기 위해 그는 정화의 집 앞에서 기다리다가 귀가하는 그녀를 만나 술을 한잔 하고, 그녀의 마음을 되돌리는 데는 실패한 채, 혼자서 포장마차에 들러 술을 몇 잔 더 마시고, 집으로 돌아오는 길이었다. 통행금지 시간이 오 분 지난 뒤였다. 택시에서 내리자마자 그는 바로 눈앞에서 순찰중인 두 명의 경찰관과 마주쳤다.

상준은 경찰관이 뭐라 하지도 않았건만 달아나기 위해 무작정 도로로 뛰어들었다. 육교 바로 밑이었다. 그때 남산터널 쪽에서 달려내려오던 택시가 그를 들이받았다. 그는 병원으로 옮겨졌으나 곧 사망했다.

내가 병원으로 달려갔을 때에는 이미 영안실에 친구들 너댓 명이 넋을 놓고 앉아 있었다. 그의 어미는 소식을 받자마자 달려왔으나 그 자리에서 혼절하는 바람에 응급실로 옮겨졌다고 했다.

사고 당시에 상준이 주머니에 지니고 있던 사진을 나에게 보여준 것은 아마 해중이었을 것이다. 사진 속에서는 사는 게 왜 이다지 즐겁냐는 낯으로 상준과 정화가 환히 웃고 있었다. 푸른색의 양복, 줄무늬 와이셔츠, 진홍색 넥타이 차림으로 정화를 쳐다보고 있는 그를 지켜보다가 나는 아, 외마디 소리를 지르며 그 자리에 주저앉았다. 무릎에 힘이 풀려 한참 동안이나 다리를 움직일 수가 없었다.

그것은 내가 자살하기 위해 도봉산에 올라갔던 날 그곳으로 나를 찾아온 상준의 모습 그대로였다.

6

이제 다시 도봉산으로 돌아가야 한다.

나는 목을 매달기로 마음먹은 떡갈나무 뒤 바위 밑에 앉아 있
다. 차츰 저녁 으스름이 내린다. 태양은 늠름하던 갈기를 잃어 그
의 머리칼은 가랑비처럼 흩날린다. 기운을 잃은 빛이 물러날 때마
다 그 자리로 그림자와 어둠이 수런거리며 틈입해들어온다. 그와
함께 초록색의 나뭇잎이 색깔을 빼앗기고 바위가, 나무둥치와 낙
엽이, 벌과 나방이 들이, 잡초와 흙마저도 제 색깔을 잃고 그림자
속에 회색으로 무너지면서 흡수되어간다. 허공도 하늘도 제 빛을
상실한다. 허공에도 제 빛이 있다는 것은 그것이 어둠에 사로잡힌
다음에야 비로소 알 수 있다. 바람, 어디서 오는 것인지 알지 못할
바람이 낙엽을 밟고 뛰어올라 나뭇잎을 희롱하고 가지를 흔들고
나무들 사이로 뜀박질을 한다. 새로운 숲의 냄새, 아침이나 낮의
냄새가 아니라 저녁 숲의 냄새가 바람을 따라 산을 휘감는다. 벌
써 저 멀리 태양은 등을 보이고 그 뒤를 어둠이 급히 쫓으며 기운
잃은 빛의 머리칼을 삼킨다. 빛은 미련을 남긴 듯 서서히 물러나
지만 그 뒤를 쫓는 어둠은 완강하고 당당하다. 어둠이 한 발짝씩
내디딜 때마다 허리를 세우고 높다랗게 곤두선 낙엽송에서 우수
수, 침엽이 떨어져내리고, 어느새 나무들의 발치에는 그림자가 낙
엽보다 더 두껍다.

나는 시간이 다가올수록 차츰 자살자의 심정에서 처형자의 심
정이 되어간다. 가방을 뒤적이다가 고개를 돌리자 거기, 떡갈나무
밑에 언제 나타난 것인지 성환이 앉아 있다. 그가 작년에 죽었다

는 것을 나는 전혀 알지 못한다. 그는 빙긋 웃는다. 나는 그가 여기 나타난 것이 의아스럽기는 하지만 그래도 그가 반갑다. 그의 눈, 미소를 그치지 않은 채 열두 마리 양과 늑대의 얘기를 들려주던 이 년 전의 그의 눈빛과는 다르다. 차고 공허하고 외롭다. 나는 그 외로움을 이해할 수 있다. 그 나이가 되기까지 그런 책을 읽는 사람은 당연히 외로울 수밖에 없을 것이다. 나는 양이었을까, 늑대였을까? 나는 틀림없이 늑대 중의 하나였던 것 같다. 그 교실, 나의 웃음소리는 가장 컸을 것이다. 그러나 나도 한때는 양이 아니었을까. 누가 평생 양의 눈을 지닐 수 있으랴. 사람의 눈은, 영혼과 더불어 날로 더러워진다. 당연한 일이다. 손발에 밀가루를 칠하고 나는 양이다, 나는 양이야, 하고 속임수나 쓰며 사는 것이다. 오늘 죽지 않는다고 해봐야 양들의 팔과 다리를 빼앗아 뜯어먹다가 결국 우물 속에 빠져 죽겠지. 형은 그런 것이 싫어서 절간으로 들어간 것일까. 나는 그를 이해할 수 있다. 더 더러워지기 전에 절간으로 들어가는 것도 괜찮지만 죽는 것도 나쁘지 않을 것이다.

상준이 나타난다. 그는 어른 같다. 양복을 입었다. 저 녀석은 또 여긴 웬일인가, 나는 의아스러울 뿐이다. 별로 반갑지도 않다. 사 년 뒤에 그가 그처럼 참혹하게 죽어가리라는 것을 내가 어떻게 알았으랴. 알았더라면 나는 미리 사과라도 했을 것이다. 그를 멸시한 것에 대해서. 그의 여자친구들을 멸시한 것에 대해서도. 가끔 그와 그의 여자친구들을 사람 취급조차 하지 않은 것에 대해서도.

성환과 상준은 나에게 얘기를 들려주겠다고 한다. 아브라함은 이삭을 낳고, 죽고, 이삭은 야곱을 낳고, 죽고, 야곱은 유다와 그의 형제를 낳고, 죽고, 유다는 다말에게서 베레스와 세라를 낳고, 죽고, 베레스는 헤스론을 낳고, 죽고, 헤스론은 람을 낳고, 죽고…… 죽고, 죽고, 죽고, 죽고…… '죽고', 하고 말할 때마다 그들은 웃어댄다. 나는 소름이 끼친다. 그것은 열두 마리의 양과 늑대 얘기하고는 너무나 다르다. 이제 와서 나는 차라리 양과 늑대 얘기를 듣고 싶다. 제발 그들이 죽고, 죽고, 하는 얘기는 그만둬주었으면, 하고 바란다. 그러나 그들은 얘기를 중단하지도 않고 웃음을 그치지도 않는다. ……야곱은 마리아의 남편 요셉을 낳고, 죽고, 마리아는 예수를 낳고, 죽고, 예수는 아무도 안 낳고, 죽고…… 그사이에도 시간은 가차없이 흘러 숲에는 어둠이 깊은 물처럼 넘실거린다.

그렇다. 나는 두려웠다. 나의 무엇인가가 그들에게서 삶이 아닌 것을, 살아 있는 존재가 아닌 다른 존재를 보았다. 숲이 어두워질수록 나는 점점 더 두려웠다. 그들의 웃음소리, 그들의 말소리, 다 무서웠다. 거기 있고 싶지가 않았다.

나의 무엇이 그런 것을 보아냈을까? 분명 나의 의식은 아니다. 나의 예감? 본능? 아니다. 의식도, 예감이나 본능도 누구에게나 있다. 나는 그때 목을 매달지 않았다뿐, 삶과 죽음 사이의 경계 어딘가에 몸을 걸쳐놓고 있었던 것은 아닐까. 그런 나의 애매한 존재

자체가 틈이 되어 그들이 나에게 다가올 수 있었던 것은 아닐까.

그렇다면 상준에 대해서는 어떻게 생각해야 하는 것인가? 상준이 죽은 것은 그로부터 사 년 세월이 더 흐른 다음이었다. 죽음의 영역에는 시간이 존재하지 않아 어제와 오늘, 과거와 미래가 뒤엉켜 있는 것일까. 만일 그렇다면 나 자신 역시 그 너머 어딘가에 벌써 존재하고 있었을 것 아닌가.

시간이라니. 그 세계에는 시간은 존재하지 않을 것이다. 오늘도 내일도 없고 과거도 미래도 없다. 그렇다면 이곳에 존재하는 모든 산 것들은 이미 그곳에 죽은 것으로서 존재하고 있는 것 아닐까. 모든 산 것들은 언젠가는 틀림없이 죽으니까. 이곳에서 살아 있는 자신이 하는 모든 짓을 그 너머에서 지켜보면서 혀를 차고 웃어대고 자랑스러워하거나 부끄러워하고 눈물을 흘리거나 화를 내고 있지는 않을까. 그리하여 빛과 어둠이 교차하듯 존재와 비존재가 마주 앉는 어떤 순간, 슬며시 모습을 드러내어 비웃기도 하고 격려도 하고, 놀리거나 딴지를 걸기도 하는 것은 아닐까.

아아, 그렇다. 내 꿈에 들어와 나를 그 너머로 데려가려 했던 할미도, 죽은 지 이 년 만에 나에게 나타난 성환도, 죽기 사 년 전에 미리 나타났던 상준도 어쩌면 사실은 모두 나 자신, 저 가혹한 격리 너머에 존재하는 나 자신이었는지도 모른다. 혹은 나의 그림자들, 나의 추억, 아니면 다 타버려 팍팍한 재같이 스러져버린 미래였을까.

•••
목숨의 기억

1

할아버지는 발가락에 물갈퀴가 달려 있었다. 양쪽 발 모두, 엄지발가락에서부터 가운뎃발가락까지, 발가락 사이마다 반투명한, 거의 푸른빛이 도는, 가는 실핏줄이 지도 위의 물줄기처럼 아로새겨진 물갈퀴가 있었다. 어린 시절, 할애비와 목욕을 할 때면 나는 종종 그 물갈퀴를 주물럭거리며 놀았다. 할애비는 한참 동안은 잘 참다가 시간이 지나면 간지럽다고 하며 발가락을 오므렸고, 그러면 물갈퀴는 발가락 사이로 깜쪽같이 자취를 감췄다.

이런 게 왜 있어, 하고 내가 묻자 할애비는

"죽으면 수궁(水宮)으로 갈라고 그런다" 하고 대답했다.

"수궁?"

"수궁."

"거기가 어디야?"

"그런 데가 있다."

"나는 왜 물갈퀴가 없어?"

할애비는 물끄러미 날 내려다보다가 말했다. "넌 수궁으로 안 가도 되니까 없는가보다."

"나도 수궁 가고 싶은데."

"너야 나이도 어린데 어른 되면 바로 여기다가 수궁 만들어놓고 살면 될 거 아니냐."

할애비는 암으로 죽었다. 아니, 어쩌면 그는 간암이 아니라 치매로 죽은 것인지도 모른다. 그는 수궁으로 갔을까? 나는 알지 못한다. 그가 죽고 나면 저승으로 갔는지 수궁으로 갔는지 나에게 찾아와 알려주겠다고 한 약속을 아직 지키고 있지 않기 때문이다.

내가 아주 어릴 때부터 그는 자신의 나이를 이백몇십 살이라고 했는데, 나는 초등학교 삼학년 때까지 그 말을 믿었다. 한참 동안은 할애비만이 아니라 어른들은 모두 그 정도의 나이인 줄 알았다.

지금은? 글쎄, 뭐라 해야 할까. 그게 있을 수 없는 일이라는 것은 안다. 하지만 지금도 내 속의 어린 소년은 할애비의 말을 믿는다.

할미는 백한 살 되던 해에 돌아가셨는데, 장례를 치르고 나서 일주일쯤이 지나서 나를 찾아와 힘들면 같이 가자고 권했다. 나는 물었다. 거긴 안 힘든가요? 할미는 힘들긴 마찬가지지만 여기처럼 치사하지는 않다고 말했다. 뭐가 제일 힘드냐고 내가 물었다.

"뭐니 뭐니 해도 땅속에 처박혀 지내는 게 제일 힘들지. 그것도 모르겠냐, 이놈아?"

그것으로 나는 할미가 수궁으로 간 것이 아니라 저승으로 갔다는 것만은 확실히 알게 되었다. 그 밖에도 나는 할미의 얘기를 통하여 저승도 힘들기는 마찬가지라는 것, 그러니까 굳이 일찍 죽으려 할 필요는 없다는 것을 알게 되었다.

2

아비는 내가 세 살 때 돌아가시고, 이듬해에는 어미가 나를 남겨두고 집을 떠나는 바람에 나는 할애비와 할미 손에서 컸다. 아비와 어미에 대한 기억이 거의 전혀 남아 있지 않았으므로 나는 초등학교에 입학할 때까지도 할애비와 할미를 아버지 어머니라 불렀다. 물론 할애비와 할미가 누누이 당신들이 나의 아비 어미가 아니라는 말을 되풀이했기 때문에 나는 사실을 알고 있기는 했다. 그러나 어릴 때부터의 습관은 좀처럼 고쳐지지 않았다. 할애비가 꾸중과 함께 앞으로는 절대로 아버지 어머니라 부르지 말라고 엄명을 내린 것은 내가 초등학교에 입학하던 당일이었다.

그날 많이 운 기억이 난다. 그들을 아버지 어머니라 부를 수 없다는 것이 나에게는 마치 아비 어미를 다시 한번 잃는 것처럼 여겨졌던 모양이다. 어쩌면 그들이 나에게 아비 어미가 되어주기를 거절하는 듯 여겨졌던 것인지도 모르겠다. 아무튼 나는 아주 쉽게 울었다. 아직 다 녹지 않은 눈이 쌓인 담 밑에 쪼그리고 앉아 울고 있는데, 그 옆을 암탉이 병아리들을 몰고 다녔다. 노랑 병아리들은 흙을 쪼아먹고, 삐약거리고, 어미의 두 다리 사이로 파고들고, 암탉은 땅을 파 지렁이를 쪼아먹었다. 이상한 일이지만, 그 순간, 어디론가 가버린 내 어미도 지렁이 같은 것들을 쪼아먹고 다닐 것이 분명하다는 생각이 들었고, 그러자 슬픔이 훨씬 덜해졌다. 산다는 일은 징그러웠다.

3

　어미, 혹은 어미 같은 여자가 집에 찾아온 적이 있었다. 어미 같은 여자, 라는 것은 오직 내 추측일 따름이다. 할애비도 할미도 그 여자가 내 어미라 말한 적이 없다. 또한 그 여자 역시 나를 우두커니 쳐다보았을 뿐, 자기가 내 어미라 말하지는 않았다. 그러니까 그녀는 전혀 나의 어미가 아니었을 수도 있다. 어미와는 무관한, 전혀 상관없는 사람이었는지도 모른다.
　내가 아직 초등학교에 다닐 때였다. 당시에 초등학교는 삼학년까지는 오전반, 오후반으로 나뉘어 있었다. 한 주일 동안은 오전 반이면 다음 한 주일은 오후반이 되는 식이었다. 오전반이면 아침 일찍 학교에 가야 했고, 오후반이면 점심때가 지난 뒤에 학교에 갔 다. 내가 오후반이었던 것으로 미루어 짐작하면 나는 저학년, 아마 삼학년이었던 것 같다.

초여름, 아니면 늦봄이었다. 그날 집으로 돌아오는 길에 나는 혼자 자라목 저수지에서 놀다가 물에 빠졌다. 뜻밖에 둑 바로 옆 의 물이 깊어 몸이 물 밑으로 쑥, 빨려들었다. 주위에 나를 도와줄 사람은 아무도 없었다. 금방 물이 턱을 넘어, 입을 넘고 코를 넘 어, 눈을 넘어, 머리까지 차오르고, 몸에서 힘이 빠졌다. 아무리 버둥거려도 물을 벗어날 수가 없었다. 물이 내 몸을 빨아들이는 것처럼 여겨지자 겁이 더럭 났다. 나는 있는 힘을 다해 물을 차고, 차고, 또 찼다. 두 팔을 휘둘러 물을 헤쳐냈다. 소용이 없었다. 수 심(水深)은 기운차게 나를 빨아들였고, 아무리 버둥거려도 그 기 운을 당해낼 수가 없었다. 수면 위의 하늘이 멀어졌다. 의식은 아 직 분명하여 안 돼, 안 돼, 하고 외치는데도 몸은 내 말을 듣지 않 았다. 어느 순간 나는 발이 물 밑 바닥에 닿는 것을 느꼈고, 본능 적으로 힘껏 바닥을 차고 몸을 솟구쳤다. 머리가 물 밖으로 빠져 나왔다. 나는 있는 힘을 다해 다리와 팔을 휘저었다. 겨우 물에서 빠져나와 둑에 몸을 눕히자 그사이에 이미 햇빛은 기운을 잃어가 고 있었다. 옷을 벗어 물을 짠다고는 했으나, 다시 입자 축축하기는 마찬가지였다.

물에 젖어 질척거리는 운동화를 끌고 집으로 향하면서 나는 할미에게 한 소리를 들어야 할 것이라고 생각했다. 그러나 집에 손님이 와 있어선지 뜻밖에도 할미도 할애비도 옷이 젖은 것에 대해서는 아무 말이 없었다.

마루 끝에 할애비와 할미, 그리고 낯선 손님이 한 사람 앉아 있었다. 여자 손님, 젊은 사람이었다. 얼굴이 너무나 희고 깨끗했으며 너무나 예뻤다. 그렇게 예쁜 여자는 나로서는 처음이었다. 검정색 투피스, 마루 끝에 역시 검정색 구두가 놓여 있었다. 선생님들이나 신는 것인 줄로 알고 있던, 깨끗한 단화였다. 내가 안녕하세요, 하고 인사를 건네는데도 그 여자는 아무 대답도 없이 물끄러미 나를 쳐다보고만 있었다. 할미가 말했다. 넌 씻고 들어가 옷 갈아입어. 그게 뭐야, 옷 꼴이. 마당 귀퉁이의 우물가로 가서 물을 길어올리면서 내가 조금 서운했던가? 그것은 아마 단순히 손님에게는 인사를 잘 해야 한다고 배웠고 그래서 인사를 건넸는데 그에 대해 할애비도 할미도 그 손님까지도 칭찬 한마디 없었다는 것 때문이었을지도 모른다. 들어가 옷 갈아입어, 하는 할미의 명령이 어딘가 엉뚱할 만큼 쌀쌀맞고 엄중했기 때문이었을지도 모른다.

나는 세수를 하고, 손과 발을 씻고, 내 방으로 들어갔다. 먼저 부지런히 옷을 갈아입고 앉은뱅이책상 앞에 앉아 숙제를 시작했다. 아직 전등이 들어올 시간이 아니었다. 그 시절 전기는 저녁 여섯시, 아니면 일곱시쯤 들어왔다가, 잘은 기억이 나지 않지만, 자정이 좀 지나면 나가버렸다. 그러니까 그 시절만 해도 이 나라 곳곳에서는 아직 하루의 반을 어둠이 지배하고 있었다고 할 수 있을까. 아무튼 사람들은 아직 근근이, 힘겹게 어둠을 몰아내느라 애쓰는 중이었다.

밖에서 할애비 할미와 그 손님이 주고받는 이야기 소리가 나직하게 이어지고 있었다. 무슨 말인지 제대로 알아들을 수는 없었다. 거기가 어디 하루이틀 걸리는 길인가, 하는 할애비의 말, 그러자 그 여자 손님은 또박또박 말했다. 하루 한나절이면 됩니다. 거리도 거리지만 참 우리 같은 사람들이 어디 그런 길을 꿈이라도 꾸어보겠어, 하는 것은 할미였다. 손님이 뭐라뭐라 웅얼거리는 소리, 안 돼, 하는 할애비의 단언, 할미가 애가 아직 나이가 몇살인데, 하고 투덜거리는 소리…… 그것으로 보아 어쩌면 나에 관한 얘기일지도 모른다는 생각이 들었다. 문 창호지와 창을 통해 희미한 오후의 햇빛이 방 안으로 흘러들었고, 나는 국어 교과서에 새로 나온 낱말들과 뜻을 공책에 베껴썼다. 낱말보다 낱말 뜻풀이가 더 어려운 것이라는 사실을 처음 배운 것이 아마 그 무렵이 아니었을까.

손님 가신다. 나와 인사해라. 할애비였다. 나는 마루로 나갔다. 손님은 구두를 신고, 역시 검정색 가죽 핸드백을 들고 마당 가운데 서 있었다. 나는 안녕히 가세요, 하고 인사를 했다. 그때 마루 끝의 전등이 반짝 켜졌다. 알전구, 아마 삼십 촉이었을 것이다. 그 무렵에는 삼십 촉도 감지덕지였으니까. 어둠 속에 얼룩처럼 희미하던 여자의 얼굴이 전등 불빛으로 환히 떠올랐다. 그 예쁜 얼굴, 나에게 미인이란 어른이 되기까지 그 여자를 뜻했다. 표정이 없는 듯 말갛고 흰 얼굴, 반듯하게 정리된 눈, 코, 입술. 어둠 속에 잠겨 있던 뜰의 무수한 꽃들도 전등 불빛 아래 다시 모습을 드러냈다. 거무스레해 보이는 장미, 꽃잎을 오므리고 고개를 숙인 나팔꽃, 채송화와 나리와 붓꽃과 제비꽃, 은방울꽃 들은 햇빛 아래에서와는 다른 빛깔로, 마치 순식간에 죽어 화석이라도 되어버린 듯한 기이한 몰골이었다.

그 여자는 뜰을 천천히 둘러보았다. 어느 순간 나는 그 얼굴에서 슬픔을, 무겁고 짙은, 압도적인 슬픔을 보았다. 그래. 잘 있어, 영직이. 할아버님 할머님 말씀 잘 듣고, 공부도 열심히 하고. 그녀가 말했다. 그러나 나는 그것이 거짓말, 아니, 거짓말은 아닐지라도 무의미한 소리에 불과하다는 것을 알았다. 그녀의 얼굴빛과 그 말 사이의 간극은 너무 컸다. 그런 얼굴에서는 공부 열심히 하라는 따위의 얘기가 아니라 울음이나 비명, 아니면 적어도 절망적인 신음 소리 같은 것이 밀려나와야 했다.

"어서 가. 다신 찾아올 생각 말고" 하고 할애비가 재촉했다.

"기왕 혼자 갈 길이면 얼른 가야지, 뭐" 한 것은 할미.

여자 손님은 돌아서서 마당을 가로질러 대문으로 나갔다. 할애비도 할미도, 평소 다른 손님들이 왔을 때와는 달리, 대문까지 그녀를 배웅하지 않았다. 그녀가 사라지자마자 할미는 가슴을 쓸어내렸다. 휴우, 큰일날 뻔했다. 할애비는 헛기침을 험, 내놓고 방으로 들어가며 등뒤로 말했다. 직이도 어서 들어가라. 어서 저녁 먹읍시다, 마누라.

그 이튿날부터 나는 며칠을 앓았다. 감기와 몸살이었다. 아무래도 저수지에 빠졌던 것 때문이었을 것이다. 할애비 할미의 반응도 놀라웠다. 내가 감기에 걸리거나 열이 좀 나는 경우 할미는 일어나 밥 많이 먹으면 낫는다고 억지로라도 일으켜 앉혀놓기 일쑤였다. 그러나 이튿날 내가 일어나지를 못하자 할미는 두말없이 이장 집으로 가서 전화를 하여 의사를 불렀다. 나는 의사가 왕진을 왔다는 사실 자체가 무서웠고, 늙은 의사의 하얀 가운이 싫고 무서웠으며, 그가 꺼내 들이대는 청진기도, 주삿바늘도 다 무서웠다.

한 열흘쯤을 앓았던가. 지독한 감기였다. 열을 식히기 위해 할미는 밤새도록 내 몸을 찬 물수건으로 씻어내리기를 반복했다. 정신을 잃고 있다가 눈을 뜨면 할애비 할미가 나직하게 얘기를 주고받으며 촛불 밑에서 나의 얼굴을 들여다보고 있었다. 할미가 깨우면 겨우 일어나 죽을 한두 모금 먹고 다시 쓰러졌고, 다시 눈을 감으면 잠인지 혼수인지 알지 못할 깊은 어둠이 얼른 다가와 나를 삼켰다. 그 와중에도 할애비와 할미가 주고받은 말 가운데 몇 마디가 나중까지 기억에 남았다. 고 염병을 할 여편네가 그렇게 안 된다니까 그 대신 감기를 옮겨주고 간 모양이네요. 아, 거 독한 년이네, 그거. 그런 말 말어요. 낫기만 하면 그나마 얼마나 다행이게요.

커가면서, 중학생이 되었을 무렵, 나는 그 여자가 나의 어미였을지도 모른다는, 틀림없이 어미였을 것이라는 생각에 이르게 되었다. 그날 어미는 나를 데려가기 위해 왔던 것이다. 그러나 할애비와 할미가 나를 보내주기를 거절했고, 그래서 어미는 쫓겨나듯 혼자 돌아가야만 했을 것이다. 할애비는 뜰에 서서 머뭇거리는 그 여자에게 말했다. 어서 가. 다신 찾아올 생각 말고. 다시는 오지 말라고 할애비는 나의 어미의 등을 떠밀며 말했다. 한때는 그 때문에 혼자서 할애비와 할미를 원망한 적도 있었다.

나는 나중에 그녀를 다시 만났다. 뜻밖에도 꿈속에 나타난 그녀는 나의 어미가 아니라 나의 연인. 나는 흰 꽃잎들이 질펀하게 떨어진 들판에서 그녀와 격렬하고 황홀한 섹스를 벌였는데, 그 꿈은 몽정으로 끝이 났다. 고교 시절이었다. 대상이 하필이면 나의 어미일지도 모르는 여자라니, 나는 당혹스럽고 부끄러웠다. 나 자신이 변태가 아닌가, 걱정이 되었다. 그러나 그후로도 종종 나는 꿈속에서 그녀를 만나 섹스를 즐겼다. 그런 일이 반복되는 사이에 당혹감이나 수치심은 사라졌다. 오히려 잘 때마다 그녀가 꿈에 나타나주기를 기다렸다.

그렇게 그녀는 손님으로 나타나, 염병할 여편네가 되었다가, 나의 어미가 되었다가, 나의 연인이 되었다. 나는 궁금했다. 다음에

만날 때 그녀는 무엇이 되어 있을까?

4

　할애비가 갑자기 쓰러진 것은 막 추위가 시작되던 계절, 12월 초순이었다. 일요일 아침, 그는 샤워를 끝내고 욕실에서 나오다가 타월을 목에 걸친 채 쿵, 나무기둥처럼 쓰러졌다. 그때까지 잔병치레라고는 없었으므로, 그가 쓰러진 것은 너무나도 놀라운 일이었다. 그는 아직도 거의 매일 뒷산에 올라 줄넘기 이백 개를 거뜬히 하고 내려오는 건강을 과시했는데, 돌연 마룻바닥에 누워버린 것이다.

　그가 정신을 되찾은 것은 그날 병원으로 옮겨지고 나서, 자정이 가까운 시간이었다. 여자 의사가 들어와 할애비의 혈입을 쟀다. 할애비가 눈을 뜬 것은 그 순간이었다. 그는 주위를 둘러보더니 너무나 멀쩡한 어조로 그녀에게 말했다. 쓸데없는 짓입니다, 의사 선생. 갸름한 얼굴에 예쁘장하게 생긴 여자 의사는 화들짝 놀랐으나 곧 웃음을 지었다. 고르고 흰 치열로, 그녀의 웃음마저 아름다웠다. 정신 드셨군요, 할아버지. 우리도 검사를 해봐야 알 수 있는 일인데 할아버지는 이제 막 정신이 드셨으면서 어떻게 다 아세요? 그녀는 더없이 상냥한 어조였다. 할애비는 침대 옆에 서 있는

나를 쳐다보며 빙긋, 그 특유의 익살맞은 표정으로 미소를 지었
다. 금방 정신을 차린 사람이라고는 여겨지지 않는 쾌활한 얼굴이
었다. 고통도 걱정도 전혀 알지 못한다는 듯한 얼굴, 잠꼬대를 하
다가 잠에서 깨어나 조금 무안한 것뿐, 다른 일이라고는 전혀 없
다는 듯한 얼굴이었다. 할미가 다가가 그의 손을 붙들었다.

"내가 누구예요, 영감? 내가 누구냐구요."

할애비는 혀를 찼다.

"이 할망구가 미쳤나. 의사선생, 혈압은 이 할망구나 좀 재보쇼.
정상이 아닌 모양이네."

여자 의사는 웃었다. 재밌는 분이시네요. 그녀는 이번에는 커다
란 빈 주사기를 꺼내 할애비의 팔에 꽂으려 했다. 할애비는 모르
는 척 팔을 치우며 말했다.

"다 쓸데없는 짓이라니까."

여자 의사는 여전히 생글생글 웃으며 할애비의 팔을 붙잡았다.
그거야 검사를 해봐야 알죠, 할아버님. 그러자 할애비는 팔을 뿌
리치며 나직하게 내뱉었다. 다 쓸데없는 짓이란 말이다, 이년아.
귀찮게 좀 굴지 말아. 여자 의사가 경악하여 할애비를 내려다보았
다. 할애비는 어디까지나 유쾌하기만 한 낯으로 창 밖으로 시선을
옮기며

"내가 몇 시간이나 잤나, 이거?" 하고 중얼거렸다. 할미가 의사
선생 말 좀 들으라고 애원했다. 그러나 그 의사선생은 아직도 충

격을 수습하지 못하고 멍청히 할애비를 쳐다보고만 있었다.

창 밖에는 언제부터인지 눈이 쏟아지고 있었다. 할애비는 아이고, 이 눈 봐라, 하고 감탄하더니 침대에서 내려섰다. 가자, 눈 더 쏟아지기 전에 부지런히 집에 가서 자야겠다.

여자 의사가 간신히 본분을 되찾아 얼른 할애비를 막았다. 위험하다고, 뇌혈관에 이상이 있는 것 같다고 그녀는 말했다. 할애비는 코웃음을 쳤다.

"그런 이상이야 이 나이에 없는 게 이상한 노릇이지. 잘 찾아보면 자네한테서도 발견될걸."

할애비는 환자복을 벗어던지고 벌거벗은 몸으로 병실 가운데 버텨섰다. 여자 의사가 당황하여 얼른 외면했다. 사실 할애비의 몸에 볼 것이라고는 없었다. 허옇게 세어버린 거웃 속에 보일 듯 말 듯 묻힌 번데기 같은 것이 아비의, 그리하여 또한 나의 근원이라는 것은 거의 믿어지지 않았다. 고개를 돌려 외면한 채로 여자 의사는 계속해서 말하고 있었다. 안 돼요, 이건. 의사의 허락 없이 퇴원할 수는 없어요. 할애비는 한 마디도 지지 않고 대꾸했다. 난 할 수 있어. 할미가 얼른 속옷을 내밀지 않았더라면 그는 얼마든지 벌거벗은 채 거기 서 있었을 것이다. 공중목욕탕에서 한참 때를 벗기고 나오기라도 한 듯 유유히 속옷을 입고, 옷장 안에서 자신의 옷을 찾아 입은 그를 보고서야 나는 할애비의 구두를 챙겨오지 않았다는 것을 깨달았다. 그는 끌끌 혀를 찼다.

"아예 초상 치를 준비를 하고 온 거냐, 뭐냐. 신발을 안 가져와?"

나는 할애비에게 미안했다. 그러나 할애비가 하루도 지나지 않아 멀쩡히 정신을 되찾아 집으로 돌아가겠다고 나서리라는 것을 어찌 알았으랴. 나는 얼른 내 구두를 벗어 할애비 앞에 놓아주었다. 그는 태연히 내 구두에 발을 밀어넣었다. 그의 발은 내 커다란 구두 안으로 가뭇없이 사라져버렸고, 나는 그것을 보며 할애비의 커다란 구두를 끌고 마당을 덜그럭거리며 돌아다니던 어린 시절의 장난을 떠올렸다. 양지 바른 뜰, 온갖 꽃들이 무성한 화단, 우물과 장독대, 그리고 낡은 자전거와 손수레…… 할애비의 구두는 너무나 커서 어선 같았고, 나는 거인이 되어 어선을 신고 햇빛으로 출렁거리는 바다를 가로지르는 중이라고 상상했다……

그러나 이제는 할애비가 나의 구두를 신고 덜그럭거리며 병원을 빠져나가고 있었다. 은빛의 문들이 양쪽으로 늘어선 흰 벽, 회색 대리석, 창백한 형광등, 텅 빈 복도, 소실점을 향하여 멀어져가는 길고 긴 복도, 천장과 바닥의 정연한 직선들을 따라 할애비는 성큼성큼 걸음을 옮겼고, 그때마다 이상한 행진곡의 타악기처럼 구두 소리가 덜그럭덜그럭, 박자를 맞췄다. 의사와 간호사가 한번 할애비 앞을 막았으나 그는 비켜, 하고 소리질렀고, 그러자 의사도 간호사도 주춤 물러나 더이상 그를 붙잡을 생각을 하지 못했다.

차에 오르자 할애비는 구두를 벗어 나에게 내밀었다. 나는 차를 운전하여 병원에서 빠져나왔다. 우리를 막는 것은 아무것도 없었다. 한밤의 한적한 도로를 달려가는 낡은 차 안에서 할애비는 창밖에 희끗희끗 흩날리는 눈을 내다보며 노래를 불렀다. 저 산 너머 저 구름 너머 아직 내가 태어날 곳이 있다 저 뻘을 지나 저 골짜기 너머 아직 우리 태어날 땅이 있다 지금만이 아니다 여기만이 아니다 언젠가 언젠가 저기 저 너머 내가 살 곳 내 꿈이 살아 있는 곳…… 노래를 부르다 말고 그는 갑자기 큰 소리로 물었다. 우리 어디 노래방이나 들어가 좀 놀다 가면 어떻겠냐?

5

그렇게 용감하게 병원에서 뛰쳐나오기는 했으나, 할애비의 병세가 깊어지기 시작한 것은 바로 그날 새벽부터였다. 의식을 놓았던 십여 시간 동안 그에게 무슨 일인가 벌어진 것이 분명했다.

새벽 무렵에 거실에서 들리는 이상한 소리 때문에 나는 잠에서 깨어났다. 뭔가가 떨어지는 소리, 유리잔이 서로 부딪는 것 같은 날카로운 소리…… 거실에 불이 켜져 있었다. 나는 방문을 밀고 거실로 나갔다. 거기 벌어지고 있는 광경을 본 순간 나는 그 자리에 고스란히 얼어붙었다. 소름이 끼쳤다. 아무 말도 아무 생각도 할 수 없었다. 그게 꿈이 아니라는 것을, 몇 번이나 나 자신에게 확인하고 또 확인해주어야 했다.

할애비가 벌거숭이 몸뚱이로 춤을 추고 있었다. 늙고 쭈글쭈글한 두 팔을 한들한들 흔들며, 장작개비 같은 두 다리를 굽혔다 펴고 폈다 내뻗으며, 앉았다 일어섰다, 엎어졌다 쓰러졌다 하며 기괴한 몸짓으로 춤을 추었다. 나는 간신히 입을 떼어 물어보았다. 할아버지, 뭐 하세요? 그러나 그는 내 말을 듣지 못했다. 춤에 열중하여 내가 나와 서 있는 것을 의식하지 못하는 것 같았다. 벽시계는 다섯시 오분을 가리키고 있었다.

할애비가 대답을 하지 않았으므로 나는 어쩔 수 없이 거기 서서 그의 춤을 지켜보는 수밖에 없었다. 왈츠일까. 지루박이나 탱고일까. 어찌 보면 젊은 아이들의 힙합 같았고, 어찌 보면 옛날 유행하던 소울이나 고고 같기도 했다. 그가 몸을 흔들어댈 때마다 허연 거웃 사이로 아무렇지도 않게 드러난 그의 성기도 까딱거렸다.

마침내 할애비가 숨을 헐떡이며 소파에 주저앉았다. 나는 그에게 물을 가져다주었다. 그가 고맙습니다, 하고 물잔을 받아 단숨에 꿀꺽꿀꺽 들이켰다. 나는 그에게 물어보았다. 오늘이 며칠이지요? 그는 나를 돌아보지도 않고 대답했다. 몰라요. 나 그런 사람도 모르고 언문도 모르요. 나는 어이가 없어 다시 물었다. 한글도 모른다구요? 할애비는 멀쩡하게 대답했다. 모른다니까요. 나 같은 놈이 어디서 언문을 배웠겠습니까?

그는 손자를 알아보지 못했다. 날짜도 알지 못했다. 또한 날짜가 어떻게 변경되는지도 이해하지 못했다. 성함이 어떻게 되세요? 내가 다시 물었다. 할애비는 갑자기 성을 냈다. 니 이름은 뭐냐, 이놈아? 뭔데 꼬치꼬치 캐물어? 너 왜놈 순사 밀정이냐? 세상이 좆같으니까 별 좆만한 놈이 다 설치고 다니네.

나는 갑자기 눈물이 치솟았다. 할애비는 치매에 걸린 것이 분명했다. 나는 그의 손을 잡았다. 그러자 할애비는 갑자기 고분고분해졌다. 내가, 이름은 문성이, 성은 권이오. 나 죄 지은 적 없으니까 이거 놔요. 나는 다시 한번 놀라 얼른 그의 손을 놓았다.

그때 할미가 방문을 밀고 나왔다. 그녀를 본 순간 갑자기 제정신으로 돌아오기라도 한 것일까. 할애비는 자신의 몸을 돌아보더니 흠흠, 헛기침을 하며 황급히 몸을 일으켜 성큼성큼 화장실로 걸어들어갔다. 할미는 이미 간밤에 할애비에게서 어떤 조짐을 본 것일까. 별로 놀라지 않았다. 묵묵히 내 옆에 앉아 한숨을 길게 내쉬며 할애비가 사라진 화상실 쪽을 넘겨나보았다. 할애비가 화장실 문을 빼꼼히 열고 말했다. 엄마, 나 옷 없어. 내 옷.

6

나는 할애비에게 자전거를 배우던 날을 기억한다. 초등학교 일학년 여름방학, 학교 운동장이었다. 그는 나를 자전거 짐칸에 신고 학교 운동장으로 갔다. 나는 그의 허리에 매달려 짐칸의 쇠 파이프가 엉덩이를 충격하는 것을 고통스러워하는 한편 자전거의 속도를 즐겼다. 학교 운동장에 도착하자 할애비는 나에게 자전거를 타라고 명령했다. 물론 나는 못 탄다고 대답했다. 그는 탈 수 있어, 하고 말했다. 그것은 마치 아궁이에서 꺼낸 구운 감자를 껍질까지 다 벗겨 사발에 담아주고 먹어라, 하고 말하는 것 같은 어조였다. 그 감자를 맛있게 먹었듯이 자전거를 신나게 타야 하는 것이다. 그러나 할애비의 자전거는 어른 자전거였고, 그래서 다리가 아직 짧은 나에게는 우선 그 자전거의 안장에 엉덩이를 올려놓는 것부터가 불가능했다. 그러나 그것은 할애비가 간단히 해결했다. 나를 번쩍 들어 안장에 올려주었다. 할애비는 뒤에서 붙잡아주고 나는 엉덩이를 이쪽저쪽으로 기울여가며 자전거의 페달을 밟기 시작했다. 자전거는 신기하게도 앞으로 전진했다.

나는 지금도 내가 처음 자전거의 페달을 밟았을 때 느껴지던 그 속도감을 잊지 못한다. 바람, 무엇보다도 내 얼굴을 서늘하게 적셔오는 그 바람의 맛, 그것은 이제껏 살아오는 동안 나에게 벌어진 온갖 상쾌한 일들 가운데 아직도 으뜸이다. 할애비의 등에 달라붙어 자전거를 타던 맛하고는 비교할 수가 없었다. 그것은 걸어다니는 것이나 자동차를 타는 것과는 비교가 되지 않는, 전혀 낯선, 조금 과장하자면 나는 것 같은 기분이었다. 만일 나에게 날개가 달려 처음 날기 시작한다면 그와 비슷한 기분일 것이다.

그 할애비가 나에게 어느 날, 말했다.

"자전거 태워줘, 아부지."

그렇게 나는 할애비의 치매 속에서, 그의 아비가 되었다. 또한, 나와 할미는, 역시 할애비의 치매 속에서, 부부가 되었다.

나는 할애비를 자전거 뒤에 태우고 아파트 광장을 달렸다. 할애비는 내 등에 매달려 우아, 우아, 하고 경탄했다. 할미가 뒤에서 조심해라, 조심해라, 하고 외쳤고, 할애비는

"엄마, 이거 봐. 나 자전거 타!"

하고 소리쳤다. 여전히 내 얼굴을 스치는 바람은 서늘하고 상쾌했으나 나는 어느 순간 혼돈에 빠졌다. 내가 정말 할애비의 아비가 되고, 할미가 정말 나의 아내가 된 것은 아닌가 하는, 말도 안 되는 것이 분명한데도, 어느 순간, 정말 찰나의 순간, 그런 의구심이 나를 사로잡았던 것이다. 나는 고교 시절에 읽은 이상의 시를 떠올렸다. 나는 내 아비의 아비가 되고 아비의 아비의 아비가 되고 아비의 아비의 아비의 아비가 되고 아비의 아비의 아비의 아비의 아비가 되고……

할애비를 자전거 짐칸에 태우고 집으로 돌아오는 길에 그가 문득 말했다.

"아부지, 저거 뭐야?"

내가 반문했다. 뭐요? 저거, 하고 할애비가 가리키는데, 그것은 호박꽃이었다. 저거 따줘, 하고 그가 말했다. 그 순간 나는 다시 한

번 혼돈에 사로잡혔다. 그것은 내가 할애비의 등에 달라붙어 자전거를 타고 산골 농로를 질주하던 시절, 그와 나 사이에서 오간 바로 그 문답이었다. 그것이 다시 고스란히 지금 되풀이되고 있었다.

아파트 광장의 화단에는 잔디가 죽어 흙이 벌겋게 드러난 곳이 군데군데 있었고, 그런 자리에 간혹 사람들은 상추도 심고 호박도 심었다. 나는 자전거를 세우고 호박꽃을 땄다. 할애비는 나에게 손을 내밀고 있었다.

할애비가 따준 호박꽃으로 나는 꿀벌을 잡았다. 할애비는 꿀벌을 잡지 않았다. 꽃을 받아들자마자 입으로 가져가 우적우적 씹어 먹었다. 말릴 틈이고 뭐고 없었다.

7

나는 할미의 젖을 먹은 적이 있다. 물론 할미에게서 젖이 나와서가 아니었다. 내가 할애비에게 꾸중이라도 듣고 울고불고 떼를 쓰기라도 하면 할미는 저고리를 열어젖히고 젖 먹자 우리 새끼, 하며 나를 끌어안았고, 그러면 나는 기꺼이 한 손으로는 할미의 쭈글쭈글한 젖을 주물럭거리며 입으로는 맹렬히 젖을 빨았다.

그게 무슨 맛이었을까. 그때에는 아무리 슬퍼도, 화가 나도, 억울해도 할미의 젖을 주물럭거리며 빨기만 하면 그저 순식간에 기

74

분이 편안해졌다. 도대체 무엇 때문에 아무것도 나오지 않는 그 쭈그렁쭈그렁한 젖을 주물럭거리며 빨고 있으면 아무리 화가 나도, 분해도, 슬퍼도 그런 건 그저 순식간에 다 잊어버리게 되고 그만 곧 잠이라도 올 듯 편안해졌을까.

나중에 커서 여자들과 잘 때 그들의 가슴을 만지면서 나는 그 비슷한 편안함을 느꼈다. 마치 구름이라도 더듬고 있는 것 같은 기분, 황홀하기도 하고 슬프기도 하고, 한없이 위로받고 싶기도 하고, 그저 그 안으로 사뭇 녹아들어가고 싶기도 한 기분, 막막한 기분, 밑이 없는 구덩이로 한없이 떨어져내리는 것 같은데 그만 그것이 너무나 좋은…… 아직도 나에게는 할미건 아내건, 모든 여자들의 젖가슴은 불가사의다.

물론 나는 젖먹이일 때는 어미의 젖을 먹고 자랐다고 한다. 나는 기억하지 못하지만 할미의 말에 의하면 그랬다는 것이다. 어미가 집을 떠난 건 내가 다섯 살 때였다니까. 하지만 나에게는 어미의 젖에 대한 기억은 없다. 그러나 크게 억울할 것은 없다. 어미의 젖을 기억하는 사람이란 거의 없다는 것을 나는 안다.

아내의 젖을 생각하면……, 뭐랄까, 나는 아내의 젖이 그립고 부끄럽다. 끝이 없을 듯한, 그녀 자신은 알지 못했을지 모르지만, 내가 느끼기에는 분노나 원한, 악의 같은 것과는 아예 인연이 없을 듯한 그 부드러움과 따뜻함, 내가 세상에서 그보다 더 부드러운 것을 알지 못하는 그 부드러움을 아내의 젖가슴은 지니고 있었다. 세상의 것이 아닌 것 같은 부드러움, 거기 얼굴을 묻고 있으면 아무리 긴 시간이 흘러도 지루하지 않고, 지루하기는커녕 결코 거기를 떠나고 싶지 않은 그런 포근함.

그런 아내가 나중에는 맹수가 되었다. 표독스러운 눈으로 나를 쏘아보며 고함을 지르며 내 가슴을 마구 두들겨대며 사냥하는 호랑이처럼 사납게 이혼을 요구했다. 나는 그런 아내를 이해할 수 없었다. 저 부드러움과 따뜻함, 그리고 이 표독스러움, 그것들이 한 사람 속에 나란히 자리잡고 있다는 것을 이해할 수가 없었다.

할미 역시 할애비에게 맹수였던 적이 있을까. 나는 할미와 할애비에게 그것을 물어볼 수는 없었다. 그러나 내 짐작만으로는 할미는 결코 맹수였던 적이 없었을 것이다.

하지만 여전히 여자들은, 아니, 여자들이라기보다 여자들의 젖가슴은 나에게는 불가사의다. 아마도 여자들 자신에게도 그렇지 않을까. 여자들 역시 자신의 젖가슴이 그다지 부드럽고 따뜻하다는 것에 대해서는 속수무책인 것은 아닐까.

할애비가 죽어갈 때 나는 할미가 그에게 젖을 먹이는 것을 본 적이 있다. 할애비가 누워 지내던 방 안에서 이상스런 정적이 밀려나왔으므로 나는 무심코 방문을 밀고 안을 들여다보았다. 할애비가 할미의 가슴에 매달려 젖을 물고 있었다. 내가 들어서자 할미는 부끄러워 어쩔 줄을 몰랐으나 할애비는 갓난아기처럼 포근한 얼굴로 할미의 젖에 매달려 그것을 놓아주려 하지 않았다.

"아이구, 아이구, 이 영감이 부끄러운 줄도 모르고……"

할미가 중얼거리며 돌아앉자 나는 그 방에서 물러나왔다. 행복한 표정인 것은 할애비만이 아니었다. 할애비를 내려다보는 할미의 얼굴 역시 그윽하고 흐뭇했다.

8

할애비가 다른 모든 음식을 거부하고 꽃만을 먹기 시작한 것은 바로 그날, 내가 그에게 호박꽃을 꺾어준 날부터였다. 다른 음식은 전혀 입에 대려 하지 않았다. 고기도 생선도 밥도 다 싫다는 것이었다. 할미는 매일 꽃집이나 화원을 돌아다니며 버린 꽃을 모아들였고, 할애비는 아귀아귀 그 꽃들을 씹어삼켰다. 장미와 백합, 카네이션과 프리지어와 안개꽃 같은 것을 그는 밥이나 라면, 피자와 떡국이라고 불렀다.

이듬해 봄부터는 할미와 나는 틈만 나면 들로 산으로 나다니며 꽃들을 꺾어 모았다. 진달래와 개나리, 철쭉과 아카시아 같은 것들은 지천이었다. 할미는 풀꽃들을 꺾어 배낭에 담으며 일일이 그 이름을 얘기해 주었다. 그해 봄과 여름에야말로 나는 무수한 들꽃들의 이름을 알게 되었다. 노루귀, 뻐꾹채, 복수초, 제비꽃, 큰꽃으아리, 산자고, 쪽도리풀, 할미꽃, 각시붓꽃…… 그 작고 앙증맞은 한 송이 한 송이가 다 이름을 지니고 있다는 것이 놀라웠다. 이름이 어찌 되었건 그 모든 꽃들은 할애비의 식량이 되었다. 그것만으로는 부족했다. 나나 할미나 매일 들로 산으로 꽃을 따러 다닐 수는 없는 형편이었으므로, 나도 할미도 외출했다가 돌아올 때면 동네 꽃집이나 화원에 들러 버린 꽃들을 모아들였다. 예식장에 갈 일이 있으면 꽃다발이 버려지지는 않는지 살폈다. 우연히 친구네 집에 가서, 혹은 사무실에 가서 거기 꽃병이나 화분의 꽃을 목격하면 그것이 꽃이 아니라 할애비의 식량으로 보였다. 거리에 피어나는 꽃을 봐도 마찬가지였다. 단 하나, 장례식장의 꽃은 가져오지 않았다. 할미가 불길하다고 막았다.

온 집 안이 꽃으로 넘쳐났다. 꽃향기가 뒤엉켜 들판이나 산속 같은, 아니면 무슨 화장품 가게 같은 냄새로 가득했다. 할애비는 그 꽃 속에 들어앉아 우물우물 하루 온종일 꽃을 먹었다. 상추에 싸서 먹기도 하고, 배추에 싸서 먹기도 했다. 붉은 꽃, 노란 꽃, 파란 꽃, 흰 꽃 들이 끝도 없이 그의 입으로 밀려들어갔다. 먹다 지치면 꽃 위에 쓰러져 잠들었다. 할미는 꽃을 물에 흔들어 씻으며 중얼거렸다. 저 영감이 죽어 나비가 될라나보다. 벌써 꽃 먹는 연습을 하는 걸 보니. 그러나 나는 알고 있었다. 나비는 꽃을 먹지 않는다. 꽃을 먹는 것은 나비가 아니라 벌레들, 진딧물이나 하늘소 같은 곤충들이었다.

나는 한편으로는 걱정이 되었다. 사람이 다른 영양을 섭취하지 않고 꽃만을 먹으며 얼마나 살 수 있을까? 물론 꽃에도 다소의 영양소는 있을 것이다. 그러나 그것으로 체력이 얼마나 유지될 수 있을 것인가? 할미와 나는 기회만 생기면 그에게 뭐든 먹여보려고 노력했으나 번번이 실패하고 말았다. 그는 발버둥치며 대추같이 쭈글쭈글한 얼굴을 있는 대로 찡그리고 끽끽, 이상한 소리로 울어대거나 돌연 완강한 힘으로 할미와 나를 떠다밀고 얼굴을 이불 속에 틀어박았다. 할미가 외출중일 때 나는 할애비에게 억지로 불고기를 먹이려 시도한 적이 있었다. 내가 그의 얼굴을 붙들고 입을 벌려 쇠고기점을 쑤셔넣으려 하자 그는 갑자기 있는 힘을 다해 몸을 틀어 나에게서 벗어났다. 그는 나를 한참 동안 빤히 쳐다보고 있다가 진지한 얼굴로 이렇게 물었다.

"아부지, 날 죽일 거여?"

내가 어이가 없어 멀거니 그를 쳐다보는 사이에 그는 다시

"애쓸 거 없어. 나 혼자 그냥 여기서 떨어져 죽을라니까."

하더니 베란다로 휘적휘적 걸어갔다. 나는 깜짝 놀라 그를 붙잡아 마루에 끌어앉혔다. 할애비는 진달래 노란 꽃잎을 움켜 입에 쑤셔넣으며 투덜투덜 제법 위협까지 했다. 그런 거 또 먹으라고 하면 정말 떨어져 죽어버릴 거다.

그뒤로 나는 할애비에게 뭔가를 억지로 먹이려는 시도는 포기했다. 꽃만으로도 그의 체력은 별로 약해지는 것 같지 않았다. 오히려 가끔은 엄청난 힘을 과시하기도 했다. 어느 날 아침, 그는 눈

을 뜨자마자 할미에게 왜적은 물러갔나, 하고 물었다. 할미가 어리둥절하여 무슨 왜적, 하고 반문하자 벌떡 일어나 아직도 남아있단 말이여, 하고 부르짖으며 방문을 걷어차고 거실로 뛰쳐나갔다. 주방에서 커다란 국자 하나를 움켜쥐자, 그는 현관문을 걷어차고 아파트 복도로 달려나갔다. 할미와 내가 말리고, 이웃 사람들이 뛰쳐나와 붙잡고, 경비가 덤벼들어 앞을 막았으나 할애비의 괴력을 막을 수 없었다. 허리에 매달리고 다리에 매달리고 어깨에 매달린 대여섯 명의 사람들을 질질 끌고 그는 계단을 내려가 아파트 광장에 나섰다. 그의 국자에 얻어맞은 사람이 이십여 명, 경비원은 하필 코를 얻어맞아 코피를 줄줄 흘리며 할애비를 쫓아다녀야 했다.

할애비의 소동은 십여 분쯤 뒤에 갑자기 끝이 났다. 그는 아파트 광장 한복판에서 우뚝 멈춰 서더니 속옷 차림으로 거기 서 있는 자신의 꼴을 내려다보고, 멀찍이 둘러서서 그 꼴을 구경하고 서 있는 아파트 주민들을 둘러보고, 국자를 내려다보자 깜짝 놀라 그것을 그 자리에 내던졌다. 자신이 어째서 거기 그런 꼴로 서 있는 것인지를 알 수가 없어 난감한 낯이었다. 그는 아파트 이웃 사람들을 알아보지 못하는 것은 물론이요 할미도 나도 알아보지 못했다. 들어갑시다 영감, 하고 할미가 손을 붙잡자 그제서야 커다랗게 흠, 하고 헛기침을 하고는 못 이기는 척 할미의 손에 이끌려 집으로 돌아왔다.

그날부터 할미와 나는 승강기에서 이웃 사람을 마주치기만 하면 이상한 인사를 받아야 했다. 영감님은 안녕하세요? 어르신은 여전하십니까? 국자 새로 장만하셨어요? 영감님이 들고 나오신 게 국자였기에 망정이지 그게 아니라 망치나 야구방망이 같은 거였으면 어떻게 할 뻔했어요? 단속 잘하셔야겠어요.

9

할애비는 나를 알아보지 못했다. 할미도 알아보지 못했다. 내가 누구예요, 하고 물어보면 그의 대답은 때로는 몰라, 때로는 아부지, 때로는 아저씨였다. 잠깐잠깐 제정신이 돌아오는 때면 자괴감에 빠져 괜시리 화를 내거나 고통스러워했다. 그는 제정신이 아닌 동안 자신이 무슨 얘기를 하고 무슨 짓을 했는지 알고 싶어했다. 할미는 얌전했다고, 아무 일 없었다고, 걱정 말라고 말했으나, 할애비는 그 말을 믿지 않았다.

"사실대로 말을 해, 이 할망구야" 하고 그는 고함을 질렀다. 할미는 결코 사실을 얘기하지 않았다. 그녀는 나에게도 결코 무슨 일이 있었는지를 얘기해서는 안 된다고 당부했다. 사실을 알아내려는 그와 그것을 감추려는 우리 둘 사이에 팽팽히 긴장감이 흘렀다.

"집 안에 왜 이렇게 꽃이 많아? 이게 다 뭔 일이여?"

할애비가 정신을 되찾았을 때 오히려 집안 분위기가 더 불안했다고 해야 할지도 모른다.

그러나 늘 그런 것은 아니었다. 간혹은 지난 얘기들을 들려주기도 했다. 니 아비가 어릴 때부터 몸이 너무 약했다. 내가 농사 조금 짓는 거 가지고 그놈 약값을 어떻게 당하겠냐. 참 니 할미가 고생 많이 했다. 이 집 저 집 댕기면서 허드렛일도 하고 바느질도 하고 배추니 콩이니 이고 나가 장바닥에 앉아 있기도 하고…… 그놈 약값으로 털어넣은 돈이면 그때 논 몇 마지기라도 샀을 것이다. 그놈이 폐결핵에다가 신장병에다가 축농증에다가…… 온갖 병을 다 앓았어. 약을 입에 달고 살았지, 어릴 때부터. 지 어미가 그놈 살리느라고 읍내 병원으로 약국으로 뛰어댕기면서 날밤을 새운 게 한두 번이 아니여. 아이는 참 착했다. 남에게 험한 소리 한 번 할 줄 몰랐어. 몸은 약하면서도 어찌나 공부는 잘하는지, 읍내에서 제일이었다. 동네 최고 갑부 소리 듣는 강참봉이 부럽지 않았어, 그놈 보고 있으면. 그런데……

그러나 할애비의 얘기는 온전히 끝나는 적이 거의 없었다. 어느 순간 돌연 다시 저 치매의 경계를 넘어가버리는 탓이었다. 그리하여 얘기하다 말고 전혀 엉뚱한 표정이 되어 눈을 빛내며 나에게 묻는 것이다. 어르신, 기차가 언제 들어온답니까? 그러면 나는 얘기가 토막나고 만 것에 대해 아쉬워할 겨를도 없이 좀 연착한다는데요, 하는 식으로 대답하는 수밖에 없었다.

그런 식으로 토막난 얘기들은 무수하다. 할애비의 첫사랑이던 임실댁네 셋째 딸 삼월이와의 애타는 연애 이야기는 그녀가 기다리는 뒷산 성황당으로 가는 길에 토막나고 말았다. 아비의 일본 유학 이야기는 일본까지는 가보지도 못한 채 현해탄을 건너가는 배 위에서 그만 중단되고 말았다.

그리하여 할애비의 일생이나 아비의 일생은 시작만 하고 끝내지 못한 무수한 사건들의 집적처럼 보였다.

어쩌면 사람이 산다는 일이 이미 그러하지 않을까. 제 뜻 아닌 계기로 시작은 하지만 끝은 없거나 알지 못하는 이야기 같은 것. 죽음이 물론 모든 사람의 삶을 끝장내기는 하지만 그것은 그저 물리적인 끝일 뿐, 사람이 각기 평생을 통해 이루고자 하는 일은 언제나 엉뚱한 자리에서 중단되고 마는 것 아닐까. 공민왕은 원나라의 세력을 몰아내고 권문세가의 만행을 처벌하여 나라를 바로잡으려 애를 썼으나 어느 날 한밤중 돌연 자신이 사랑하던 어린 청년들에 의해 난자당하고 만다. 정몽주는 고려를 지켜내려 안간힘을 쓰다가 졸지에 철퇴에 맞아 숨졌다. 평생을 절치부심, 북벌을 꿈꾸던 효종은 문득 병환으로 쓰러지고 만다. 전봉준도, 김구도, 장준하도…… 평생의 일을 기획중에 어느 날 돌연 병으로 죽거나 처형당하거나 암살당하는 것이다……

할애비는 치매 가운데에서도 때로 놀라울 만큼 명석하거나 익살맞았다. 어느 날 그는 제비꽃을 먹다가 퉤퉤 뱉어냈다. 할미가 아까운 걸 왜 뱉느냐고 타박하자 그는 말했다.

"유통기한이 지났어."

할미와 나는 잠시 멍해졌다가 웃음을 터뜨렸다. 유통기한이라니? 꽃에 그런 것이 있단 말인가? 할애비는 말했다.

"나도 유통기한이 다 돼가는 모양이다. 꼴이 이게 뭐냐?"

할미는 그가 정신을 되찾은 것이라 생각하고 그 앞으로 턱을 들이대고 다가앉았다. 영감, 정신이 들어요? 내가 그에게 물었다. 할아버지, 내가 누구예요? 할애비는 그 질문에 끝내 대답하지 않았다. 어찌 보면 정신이 순간적으로 돌아온 것처럼 보이는데도 그는 대답은 않고 멀뚱멀뚱 나와 할미를 쳐다보다가, 그 자신의 몸뚱이를 이리저리 살펴보다가, 이내 마치 일부러인 듯 다시 치매의 경계를 넘어가버리는 것이다. 그 자신에게는 어쩌면 편리한 일이랄 수도 있었다.

할미와 내가 대답을 듣기를 포기할 무렵 그는 갑자기 입을 열었다. 내가 말이다, 맨 첨에 태어났을 때 고구려 병사로 살았다. 살수대첩 때 을지문덕 장군하고 같이 싸우다 죽었어. 수나라 놈들 활 참 잘 쏘드라. 할애비의 주장에 따르면 살수는 우리가 중고교 시절에 배운 것과는 달리, 청천강이 아니라 요동반도에 있는 대양하인지 소자하인지 하는 강이었다. 어째서 학교에서 엉터리를 가르치는지 알 수가 없다고 그는 한참 동안이나 불평을 늘어놓았다. 그 다음은 당나귀로 한 번, 은행나무로 한 번, 두꺼비로 한 번 태어나 살다 죽었다. 인간으로 태어나기를 두번째는 진도에서였다. 농사꾼이었다. 그러나 그때도 할애비는 전쟁터에서 죽었다. 삼별 초군이 강화도를 떠나 진도에서 농성을 할 때 징집당한 할애비는 여몽 연합군의 침공을 받은 삼별초군이 진도를 버리고 제주도로 패주할 때에 몽고 장수 홍다구군의 화살에 목이 꿰뚫렸다. 시체는 까마귀들이 파먹고 닭이 파먹고 지렁이가 파먹고 남은 것들은 풍 우에 흩어졌다. 할애비가 목격한 바에 따르면 홍다구와 그 졸개들 은 꼭 야차(野次)나 살인귀 같았다. 그들이 승화후 왕온과 그의 아 들을 죽일 때 진도 안의 모든 짐승들이 우어우어, 꾸억꾸억, 왜액 왜액, 깽깨갱…… 울부짖었고, 심지어는 지렁이나 자라 같은 것들 마저 목을 빼고 기괴한 소리를 내지르며 통곡했다고 한다.

"이번이 이놈의 데서 사는 게 네번짼데, 살기가 징글징글하기 는 이번이 제일이다…… 죽을 고비 넘긴 게 어디 한두 번인 줄 아……?"

하다 말고 할애비는 갑자기 나를 똑바로 쳐다보며 물었다. 밥 안 줘, 아부지? 나는 그에게 꽃을 한 사발 가져다주었다. 그는 한참 동안이나 꽃을 입 안에 쑤셔넣고 우물거리다가 고개를 들어 허공 을 멀거니 쳐다보았다. 내가 이러고 있을 때가 아닌데…… 입당원 서 쓰러 가야 하는데. 아까부터 인민위원회에서 나오라고 난리여. 마누라한테 말을 하고 갔다 와야 할 텐데 이놈의 마누란 어딜 가 서 아직 안 오나…… 할미가 옆에 있다가 말했다. 입당원서는 어저께 쓰고 왔잖아요. 오늘은 안 써도 돼요. 할애비는 자신 없는 어조로 중얼거렸다. 그랬나? 어저께…… 썼다고? 그런데 왜 또 쓰라고 야단들이지?

나중에 할미에게 물어보았더니 그녀는 6·25 때 그런 일이 있었다고 말할 뿐이었다. 나는 막연히 할애비가 노동당에 입당하라는 권고를 받은 적이 있었으려니, 하고 생각했다. 그러나 정말 입당원서를 썼단 말인가? 할미는 고개를 저었다. 다 잊어먹었다. 그런 거 다 기억하고 어찌 산다냐. 다 잊고 살아야 헌다. 다 잊어야 살어…… 할미가 무슨 생각을 하는 것인지 나는 짐작할 수 있었다. 아비와 어미 생각을 하는 것이 분명했다.

10

수사관들이 집으로 쳐들어온 것은 내가 결혼을 하고 출판사 근처의 작은 집을 얻어 이사를 한 직후였다. 대학에 입학하면서 할애비 할미와 함께 서울로 집을 옮긴 이후 일곱번째의 이사였고, 내 소유의 집으로는 처음이었다.

마포 뒷골목의 출판사로 건장한 사내들이 들이닥쳤다. 덩치가 산만이나 한 사내들 대여섯이 들어서자 워낙 작은 사무실은 몸을 움직일 공간마저 찾기 힘들 정도였다. 말이 출판사지 후배 하나와

단둘이 기획부터 교정까지 모든 일을 다 하는, 책상 두어 개가 놓인 다섯 평의 공간에 지나지 않았다.

"중앙정보부에서 나왔습니다."

검은 양복을 입은 사내들이 선언한 순간, 나는 현기증을 느꼈다. 처음 든 생각은 우리가 낸 어떤 책이 문제가 된 것일까, 하는 걱정이었다.

같은 시각에 수사관들은 집으로도 쳐들어왔다. 겁에 질려 멍청히 서 있는 아내에게 수사관들은 물었다. 권오삼이 어디 있습니까? 권오삼? 권오삼이라니? 아내는 모른다고 대답했다. 이런 제기랄. 당신 시아버지를 몰라? 수사관이 대뜸 고함을 질렀다. 아내는 그분은 돌아가신 지 오래되었다고 대답했다. 수사관은 비웃음을 지으며 이번에는 할애비에게 물었다. 영감, 아들 어딨어? 할미는 부들부들 떨기 시작했다. 할애비가 말했다. 죽은 놈이 어디 있겠어? 땅속에 있겠지. 수사관이 버럭 고함을 질렀다. 개수작 말어! 할애비는 투덜거렸다. 아직도 이놈의 세상에선 이런 일이 벌어지는구만그려. 세상 참 안 변하네.

구석의 책상 앞에 틀어박힌 나를 쏘아보며 사무실 한가운데 버텨 선 수사관은 또박또박 말했다. 권오삼이가 간첩으로 남파된 지 벌써 이십 년이 지났어. 그걸 몰랐단 말야?

같은 말을 할애비와 할미, 그리고 아내도 들어야 했다. 할애비와 할미는 얼굴이 창백하게 질려 서로를 쳐다보았다. 그놈이, 그놈이 정말 살아 있단 말이오? 아내는 영문을 모르는 채 공포에 질려 부들부들 떨기만 했다. 수사관들은 더이상 아무것도 묻지 않고 집 안을 뒤지기 시작했다. 그들은 이부자리를 뜯어내고, 베개를 뜯어내고, 책상과 책꽂이를 뒤집어엎고, 천장을 뜯어내고 방바닥을 뜯어냈다.

같은 날 같은 시각에 수사관들은 처갓집에도 들이닥쳤다. 수사관들은 집 안을 수색하고 범죄인 다루듯 장모와 처제와 처남을 추궁했다. 권오삼이 언제 만났어? 작은 주형공장을 운영하던 장인어른은 그 자리에서 나에게 전화를 걸어 호통을 쳤다. 권오삼이가 누구냐? 내가 그 이름 한 번이라도 들어본 적이나 있으면 기가 막히지나 않겠다, 권서방 이놈아. 육군사관학교 출신 대위였던 큰처남은 같은 시각 보안대로 끌려갔다.

어디에서건 아비의 흔적이 나올 리 없었다. 할미는 말했다. 니 애비가 독한 사람이다. 만일 살아서 어찌어찌 북한에 넘어간 게 사실이라면 바로 지척에 있다 해도 찾아올 아이가 아니다. 할애비는 말했다. 아무리 어렵다고 해도 집으로 찾아들 놈이 아니여. 어릴 때부터 그랬다. 독한 데가 있었다, 그놈이. 나는 혼란스러웠다. 그것은 이제껏 들어온 아비에 대한 얘기와는 너무 달랐으니까. 아비는 몸이 약해 늘 약을 입에 달고 살았다고 하지 않았는가.

아비는 6·25 때 국군으로 참전했으며, 전쟁이 끝난 뒤에는 곡성에서 중학교 교사로 일했는데, 여름방학 때 학급 아이들 몇과

물놀이를 갔고, 물에 빠져 허우적거리는 아이를 구하려다 익사했다. 그것이 할애비와 할미가 나에게 얘기해준 아비의 죽음의 전말이었다. 전쟁이나 이념 따위와는 전혀 아무런 상관도 없었다. 그런데 이제 와서 어째서 갑자기 그가 간첩 용의자가 된 것일까?

할애비와 할미가 나에게 거짓말을 하는 것일까? 아니면 중앙정보부가 뭔가 잘못된 정보를 가지고 있는 것일까? 나로서는 확인이 불가능한 일이었다. 중앙정보부의 수사관들이 한 차례 쳐들어와 그렇게 소동을 부리고 갔을 뿐, 할애비나 할미를, 또는 나를 연행하려 들지 않은 것을 보면 어쩌면 그들은 그 정보를 확신할 수 없었던 것인지도 모른다. 얼핏 간첩들이 종종 죽은 사람의 신분으로 위장하는 경우가 있다는 얘기를 들은 기억도 났다.

어쩌면 확신이 없기는 할애비 할미도 마찬가지라 해야 할지도 모른다. 나는 아비의 무덤을 본 적이 없었다. 할애비와 할미는 아비의 시신을 찾을 수 없었다. 아비와 함께 물에 빠진 두 아이의 시신은 찾아냈다. 그러나 아비의 시신은 끝내 찾아내지 못했다. 따라서 아비에게는 무덤이 없었다…… 그러니까 아비는 혼자 물에서 빠져나와 아무도 모르는 사이 월북한 것인지도 모른다…… 그러니까 아비는 혼자 물에서 빠져나와…… 어딘가에서 엉뚱한 이름을 가지고 엉뚱한 인생을 살아가고 있는지도 모른다……

아니면 언젠가 할애비가 말한 것처럼 아비는 죽은 것이 아니라 물 속의 세상으로, 수궁으로 몰래 넘어가버린 것인지도 모른다.

할애비는 꼭 한 번 수궁에서 살아본 적이 있었다. 그의 여러 생애 가운데 은행나무와 두꺼비 사이, 은행나무로 태어났다가 톱질에 베여 죽고 나서, 두꺼비로 태어나기 전, 그사이에 그는 수궁에서 태어나 살았다. 무엇으로? 사람으로. 할애비는 분명히 사람이지만 사람과는 조금 달랐다고 말했다. 물 속 세상의 사람들에게는 허파가 없었고, 눈이 넷이었다. 그 밖의 생김생김은 이승의 사람들과 다를 것이 없었다.

나는 감탄했다. 아직 할애비가 하는 모든 애기들을 고스란히 사실로 받아들이던 시절, 나는 아직 어렸다. 그건 사람이 아니라 괴물이잖아요. 내가 말하면 할애비는 고개를 흔들었다. 거기서 보면 사람이 괴물이다. 여기서 봐도 사람만한 괴물이 또 있더냐.

얼마 뒤에야 할애비와 할미는 아비가 죽기 이 년 전에 벌어진 일을 애기해주었다. 방첩대의 수사관들이 갑자기 학교로 쳐들어와 수업중이던 아비를 서울로 끌어갔다. 같은 시간 집으로 쳐들어온 또다른 수사관들은 집 안을 발칵 뒤집어엎고 수색을 벌였다. 아비가 읽던 몇 권의 책, 일기장 같은 것을 수사관들은 상자에 담아 들고 사라졌다. 할애비와 할미는, 그리고 나의 어미는 영문을 알지 못하는 채 불안감에 떨며 날을 보냈다.

"니가 이번에 당한 일하고 똑같은 일이었다고 생각하면 된다" 하고 할애비는 말했다.

다행히 아비는 열흘쯤 뒤에 풀려나 집으로 돌아왔고, 그제야 할애비와 할미는, 그리고 어미도 방첩대의 수사관들이 들이닥친 연유를 알게 되었다.

해방 직후, 아비의 젊은 시절 친구 가운데 월북한 사람이 하나 있었다. 할애비에 따르면 그 시절에는 흔한 일이었다. 작곡가였고, 늘 빵떡모자를 쓰고 다녔으므로, 할애비와 할미는 그를 빵떡모자 뺑덕이, 라고 불렀다. 그가 간첩으로 남파되었다가 체포되었다는 것이다.

아비는 학교로 돌아가려 했으나 학교에서는 그를 받아들이려 하지 않았다. 아무 죄가 없다는 것이 밝혀져 풀려났음에도 불구하고 학교나 교육청은 그의 출근을 막았다. 여러 달에 걸친 줄다리기로 두 학기를 소모한 다음에야 아비는 비로소 학교에 출근할 수 있게 되었다. 재판도 받은 적 없고, 그러니까 유죄 판결을 받았을 리도 없는데, 경찰서에서는 한두 달에 한 번씩 형사가 나와 아비의 방을 수색하고, 아비는 물론이요, 할애비와 할미에게, 나의 어미에게 이것저것 질문을 하기도 하고, 위협을 하기도 했다. 학교에서는 교장이 아비에게 담임을 맡기지 않는 것은 물론이요, 사사건건 트집을 잡고, 수업 내용을 감시하고 간섭했다.

바로 그해 여름에 사고가 나서 아비는 죽었고, 어미는 이듬해에 집을 떠났다. 할애비와 할미가 나가라고, 나가서 팔자를 고치라고 권했다.

할애비는 얘기 끝에 노래를 불렀다. 저 산 너머 저 구름 너머 아직 내가 태어날 곳이 있다 저 뻘을 지나 저 골짜기 너머 아직 우리 태어날 땅이 있다…… 빵떡모자 뺑덕이가 작곡했다는 노래였다. 그 노래를 듣는 순간, 희미하게 그 노래가, 그 곡조가 기억이 났다. 누군가가 바로 옆에서, 큰 소리로, 붉게 석양이 지는 물과 산을 배경으로 우뚝 서서, 그 노래를 부르는 것을 본 적이 있는 것 같았고, 빵떡모자를 쓴 빵떡처럼 둥근 얼굴의 한 남자가 어린 나를 안고 얼러댄 적이 틀림없이 있었던 것만 같았다. 할애비가 계속해서 노래를 부르는 사이 나는 중얼중얼 그 노래를, 가사는 기억하지 못하는 채 희미한 기억을 더듬어가며 입안엣소리로, 따라 불렀다. ……지금만이 아니다 여기만이 아니다 언젠가 언젠가 저기 저 너머 내가 살 곳 내 꿈이 살아 있는 곳…… 마지막 후렴은 가사까지 따라 부를 수 있었다. ……지금만이 아니다 여기만이 아니다 언젠가 언젠가 저기 저 너머 내가 살 곳 내 꿈이 살아 있는 곳……

할애비가 나를 물끄러미 내려다보았다. 그 노래가 기억이 나냐? 나는 확신하지 못하는 채로 대답했다. 조금요. 할애비는 고개를 끄덕거렸다. 할미는 감탄했다. 우리 직이가 총기도 좋지, 그 노래를 기억하다니……

그 순간, 문득, 엉뚱하게도, 밑도끝도없이, 그 빵떡모자 뺑덕이가 나의 아비일지도 모른다는 생각이 머리를 스쳤다.

"그 사람이 내 아버진가요?"

할애비는 멍한 얼굴로 나를 한참 동안이나 쳐다보다가 야가 뭔 소리를 헌다냐, 하고는 말문을 닫아버렸다. 그다지 놀라는 기색은 아니었다. 할미도 마찬가지였다. 그들이 별로 놀라지 않는다는 것 때문에 나는 내심 충격을 받았다.

더불어 나는 불에 덴 듯한 충격 속에서 내가 자라목 저수지에 빠진 날 집에 찾아왔던 여자 손님을 생각해냈다. 그녀는 나의 어미가 아니라, 어쩌면 아비의, 혹은 빵떡모자 뺑덕이의 연락책이었는지도 모른다……

그 사건 이후 아내는 나에게 이혼을 요구했다. 여기에선 못 살아. 살고 싶지 않아. 미안해, 영직씨. 장인은 출판사로 직접 나를 찾아와 말했다. 이혼을 해. 자네 아버지라는 사람 때문에 잘못하면 우리 회사까지 말아먹게 생겼어. 세무사찰이 나온다는 거여, 이 사람아. 간신히 내가 돈봉투를 들이밀어 막아놓기는 했지만 언제 또 같은 일이 벌어질지 어디 불안해서 살 수가 있어야 말이지. 어쩌겠나? 결혼이고 뭐고 사람 살자고 하는 노릇인데 이 지경이 돼버렸으니 헤어지는 수밖에 없어. 육군 대위 장진규는 가장 강경했다. 매제 집안에 그런 사람이 있는 줄 알았으면 처음부터 그 결혼은 생각도 하지 않았을 거요. 내가 명색이 대한민국 육군 대위요. 때려잡자 김일성 쳐부수자 공산당을 매일 아침 점호 때마다 복창하는 최전방 소총부대 중대장이란 말요. 아내는 아이가 섰다는 것을 알게 되자 나에게는 말도 하지 않고 혼자 병원을 찾아가

지워버렸다. 나는 차츰 아내를 포기하고 있었다. 이곳에서 온전한 삶을 영위한다는 일에 대해 의욕이 생기지 않았다. 산다는 일 자체를 포기하는 수밖에 없다는 심정이 되어갔다.

도무지 이해할 수가 없는 일이었다. 아비는 국군으로 6·25에 참전했다. 학교 교사였다. 물에 빠진 학급 아이들을 구하려다가 죽었다. 그런데 어째서 그로 인해 그의 자식이, 그리고 그의 아비어미가 이런 고통을 겪어야 하는 것일까?

두 달쯤 지났을 때 아내는 집을 떠났고, 그로부터 한 달이 채 지나지 않아 변호사를 통해 이혼서류가 날아들었다. 할애비와 할미와 나는 식탁 위에 이혼서류를 올려놓고 둘러앉아 밤늦게까지 소주를 마셨다. 할애비는 이혼서류를 더러운 걸레라도 만지는 듯 손가락으로 집어올렸다가 떨어뜨리며 말했다. 결혼이라는 것도 그렇고 사람살이라는 것도 그렇고, 이런 종이쪼가리로 좌우되는 건 절대로 아니여. 할미는 말했다. 평생 살았지만 이런 종이쪼가리가 있다는 걸 난 처음 알았다.

나는 그 서류의 내 이름이 적힌 곳마다 도장을 꾹꾹 눌러찍어 아내의 변호사에게 우송했다.

서울에서 대학을 다니던 시절 아내를 처음 만난 지 십여 년, 결혼한 지 겨우 아홉 달 만의 일이었다.

11

할애비는 말했다. 거기서는 사람들이 꽃만 먹고 산다. 밥도 고기도 안 먹는다. 꽃만 먹는다. 어디에서요? 내가 묻자 그는 대답했다. 어딘 어디여. 수궁 말이지, 수궁. 사람이 채송화하고도 풍뎅이하고도 얘기를 하고, 단풍나무하고도 호랑나비하고도 사랑을 하고 결혼을 한다. 그 얘기를 처음 듣는 것이라면 나는 웃고 말았을 것이다. 그러나 어린 시절부터 무수히 들어온 나머지 한때는 한치의 의심도 없이 믿었던 얘기였다는 것 때문에 할애비가 너무나 자신만만하게 너무나 천연스레 그런 얘기를 하면 나는 어느새 귀가 솔깃해지고 말았다. 더구나 그에게는 물갈퀴가 있지 않은가. 그것은 수궁의 존재를, 할애비가 거기에서 산 적이 있다는 것을 입증하는 돌이킬 수 없는 증거처럼 보였다.

적어도 그가 죽을 날이 다가온다는 것을 짐작하고 있었던 것만은 확실하다. 온전한 정신이 들 때면 그는 빼놓지 않고 나에게 당부했다. 무덤 쓸 것 없다. 태워서 저기 자라목 저수지에다 훌훌 뿌리면 된다. 그러면 수궁에 돌아가게 될지 모르지.

또한 아비에 대해, 할애비 자신에 대해 될 수 있는 대로 많은 얘기를 들려주려 노력했다. 물론 온전히 끝맺는 얘기는 거의 없었다. 할애비 나이가 정말 이백몇십 살이라면 도대체 그는 언제 태어난 것일까? 내가 물으면 그는 곰곰 기억을 더듬어가며 얘기를 꺼내놓았다. 나라에 기근이 들었어. 길바닥에 시체 쓰러져 있는 건 구경거리도 아니었다. 사람들이 쥐 같은 건 없어서 못 잡아먹고, 애를 잡아먹었네, 애를 팔아먹었네, 왼갖 흉측한 소문으로 세상이 험악하기가 지옥굴에 떨어진 것 같았어. 천주학쟁이들은 그 틈을 타 말세다, 구세주가 온다, 사람들을 현혹하고 댕기고…… 그런 때면 나는 막연히 그것이 아마도 천팔백년대의 어떤 시절이려니, 하고 짐작했다. 그러나 얘기가 들을 만해지자 할애비는 갑자기 출근을 해야 한다면서 주섬주섬 옷을 챙겨입었다. 출근이라니? 그의 직장은 라이징선 석유회사였다. 그렇다면 할애비가 원산노동자 총파업의 현장에 있었다는 것일까? 그러나 끝내 답을 들을 수는 없었다.

"내가 굶다굶다 못해 무악재 너머 도적굴을 내 발로 찾아들어간 적도 있다. 근디 운이 없다보니 얼마 지나지 않아 관군이 쳐들어오는 거여. 어찌나 놀랐는지 입고 자던 바지 차림 그대로 달아나는데……"

그것으로 또 그만 얘기는 중동무이가 나고 말았다.

1905년 일제의 강제로 보호조약이 체결되었을 때 할애비는 최익현 휘하의 의병으로 들어갔고, 나중에 최익현이 쓰시마 섬으로 끌려들어가자 그를 구출해내기 위해 몇몇 동지들과 뜻을 모아 제주도에서 배를 띄웠는데……

만주와 조선을 넘나들며 장사를 다니다가 마적떼에게 잡혀 물

건이고 돈이고 모조리 강탈당하고 한밤중에 목숨만 겨우 건져 도
주하는데, 여우들이 나타나……

할애비의 모든 얘기들의 끝은 그러니까 치매였다고 해야 할까.
어디까지 믿어야 하는지, 어디까지가 사실이고 어디부터가 치매
인지 종잡을 수 없었으나 나는 어쨌건 그 무수한 미완결의 얘기들
가운데 그의 삶이, 혹은 꿈이 담겨 있다고 믿었다. 삶을 꿈과 구별
한다는 것이 과연 얼마나 의미 있는 일일 것인가. 꿈이 없다면 우
리의 삶은 얼마나 가혹하고 비루한 것에 그치고 말 것인가.

할애비는 한때 살았던 것들에게는 그것이 죽은 뒤에도 모두 생
명의 기억은 남는다고 말했다. 나무로 만든 책상이나 마루, 벽 같
은 것이 콘크리트나 돌, 플라스틱으로 만든 것보다 따뜻하고 포근
하지 않은가? 할애비에 따르면 그것은 한때 나무가 지녔던 생명
의 기억 때문이다. 생명은 사라져도 생명의 기억은 결코 사라지지
않는다. 생명은 유한하지만 그 기억은 영원하다.

할애비의 얘기가 사실이라면, 어쩌면 꿈도 그러하지 않을까. 사
람은 유한하지만 그 꿈은 무한하다, 그렇게 말할 수 있지 않을까.
사람은 때가 되면 죽어 사라지지만, 그가 꾼 꿈은, 그것이 아름답
고 지극한 것이라면, 결코 사라지지 않아, 꽃씨처럼, 또다른 자리
에, 또다른 사람의 가슴에 떨어지고, 그렇게 꿈으로, 꿈으로 이어
지다가 언젠가는 피어나는 것 아닐까. 그렇다면 할애비의 수궁을
어떻게 오직 헛소리라고만 할 수 있으랴.

수궁으로 갔는지 저승으로 갔는지는 모르지만, 할애비는 첫눈이 내리던 날 자전거 위에서 죽었다. 자전거를 태워달라고 졸라대는 바람에 할 수 없이 나는 그를 업고 아파트 광장으로 나갔다. 눈송이가 얼굴에 떨어지는 것을 즐기며 나는 천천히 페달을 밟았다. 할애비는 내 등에 매달려 아부지, 더 빨리, 더 빨리, 하고 재촉했다. 아파트 광장을 빠져나가 골목을 달리다가 나는 그가 조용해졌다는 것을 느꼈고, 등에서 할애비가 아닌, 살아 있는 존재가 아닌, 낯선 물질의 무게를 느꼈다. 그것은 아마도 죽음의 무게, 아니, 부재의 무게가 아니었을까.

그의 유언대로 나는 시신을 화장하여 어린 시설 살던 자라목을 찾아가 오래 전 나의 몸을 삼키려 했던 그 저수지에 유골을 뿌렸다. 할미는 울지 않았다. 유골 항아리를 끌어안고 지아비의 몸을 물 위에 날리며 잔잔한 얼굴로 말했다. 잘 가요, 영감. 수궁으로 먼저 가서 기다려요. 복이 있으면 나도 거기로 갈라니까 거기서 다시 만납시다.

12

빵떡모자 뺑덕이 아저씨를 찾아봐야 한다는 생각이 든 것은 할애비가 죽고, 할미도 죽고, 몇 년이 지난 뒤였다. 어쩌면 그가 나의 아비일 수도 있지 않은가.

그의 본명이 한명덕이요, 이십오 년의 감옥살이 끝에 출감했다는 것은 어렵지 않게 확인할 수 있었다. 그러나 그 이후의 종적은 묘연했다. 어쩌면 그는 나의 아비가 아니었다. 아비라면 출감한 뒤에 곧 자식을 찾아나섰을 것 아닌가. 그러나 할애비는 아비가 보통 독한 사람이 아니라고 말한 적이 있었다. 그는 자식을 위해서는 그 앞에 나서지 않는 것이 상책이라고 생각했을지도 모른다.

장기수를 지원하는 단체를 통해 나는 그의 마지막 거처를 알아냈다. 금지(金池)마을, 황금연못이라는 고장이었다. 바로 곡성 인근이었다. 그러니까 그는 고향 근처로 돌아갔던 것이다. 장기수 지원 단체의 직원은 그가 아직 그곳에서 사는지 아닌지는 알 수 없다고 했다. 그사이 돌아가셨을지도 몰라요. 워낙 노쇠하셨거든요. 전향 공작 때문에 심하게 고문을 당하신데다가 연세도 무척 많으셨구요.

금지, 라는 지명이 묘하게 나를 사로잡았다. 금지에는 정말 황금연못이 있을까? 할애비는 수궁으로 들어갔을까? 아버지가 빠져 죽었다는 저수지는 황금연못이 아니었을까? 아니면 아버지는 수궁으로 들어간 것일까? 아니면 남몰래 월북한 것일까? 아니, 아버지는 지금 금지에 있을지도 모른다……

나는 무작정 금지로 차를 몰았다. 다행히 빵떡모자 뺑덕이 아저씨는 아직 살아 있었다. 만일 그런 것도 사는 것이라고 할 수 있다면 말이다. 산비탈에 곧 쓰러져버릴 듯 기울어가는 흙담집이 하나 서 있었다. 방 한 칸 마루 한 칸이 전부였다. 빵떡모자 뺑덕이 아저씨는 상추를 뜯다가 고개를 들어 나를 쳐다보았다. 그의 눈길에는 힘이 있었다. 그가 한때 지녔을 열정이 어떤 것이었을지 그 눈이 말해주는 듯했다. 그러나 그의 이마는 그가 사는 집처럼 무너져가는 중이었다. 집 앞의 비탈진 황토 흙에서는 파와 무, 배추, 고추, 가지와 깨가 자라고, 수수와 해바라기가 껑충한 키로 햇빛 아래 타들어가는 그의 생계와 기업을 내려다보았다.

나는 내 이름을 말하고 아비 이름을 말했다. 그의 눈빛이 조금 흔들리는 것처럼 보였으나, 그것은 내 생각뿐이었는지도 모른다. 같이 밥이나 묵자, 하고 그는 마루로 터덜터덜 걸어갔다. 상추와 풋고추와 된장, 열무김치, 그리고 밥과 소주. 그는 밥그릇 뚜껑에 소주를 따라 나에게 권했다. 밥 한 숟갈 떠넣고 소주 한 잔 마시고, 상추쌈 한 입 베어물고 소주 한 모금 마시는 식으로 나는 어쩌면 아비일지 모르는 사람과 난생처음 마주 앉아 밥을 먹었다. 그는 커다란 양푼에 가득한 밥을 우적우적 순식간에 다 비워냈고, 나 역시 평소의 내 밥그릇보다 배는 더 큰 사발에 가득 담긴 밥을 다 먹었다.

니가 오삼이 자식이구나. 그는 밑도끝도없이 뚜벅 중얼거렸다. 뭣 났다고 여긴 찾아왔냐? 그것은 난생처음 찾아온 자식에게 할 수 있는 말이 아니었고, 그래서 나는 실망했다. 나는 그가 나의 아

비이기를 바랐고, 또한 그가 나의 아비일지도 모른다는 것이 두려
웠다. 오삼이가 나 때문에 고생 좀 했지야? 느그 할매랑 할배도 고
생 좀 했을 것이고. 정보부 놈들, 멍청한 놈들이지. 내가 금방 잡
히고 싶어 환장을 헌 것도 아니고, 뭐 하러 고향 근처에 발길을 할
것이냐. 하기야 그 멍청한 놈들한테 잡혔으니 내가 누굴 멍청하다
할 수 있겠냐.

  그는 소주를 더 꺼내놓았다. 열무김치와 풋고추를 안주로 술을
마시는 동안 소나기가 지나가고 산동네의 대기는 훨씬 서늘해졌
으며, 밤이 성큼 산을 넘어왔다. 빛 한 조각 보이지 않는 어둠이
계엄령처럼 완강하게 뒤덮였다. 그는 불을 켜지 않았고, 나는 굳
이 불을 켜달라 요구하지 않았다. 나는 이젠 작곡 안 하세요, 하고
물었고, 그는 한다는 것인지 안 한다는 것인지 흐응, 하고는 그만
이었다. 작곡을 하려면 악기가 하나쯤 있어야 할 텐데 그 집 어디
에도 악기가 있을 것 같지 않았다. 나는 기억도 나지 않는 아비가
그립고 할애비가 그립고 할미가 그리웠으며, 바로 옆에 앉아 있는
빵떡모자 뻥덕 아저씨의 젊은 날이 그리웠다. 나는 노래를 부르기
시작했다. 저 산 너머 저 구름 너머 아직 내가 태어날 곳이 있다
저 뻘을 지나 저 골짜기 너머 아직 우리 태어날 땅이 있다…… 노
래가 끝나자 그는 말했다. 니가 그 노래를 다 아는구나. 하기야 니
애비가 만든 노래니…… 나는 더 깊은 혼란에 빠졌다. 아비가 그
노래를 만들었다고? 빵떡모자 뻥덕 아저씨가 아니라? 내 아비는

누구인가? 물에 빠져 죽은 것은, 아니, 그렇게 알려진 사람은 아비인가, 빵떡모자 뺑덕 아저씨인가? 간첩으로 남파된 사람은 아비인가, 빵떡모자 뺑덕 아저씨인가? 도대체 지금 내 앞에 앉아 있는 이 사람은 아비인가, 빵떡모자 뺑덕 아저씨인가?

"그런 게 다 뭔 소용이냐, 이놈의 세월에."

그가 긍정도 부정도 않는 것 역시 나에게는 혼란스러웠다. 나는 빵떡모자를 쓴 아비를 상상해보았다. 아무것도 떠오르지 않았다. 나는 아비의 얼굴도 기억하고 있지 못했다. 빛바랜 사진으로 본 아비의 얼굴은 유약하고 조용해 보이는 젊은이였다. 어둡냐? 그가 물었다. 내가 대답도 하기 전에 그는 덧붙였다. 이놈의 게 다…… 내가 토해놓은 어둠 같구나. 어디 나만 토했겠냐. 니 애비도 토했을 것이고, 니 할배랑 할매도 토했을 거고, 너도 토했겠지. 공화국에 있는 내 새끼들이랑 마누라도 토했을 것이고…… 숨을 토할 때마다 시커먼 어둠이 뭉클뭉클 쏟아져나오는 것 같지 않드냐? 매일매일이 그렇드라. 순간순간이 그렇드라. 감옥소 안이나 밖이나 다를 게 없드라. 그가 부스럭거리며 일어서더니 반짝 알전구에 불이 들어왔다.

그는 마루 구석에서 소주를 또 한 병 가져왔다. 공화국으로 넘어갈라믄 못 넘어갈 것도 없다, 하고 그는 말했다. 연변으로 해서 두만강만 넘어가면 된다. 하지만 말이다. 거기 있는 게 정말 내 자식인지, 내 마누란지…… 잘 모르겠다. 저 공화국이 정말 내 공화국인지, 내가 그리워한 그 나란지 모르겠어. 이놈의 데도 그놈의 데도 캄캄하긴 마찬가지 아니냐. 니 애비 노래대로, 여그가 다가 아니다. 지금이 다가 아니여. 이런 게 다라면 어디 사람 맥 풀려 살겄냐. 안 되지, 이런 게 다여서는 절대 안 되는 거여. 다시 후르르, 빗줄기가 지나갔다. 마루까지 비안개가 흩날려 무릎을 적셨으나 나는 움직이지 않았다. 무릎이 차츰 젖어드는 것이 꼭 눈물로 얼굴이 젖어드는 것 같은 기분이었다.

어지간히 취기가 올라 몸을 버티고 앉아 있기가 힘들었다. 나는 마루에 벌렁 몸을 눕히며 말해버리기로 했다. 아버지, 나랑 서울로 갑시다. 같이 삽시다. 그는 놀라지 않았다. 그런데도 나는 아무렇지도 않았다. 나는 놀라기에는 너무 취해 있었다. 그는 한동안 물끄러미 나를 내려다보고 있다가 미친놈, 하고 내뱉고는 술잔을 입으로 가져갔다.

번쩍 번개가 치고 그 시퍼런 불빛 속에서 나는 그 여자가 서 있는 것을 보았다. 어린 시절, 낯선 손님으로 나타나, 나의 어미가 되었다가, 나의 연인이 되었다가, 아비의, 혹은 빵떡모자 뺑덕 아저씨의 연락책이 되었던 그녀가 검정 구두와 검정 투피스 차림으로 밭 가운데 서 있었다. 놀라 눈을 크게 뜨고 다시 쳐다보았을 때는 이미 밭은 깊은 어둠 속에 잠겨 있었고, 빗줄기만이 희끗희끗 흩날리고 있었다.

나는 다시 생각해봐야 했다. 그녀는 아비나 빵떡모자 뺑덕 아저

씨의 연락책이 아니라 수궁에서 오는 심부름꾼, 혹은 저승사자인
지도 모른다. 나는 부르르 떨려오는 몸을 일으켜 어둠 속을 넘겨
다보며 술잔을 들었다.

　날이 밝으면 꼭 황금연못에 가보리라, 나는 다짐했다. 어쩌면
거기, 수궁으로 가는 계단이 있을지도 모른다.

···
미미와 찌찌——盆地에서 노래하는 앵벌이

1

　성진이 미미를 처음 만난 것은 그가 쪽방 동네로 들어온 지 보름쯤이 지났을 때였다.

　그날도 그의 아비는 일을 얻기 위해 새벽에 쪽방을 나갔다. 성진은 아비가 나가는 것을 실눈을 뜨고 지켜본 다음 계속해서 잠을 잤다. 그 무렵에는 아비는 그를 전학시켜야 한다는 생각 따위는 아예 까맣게 잊은 것 같았다. 그가 학교에 다니건 말건 더이상 관심도 없었다. 하기야 그것은 중요한 일이 아니었다. 아비가 그날도 일을 얻지 못하면, 일을 얻는다 해도 당장 그날 일당을 받아오지 못하면 그 밤으로 이 쪽방이나마 비워줘야 한다는 것, 그들 부자는 지하도로 가서 신문지를 깔고 덮고 밤을 지새워야 할지도 모른다는 것,

그런 것이야말로 중요한 일이었다.

해가 들지 않아 어둠컴컴한 쪽방에서 정오가 겨워서야 잠에서 깨어난 성진은 아비가 먹고 떠난 밥상을 끌어당겼다. 밥 한 그릇, 김치, 그리고 라면 국물이 남아 있었다. 밥도 라면 국물도 차갑게 식어 있었다. 그는 라면 국물을 데워 거기 밥을 말아서 입 안에 쑤셔넣고 씹지도 않고 꿀꺽꿀꺽 삼켰다. 난방이 끊길 시간이 되어가고 있었다. 집주인은 정오가 되면 가차없이 보일러를 꺼버렸고, 그러면 쪽방 구들장은 곧 싸늘하게 식었다. 그 다음에는 아무리 이불을 뒤집어쓰고 누워 있어봤자 추위를 막을 길이 없었다. 밖으로 나가는 것이 상수였다. 서울역으로 가서 의자를 차지하고 앉아 텔레비전이라도 보거나 은행에 들어가서 가득 쌓인 돈다발이라도 구경하는 편이 나았다.

온몸이 오그라드는 것 같은 추위를 더이상 견딜 수 없게 되자 성진은 쪽방을 빠져나왔다. 오늘은 또 어디로 가서 시간을 죽이나. 정오가 지난 뒤까지 아비가 아직 돌아오지 않는다는 것은 그가 일을 구했다는 것을 뜻했다. 어쩌면 일을 구하지 못한 채 비슷한 사람들과 어울려 벌써부터 소주를 퍼마시고 있는 것인지도 모르지만. 성진은 쪽방 골목을 천천히 걸어내려가 구멍가게 앞에 이르자 거기 쌓인 맥주상자에 엉덩이를 붙이고 앉았다. 춥기는 그곳도 마찬가지였으나 차라리 방보다는 나았다.

바람, 남산 기슭을 휘몰아쳐 내려오는 바람은 차고 사나웠다.

해는 언제나 이 동네를 잊고 그냥 지나쳐갔다. 햇빛은 먼 곳에, 높은 건물의 옥상에 잠시 머무르다가는 이내 떠나가버렸고, 그래서 그 골목은 언제나 그늘에 잠겨 있었다. 그곳은 분지(盆地) 같았다. 자연적으로 만들어진 분지가 아니라 인공적으로 만들어진 분지, 높다란 건물들이 사방을 에워싸고 들어서는 바람에 콘크리트로 세워진 인공의 산과 산맥들 사이에 만들어진 분지였다. 웅덩이에 고여 썩어가는 물처럼 이 골목에는 부식(腐蝕)의 냄새가 가득했다. 사람도 삶도 시간도 이곳에서는 오래 버티지 못하고 썩어들어갔다. 성진은 점점 더 몸을 웅크렸다. 그의 몸뚱이에서도 옷에서도 썩어가는 냄새가 났다. 그가 아비처럼 차츰 이곳에 어울리는 존재가 되어가고 있다는 사실을 느낄 수 있었다. 그는 그것이 슬프고 또한 다행스러웠다. 그는 역시 아비의 자식이니까. 어차피 이곳에서 살아야 하니까 이곳에 어울리는 사람이 되는 것은 당연하고 다행스러운 일이었다.

성진 또래의 아이들 몇이 서너 집 위쪽의 쪽방 건물에서 쏟아져나왔다. 여자아이도 한 사람 끼어 있었다. 그들은 찬바람이 밀어치고 내리치는 골목 안에 서서 입을 커다랗게 벌리고 거침없이 웃고 떠들어댔다. 저것들도 학교 안 갔군, 하고 성진은 생각했다. 한 아이가 담배를 꺼내 불을 붙이자 다른 아이들도 저마다 담배를 꺼내 피우기 시작했다. 입으로 담배연기를 뭉클뭉클 피워내며 그들은 큰 소리로 떠들어댔다. 영화나 보자. 무슨 영화? 난 싫어. 만화나 보다가 쐬주나 한잔 하자. 만화? 그건 집에서도 볼 수 있잖아, 이 새꺄. 우리가 언제 편히 집구석에 들어앉아 만화 본 적 있냐? 그들은 나이는 성진 또래였으나 표정이나 행동거지는 어른들 같았다. 아무것도 기일 것 없다는 자신만만한 태도였다. 머리는 아무렇게나 길러 귀를 덮고 목덜미에 닿았다. 학교 같은 것은 걱정할 필요가 없는 아이들이 분명했다. 성진 자신처럼. 여자아이가 멈춰 서서 성진을 돌아보았다. 그는 외면했다. 그녀는 성진과 몸집은 비슷했으나 나이는 한두 살쯤 많은 것 같았다. 미미야, 가자니까. 사내녀석들이 그녀에게 소리쳤으나 여자아이는 너희들 먼저 가, 하고 손을 흔들어대더니 성진을 향해 다가왔다. 남자아이들은 일단 극장으로 와, 하고 소리치고는 골목을 걸어내려갔다.

미미는 성진 앞에 서서 그를 빤히 쳐다보았다. 그는 모르는 척하고 앉아 있었다. 너 추운데 무슨 멋으로 여기 혼자 앉아 있는 거냐? 그녀가 덧붙였다. 이 삐리야. 성진은 대답하지 않았다. 너 김도깨비 아저씨 아들이지? 이 여자아이가 아비를, 아비의 별명을 어떻게 아는 것인지 성진은 알 수가 없었다. 그는 흘끗 그녀를 쳐다보고는 고개를 끄덕였다. 김도깨비 아저씨 어디 갔어? 일 나갔어? 성진은 길게 얘기하고 싶지 않았으므로 다시 고개를 끄덕여주었다. 추운데 여기 있지 말고 우리 안으로 들어가자. 그녀는 가게 안으로 들어갔다. 성진은 거기 그대로 앉아 있었다.

안에서 유리창 두들기는 소리가 들려 고개를 든 성진은 미미가 컵라면을 두 개 앞에 놓고 서서 들어오라고 손짓하는 것을 보았다. 그는 고개를 저었다. 밥을 먹은 지 얼마 지나지 않아 배가 고프지 않았고, 처음 만난 알지도 못하는 여자에게서 음식을 얻어먹고 싶지도 않았다. 그러나 미미는 끈질기게 유리창을 두들기며 손짓을 계속했다. 무엇보다도 안이 조금은 덜 추울 것이라는 생각으로 그는 가게 안으로 들어갔다. 미미가 나무젓가락을 내밀었다. 어서 먹어. 나 니 아버지 잘 알아. 그녀의 말이었다. 그 말이 성진의 경계심을 어느 정도 풀어주었다. 그는 젓가락을 받아들기 위해 손을 내밀었다가 깜짝 놀라 손을 떨어뜨렸다. 그녀의 손가락은 여섯 개였다. 새끼손가락 옆에 또하나의 작은 손가락이 볼품없이 늘어져 있었다. 손톱까지 붙어 있었다. 그녀는 웃으며 다른 손도 보여주었다. 그 손에도 손가락은 여섯 개였다. 후후, 웃으며 그녀가 말했다. 먹고사는 덴 지장 없어. 너 내 발가락은 몇개인지 아냐? 알아맞혀볼래?

그는 천천히 컵라면을 먹고 국물을 들이마시고, 뜨거운 물을 더 가져와 마셨다. 몸이 서서히 녹아내리면서 나른해졌다. 자고 난 지 몇 시간이 채 지나지 않았으나 잠이 다시 그를 유혹했다. 어디에 쓰러져서라도 자고 싶었다. 서울역으로 갈까. 아니면 은행으로? 은행은 그놈의 청원경찰 등쌀에 오래 앉아 있을 수가 없을 것이다. 우리 스케이트장에 가자. 미미가 말했다. 그는 스케이트를 탈 줄 몰랐다. 괜찮아. 나도 스케이트 못 타, 이 새꺄. 알 수 없는 소리였다. 미미는 그의 손을 잡아끌었다. 가자니까.

　그는 미미와 함께 지하철을 탔다. 그녀는 시종 주머니에 손을 찌르고 다녔다. 빨간 점퍼에 검은색 바지, 흰 운동화 차림에 머리칼은 어깨 밑에서 커튼처럼 찰랑거렸다. 눈은 크고…… 그 눈에 그늘이 가득했다. 붉은 입술, 그 섬세한 주름마다 슬픔이 스며 있는 것 같았다. 얼굴은 흰 빛이었으나 표정은 어두웠다. 그는 그 어둠을 알았다. 그것은 쪽방 골목의 어둠, 거기 고인 부식의 빛깔이었다. 그녀가 물었다. 몇살이니, 삐리야? 그는 열다섯이라고 대답했다. 그녀가 자신 있게 말했다. 난 열아홉 살이야. 제대로 먹지 못해서 키가 자라지 않아 이 꼴이지만. 그것은 거짓말 같았다. 열아홉 살로는 보이지 않았다. 기껏해야 한 열일곱이나 열여덟쯤 되었을까? 하지만 누나라고 부르지는 마. 슬프니까. 슬프다? 성진으로서는 알 수 없는 말이었다. 누나, 하고 불러봐. 그러면 그냥 슬퍼져. 괜시리. 별 이유도 없이. 그렇지? 그는 대답하지 않았다. 사람에게는 누구나 자기 몫의 슬픔이 있는 법이라는 것을 그는 이미 알고 있었다. 그냥 미미라고 불러. 니 이름은 뭐니, 삐리야? 그는 성진이라고 말해주었다. 그럼 널 진이라고 부를까? 아니, 찌찌라고 부르기로 하자. 찌찌? 어떠냐, 찌찌? 찌찌 삐리? 삐리 찌찌? 성진은 대꾸하지 않았으나, 미미는 혼자 즐거워했다. 미미와 찌찌, 우린 미미와 찌찌다. 우와, 멋지다.

　미미는 뭘 해서 먹고사는 것일까? 아까 그 남자아이들하고는 무슨 관계일까? 언제부터, 누구와 쪽방 골목에서 살기 시작한 것일까? 어쩌다 이 분지에 빠져든 것일까? 궁금한 것이 하나둘이 아니었으나, 그는 묻지 않았다. 그는 머릿속으로는 아비 생각을 계속하고 있었다. 아비는 일을 얻었을까? 지금쯤 일을 하고 있을까, 아니면 소주를 마시고 있을까?

지하철은 땅속을 달렸다. 창 밖으로는 캄캄한 어둠이 지나갔다. 인공의 조명이 비추는 것들 외에는 모든 것들이 캄캄했다. 성진은 어둠 속으로 끝없이 이어진 굴을 상상했다. 어딘가에서 이 땅굴이 저 쪽방 골목과 이어져 있는지도 모른다는 생각이 들었다. 이 굴이 만들어지면서 무엇이 더불어 생겨났을까. 사람은 오직 굴을 뚫는 것이 목적이었겠지만, 굴을 뚫을 뿐이라고 생각했겠지만, 그들이 모르는 사이에 이 굴과 더불어 생겨난 것, 마치 쪽방 골목처럼. 쪽방 골목 역시 사람들이 의도적으로 만든 것은 아니었다. 사람들은 다른 것을 만들었다. 이를테면, 그 주변의 높은 건물들, 콘크리트 산맥, 널찍한 아스팔트 골짜기 같은 것들. 그러나 그와 더불어 그들이 의식하지도 않았고, 목표하지도 않았던 쪽방 골목이, 그 콘크리트의 분지가 생겨났다.

땅속으로만 이동하여 그들은 롯데월드에 닿았다. 그곳은 거대한 지하도시 같았다. 술집과 음식점과 극장과 상점과 오락실이 즐비했다. 넓은 지하통로에는 사람들이 빽빽이 어깨를 부딪치며 오갔고, 분수가 춤을 추었으며, 구두로부터 텔레비전까지, 세계 각처에서 쏟아져들어온 온갖 상품들이 사람들보다 더 호사스럽게 꾸며져 늘어놓여 있었다. 사람들 역시 그들 상품들 못지않게 호사스러운 차림에 호사스러운 얼굴에 호사스러운 표정이었다. 사람과 물건들은 신통하게 서로 닮아 있었다.

그는 아비를 떠올렸다. 아비의 연장가방을, 아비의 작업화를 떠올렸다. 아비는 이곳에 어울리지 않을 것이다. 그? 그 역시 어울리지 않았다. 미미? 그녀는 알 수 없었다. 그녀는 이 거대하고 호사스럽고 혼란스러운 곳을 손바닥처럼 훤히 꿰뚫고 있는 것 같았다. 거침없이 그녀는 그를 데리고 사람들 속으로, 이쪽으로 꺾었다가 저쪽 모퉁이를 돌며 안내하여 실내 스케이트장에 이르렀다.

실내에 그처럼 거대한 스케이트장이 있다는 것은 놀라운 일이었다. 새하얀 얼음판 그 자체가 성진에게는 하나의 경이였다. 천장은 높았고, 그 위에는 놀이동산의 놀이기구들이 떠다녔다. 그는 처음에는 거대한 얼음판 자체가 빙글빙글 도는 줄만 알았다. 어마어마한 숫자의 사람들이 스케이트를 타고 모두 한 방향으로 돌고 있을 뿐이라는 것을 깨닫기까지는 잠시 시간이 걸렸다. 얼음판 중앙에서는 희거나 붉은 피겨스케이트 원피스를 입은 여자들이 스케이트 날로 끝없이 원을 그리며 뱅글뱅글 돌기를 계속했다. 그 곁에서는 스케이트를 배우는 어린아이들이 인형 같은 차림으로 비슷한 원을 그리기 위해 안간힘을 썼다. 그 바깥의 거대한 얼음판에서 사람들은 손을 잡고 나란히, 또는 혼자서, 혹은 빠르게, 혹은 천천히 얼음판 위를 미끄러져갔다. 가끔은 얼음판 위에 나동그라지는 사람도 있었다. 그러나 그때마다 곧 다시 일어나서 거대한 무리 속으로 들어가 곧 그들과 하나가 되어버렸다. 저마다 몸짓도 옷차림도 얼굴도 달랐고, 스케이트를 타는 솜씨도 방법도 달랐으나, 그들 모두는 마치 하나의 목소리를 따라 움직이는, 하나의 목표를 위해 일치된 발걸음으로 전진하는 거대한 규모의 군중들, 일사불란한 군대를 연상시켰다. 보이지도 않는 곳에 설치된 거대한 스피커에서 흘러나오는 음악이 요란했으나, 그 음악 위로 사람들의 애기 소리와 웃음소리가 떠다녔고, 스케이트장 주변의 수많은 상점들이 제각기 켜놓은 음악들이 다시 거기 뒤섞였고……

미미는 스케이트를 탈 생각은 하지 않았다. 그저 아이스크림을 핥으며 그들 무리를 구경했다. 매혹된 듯 그녀는 말도 거의 없이 구경에만 열중하였다. 그녀의 얼굴마저 훨씬 밝아진 것 같았다. 구경하는 사람들은 그들만이 아니었다. 스케이트장 옆에는 피자로부터 핫도그, 아이스크림, 된장찌개와 떡볶이까지 온갖 음식을 파는 음식점들이 즐비했고, 무수한 사람들이 거기 앉아 떡볶이의 고추장에 입술을 물들이며, 된장찌개의 두부를 후후 불어 입 속에 밀어넣으며, 핫소스를 잔뜩 뿌린 피자를 씹으며 스케이트를 타는 사람들을 구경했다. 스케이트를 타는 사람들을 구경하기 위해 또 다른 사람들이 몰려들었다. 아마 그와 그녀를 구경하는 사람들도 있을 것 같았다. 그곳에서는 모든 것이 구경거리가 되어버렸다.

미미가 말했다. 이상해. 여기만 오면 난 가슴이 두근거려. 넌 어때? 그 역시 두근거렸다. 그러나 이유는 알 수 없었다. 그녀는 여전히 취한 듯 얼음판 위의 군중을 지켜보고 있었다. 내가 제일 좋아하는 곳이야, 여긴. 슬플 때나 아플 때 이곳을 머리에 떠올리기만 해도 기분이 훨씬 나아져. 여기 서서 저 사람들을 바라보기만 해도 그냥 기분이 좋아져. 그가 물었다. 어째서? 그걸 모르겠어? 여긴…… 너무나 즐겁잖아, 찌찌야. 저 사람들 좀 봐. 넘어지고도 웃어대잖아. 나도 저 사람 같아. 넘어져도 여기선 웃을 수 있을 것 같단 말야. 여긴 꼭…… 이 세상이 아닌 것 같아. 그렇지 않아? 그러나 그렇게 말하는 미미의 얼굴은 넘어진 사람 같았다.

갑자기 요란한 브라스밴드 소리가 터져나왔다. 얼음판 위로 관악합주단이 행진하여 들어오고 있었다. 빨간 레이스가 달린 짧고 흰 원피스에 번쩍이는 악기들, 거기서 쏟아져나오는 음악도 번쩍거렸다. 벌거벗은 늘씬한 다리를 허리까지 들어올려 행진하며, 붉고 푸른 깃발을 휘두르며, 허공으로 던졌다가 받아들며, 질서정연하게 사방팔방으로 분열했다가 다시 한꺼번에 대오를 만들며, 그들은 쨍쨍 울려퍼지는 음악 소리와 함께 얼음판 한가운데로 들어서자 〈오 수재너〉를 연주하기 시작했다. 비로소 진짜 구경거리가 시작되려는 것 같았다. 그러나 미미는 말했다. 가자, 이제. 시시하다. 그는 연주나 끝나면 나가자고 말하고 싶었으나, 묵묵히 그녀를 따랐다.

미미는 곧장 집으로 돌아가려고는 하지 않았다. 그녀는 쇼핑몰을 느릿느릿 걸어다니며 가게마다 구경을 했다. 작고 앙증맞은 온갖 휴대용 음향기기들, 어마어마하게 커다란 음향기기들, 그들이 사는 쪽방 못지 않게 커다란 텔레비전과 냉장고와 세탁기, 그리고 위성 안테나, 뭐에 쓰는 것들인지 알 수조차 없는 온갖 번쩍이는 기계들, 호사스러운 옷과 형형색색의 찬란한 장신구들, 높다란 천장 가득 쌓인 클리넥스와 화장지, 로봇, 전투기, 자동차 따위의 온갖 장난감들…… 그가 한 번도 본 적이 없는 온갖 물건들이 번쩍이며 시선을 끌었고, 미미는 그 모든 것들을 홀린 듯 구경했다.

넌 일 안 하니, 찌찌야? 미미는 외제 전자제품 가게의 진열창을 들여다보며 물었다. 무슨 일? 그는 일이 아니라 학교에 다녀야 했다. 그것이 그의 일이었다. 삐리 새끼, 그게 무슨 일이야? 돈이 생기는 게 일이지. 그도 돈을 벌 수 있을까? 미친 새끼, 당연하지. 아까 그 남자새끼들, 나이가 니 또랜데 하루 수입이 얼만지나 알아? 최소한 삼만원은 된다. 그가 물었다. 무슨 일을 하는데? 미미는 대답하지 않았다. 갑자기 화가 난 듯한 어조로 떠들어댔다. 찐따 새끼한테 다 뺏겨서 그렇지. 그 개새끼. 찐따? 그는 누구일까? 그런 새끼 있어. 우리 대빵이야. 한쪽 다리를 절룩거려. 미친놈이야. 드러운 새끼. 미미는 갑자기 표독스럽게 내뱉었다. 그녀의 얼굴이 사나워졌다. 애새끼들이 돈 벌어오면 다 뺏어가. 눈곱만큼씩만 남겨줘. 용돈밖에 안 돼. 먹으라고 사다주는 건 쌀이나 라면이나 소주 같은 거뿐이고. 내가 그 새끼 죽이기 전에는 이 바닥 안 떠날 거야. 무슨 일을 하는데? 그가 물었으나 미미는 대답하지 않았다. 그녀는 열중한 눈빛으로 가게 안을 들여다보고 있었다.

저거 봐. 미미가 턱짓으로 가게 안쪽을 가리켰다. 그녀는 손을 될 수 있는 한 꺼내지 않았다. 털실로 짠 스커트와 스웨터, 머플러, 모자, 원피스, 투피스…… 온갖 털실로 짠 옷들을 파는 가게였다. 저거. 미미가 다시 턱짓을 했다. 그녀의 시선을 따라 고개를 움직여가던 그는 벽에 장식한 털실로 뜬 빨간 장갑을 발견했다. 그 장갑에는 손가락이 하나, 둘, 셋…… 여섯 개였다. 그 옆에는 손가락이 일곱 개 달린 장갑, 그리고 손가락이 여덟 개가 달린 장갑도 장식되어 있었다. 어때? 그녀는 성진을 돌아보고 싱긋 웃었다. 저런 장갑은 여기에서 처음 봤어. 저 모자도. 그 옆에 장식된 것은 털실로 뜬 모자였다. 모자 위쪽에는 뿔 같은 것이 길다랗게 솟아나와 옆으로 늘어져 있었다. 그것들은 손가락이 여섯 개 이상 달린 사람들을 위해 만들어진 것이 아니라 장식품인 것이 분명했다. 장갑도 모자도 사람이 끼기에는 너무 컸다.

"서울 시내에서 여기뿐이야, 저런 장갑은. 아니, 온 세상에서 여기뿐일 거야. 언젠가…… 사랑하는 사람이 생기면 그 사람에게 저걸 사달라고 할 거야."

미미의 뺨에 홍조가 떠올랐다.

2

　그날 벌어진 모든 일들은 성진의 머릿속에 또렷이 선명히 새겨져 있다. 아침부터 내리던 폭설, 새벽의 시장, 아직 가게들이 문을 다 열기 전의 을씨년스럽고 어설픈 광경, 어디서 나타났는지 검둥개 한 마리가 쥐를 쫓아 비닐과 고무밧줄로 칭칭 동여매 갈무리한 좌판 위로 뛰어올라 치달리다가 나동그라지던 꼴, 가게 문을 열며 어이고 망헌 놈의 추위, 올핸 참말로 추위가 일찍부터 시작허네, 하고 중얼거리던 이모의 입에서 허옇게 뿜어져나오던 입김, 귀와 목덜미를, 엉덩이를 물어뜯어 떼어갈 듯 덤벼들던 찬바람과 추위, 가게 문 유리창에 허옇게 끼어 있던 성에와 거기 국화꽃잎 무늬들……

　아침나절, 그러니까 새벽 손님들을 한 차례 분주히 치러내고 난 다음 이모네 국밥집 처마 끝에 내붙인 차양이 눈의 무게를 이기지 못하고 무너졌다. 그 때문에 이모와 이모부는 또 한바탕 싸움박질을 벌였다. 저 염병헐 놈의 인사가 그렇게 눈 좀 치워라 치워라 해도 모르는 체하더니 결국은 무너지고 마는구먼, 무너지고 말어. 어이구, 이 술귀신아, 밥귀신아. 이모가 투덜거리자 이모부는 늘 그렇듯이 입안엣소리로 들릴 듯 말 듯 웅얼거렸다. 저년의 주둥이에 똥뒷간 작대기를 쑤셔박아놓든지 연탄집게를 물려놓든지 해야지, 벌리기만 하면 욕이네, 욕이. 이모 부부의 싸움을 구경하는 일은 그에게는 아무런 새로운 흥미를 불러일으키지 않는 사소한 일상 가운데 하나였다. 특별히 재미있을 것은 없었으나 그렇다 하여 불안감이나 두려움 같은 것도 있을 리 없었다. 그들은 늘 싸웠고, 화해고 뭐고 없이 얼마 지나지 않아 다시 붙어앉아 시시덕거렸으니까.

그날 그는 학교에 가지 못했다. 날이 아직 캄캄할 때 이모 부부와 함께 시장으로 나와 가게 문을 열고 일을 해야 했다. 그 역시 특별한 일은 아니었다. 시장에 손님이 붐빌 때면 그는 종종 학교에 가는 대신 가게로 나와 일을 거들었으니까. 손님들에게 물과 음식을 날라주고, 행주로 식탁을 훔치고, 설거지를 하고, 가끔은 순댓국이나 장국밥 쟁반을 짊어지고 근처 잡화점이나 어물전으로 배달도 나갔다.

연말이었고, 시장에 손님이 밀려들어 이모네 국밥집도 덩달아 분주해졌다. 이모네 국밥집에서 파는 순대나 오징어튀김 같은 것은 명절이라 하여 특별히 많이 나가는 음식들이 아니었지만, 그래도 시장이 손님들로 붐비는 날이면 다른 날보다 훨씬 바빠져서 이모 부부의 일손만으로는 감당하기 어려웠다. 사실은 그가 거들어도 밀려드는 손님이나 배달 주문에 다 응할 수가 없을 지경이었다. 점심시간이나 저녁시간이면 손님들의 재촉 때문에 엉덩이에서 비파 소리가 나도록 종종걸음을 쳐야 했다. 손님들 시중드는 일에 시달리다가 자칫 끼니를 놓치는 적이 한두 번이 아니었다.

차양이 무너졌다고는 하지만 이모네 국밥집에는 별 피해가 없었다. 차양 아래 놓인 것이라고 해봐야 국이 설설 끓는 가마솥 정도였으니까. 정작 피해를 본 것은 옆집 떡가게였다. 가게 앞 좌판에 진열해놓은 떡들이 눈을, 그리고 몇 년 동안이나 차양에 뒤덮였을 시커먼 먼지를 흠뻑 뒤집어썼으니까. 이모부는 그것을 치울 생각은 않고 떡가게 주인여자와 나란히 서서 차양이 사라져 눈이 더욱 거침없이 쏟아지는 하늘을 쳐다보며 큰 소리로 웃어댔고, 떡가게 주인여자는 언제나 고소한 기름 냄새가 나는 작고 흰 손으로 입을 가리고 뭐라고인지 얘기를 하며 해죽해죽 눈웃음을 치며 이모부를 할끔거렸다. 가게 안에서 김치를 썰면서도 그쪽에서 시선을 옮기지 못하고 지켜보던 이모는 큰 소리로 내뱉었다. 저년은 엇다 대고 함부로 눈웃음이여 눈웃음이. 과부란 년들은 도대체 죄다 어쩔 수기 없는 것들이라니까. 그는 빗자루를 들고 가게를 나왔다. 그런 것이 그가 할 일이었으니까. 하늘은 샛빛이었다. 굵은 눈송이들이 바람도 타지 않고 묵직하게 한도 없이 떨어졌다. 비질을 하는 목덜미에 눈송이가 내려앉아 선듯선듯했다. 이모부가 등 뒤에서 말했다. 떡 상하지 않게 조심해라, 막개야. 떡집 아낙이 비명처럼 샛된 소리로 외쳤다. 아이고, 벌써 상할 것은 다 상했는데 무슨…… 여편네가 눈이 이렇게 쏟아지면 치울 생각이라도 해야지 안에 틀어박혀 도대체 뭐 하는 거야, 그래? 살림살인 어떻게 하나 몰라, 저렇게 게을러서. 그녀가 이모네 가게 안쪽을 향해 눈을 흘기며 이모를 비난하는데도 이모부는 허공을 향해 입을 커다랗게 벌리고 허어허어, 웃어댈 뿐이었다.

그는 언제부터 이모네 집에서 살게 된 것인지 알지 못했다. 이모의 얘기에 따르면, 아비는 그가 태어나자마자 집을 나갔고, 어미 혼자 그를 기르다가 그가 세 살 나던 해에 어미 역시 어디론가 사라져버렸다고 했다. 그뒤로 아비도 어미도 코빼기도 비친 적이 없다는 것이었다. 그러니까 그에게는 아비 어미에 관한 기억이란 전혀 없었다. 따라서 아비 어미를 그리워할 줄도 몰랐다. 그 역시 남들처럼 아비 어미가 있었으면 좋았을 텐데, 하는 생각이 든 적이 없지는 않았으나, 그런 생각을 할 때에도 그가 그리워한 것은 구체적인 한 사람 한 사람의 아비 어미가 아니라, 그들과의 생활이 아니라 이모 부부가 자기네 자식들을 데리고 사는 것과 같은 그런 생활, 한쪽에서는 응석 피우고 말썽 부리고 다른 한쪽에서는 보살펴주고 귀여워하는 그런 생활에 대한 막연한 부러움일 뿐이었다. 그러니까 아비 어미와 그는 차라리 남이나 다름없었다. 이모 부부가 차라리 나았다. 그는 그들이 이모 부부가 아니라 부모였으면 좋을걸, 하는 생각을 여러 번 했다. 그들은 그를 사랑하지 않을지 모르지만 적어도 그가 밥을 먹는지 굶는지, 어디가 아픈지 아닌지는 알았고, 밥도 먹여주고 약도 먹여줬다. 물론 이모 부부가 그에 관하여 관심을 기울이는 것들은 또 있었다. 이를테면, 설거지를 깨끗이 했는지, 집 안 청소를 깨끗이 했는지 따위였다.

다시 시장이 손님들로 붐비기 시작하고, 아침도 점심도 아닌 새참이나 군것질로 국밥이나 순대를 청하는 손님들이 가게를 가득 채웠다가 사라지고, 곧이어 점심 손님들로 발 옮겨놓을 틈이 없이 식탁마다 손님들이 빽빽이 들어찼다가 사라지고, 잠시 한가해졌다가 다시 저녁 손님들로 그가 엉덩이 붙일 틈이 없이 물잔과 밥그릇과 김치 깍두기를 나르고, 식탁에 행주질을 하고, 그사이에 배달을 나갔다 오고…… 하다가 마침내 그들마저 떠나 가게가 한숨 돌릴 수 있을 정도로 조용해졌을 무렵이었다. 문소리가 나자 옆에서 그릇을 씻던 이모가 주방 밖을 내다보며 소리쳤다. 어서 오세요. 이모가 어서 오세요, 할 때의 목청은 평소와는 너무나 달랐다. 가냘프고 간드러지고 교태스럽기까지 했다. 옆집 떡집 주인 여자의 음성은 늘 그랬으나, 특히 이모부와 같이 있을 때는 더욱 그랬으니, 이모는 가게에 손님이 들어설 때만 그랬다. 평소에는 이모의 음성은 화가 난 것 아닌가, 여겨질 만큼 무뚝뚝하고 퉁명스러웠다. 이모가 아연 긴장하는 것을 그는 느꼈다. 어, 하고 그녀가 숨을 몰아쉬는 소리를 그는 들었다. 저, 저…… 이모가 뭐라 말을 하려다가 중단했다. 그는 내다보지 않았다. 그는 맨손으로 배추를 씻는 중이었다. 김치를 담가야 했으니까. 이모는 고무장갑을 끼고 하라고 권했으나 그는 고무장갑의 촉감이 싫었다. 이모가 주방 밖으로 나가려다 멈춰 섰다. 야야, 막개야. 그는 배추가 가득 담긴 함지박에 두 손과 고개를 처박은 채 대답했다. 네. 막개야,

하고 이모가 다시 불렀다. 그는 고개를 들어 이모를 쳐다보았다. 왜요? 이모는 주방에서 식당에 음식을 내는 창구로 고개를 내밀어 그 쪽을 내다보고 있었다.

"저기, 저기…… 여기 좀 내다봐라."

이모의 음성이 떨리는 것 같았다. 그는 일어나서 식당 쪽으로 고개를 내밀었다. 한 남자가 구멍탄 난로를 껴안을 듯 두 팔을 벌리고 앉아 불을 쬐고 있었다. 춥고 어설퍼 보이는 얼굴, 입성은 초라했다. 시커먼 점퍼 안에는 꾀죄죄한 남방셔츠, 검은색 바지에 가죽이 허옇게 벗겨진 군용 워커를 신고 있었다. 머리는 헝클어져 한층 지저분해 보였다. 식탁 위에는 울긋불긋한 포장지로 싼 상자 하나와 검은색의 낡은 가방이 놓여 있었다. 그는 커다란 손으로 머리칼을 함부로 긁적이다가 담배를 꺼내 입에 물더니 이 주머니 저 주머니를 뒤적거리기 시작했다. 아마 라이터나 성냥을 찾는 것 같았으나, 그는 아무것도 찾아내지 못했다. 이모가 하는 말은 성진에게는 손님 왔으니 시중들라는 뜻으로 들렸고, 그래서 그는 주방에서 식당으로 나갔다. 이모가 뒤에서 아니, 아니……, 했다. 그를 말리는 것 같은 어조였으나, 그는 그럴 리가 없다고 생각했다. 그는 손님에게 물을 갖다주고 물었다.

"뭘 드려요?"

그 손님은 그를 멀거니 올려다보았다. 그의 눈매가 이상했다. 눈곱이 낀 눈이 성진의 말을 전혀 알아듣지 못하는 듯 공허했다.

그는 손님에게 식탁 다리에 고무줄로 묶여 있던 일회용 라이터를 잡아 내밀었다. 손님은 그 라이터를 받아 불을 붙여 담배연기를 들이마시면서도 이상스레 성진을 쳐다보았다. 그는 왠지 여기 어울리지 않는 사람처럼 보였다. 스스로 엉뚱한 곳에 잘못 와 있다는 것을 의식하고 있는 사람 같다고나 할까. 넥타이까지 매고 목욕탕에 들어선 사람처럼 그는 어딘가 어색했고, 그런 사람들이 흔히 그렇듯 어리석어 보였다. 성진은 다시 물었다. 어쩌면 그의 어조는 조금쯤 짜증스러웠는지도 모른다.

"뭐 드시겠어요? 국밥, 순대, 튀김 있어요."

그는 손으로 벽에 써붙인 메뉴를 가리켰다. 손님은 멀거니 그와 그 손과 그 메뉴판을 번갈아 쳐다보고, 식당 안을 천천히 휘둘러보고, 다시 한번 그의 얼굴을 멍한 눈으로 한동안 쳐다본 다음에야

"수, 순대……"

하고 대답했다. 그는 주방으로 돌아와 이모에게 말했다. 순대 하나요. 이모가 그의 어깨를 쳤다. 이놈아. 아이구, 이놈아. 좀 내다보기나 허라니께 뭐 하러…… 이모는 일어나 손을 앞치마에 문지르며 식당으로 나갔다. 성진은 뭘 잘못한 것일까, 하는 생각이 잠깐 들었으나 짐작이 가는 일이 없었다. 그는 다시 함지박 앞에 주저앉아 배추를 씻었다.

시간이 얼마나 흘렀을까. 배추를 다 씻은 그는 소금통을 찾기

위해 일어섰다. 창구 너머로 얼핏 그 남자 앞에 이모가 마주 앉아 있는 것이 보였다. 그들 두 사람은 얘기를 주고받는 중이었다. 식탁에는 순대 접시와 소주병이 놓여 있었다. 그가 상관할 일이 아니었다. 그는 물기가 빠진 배추부터 다시 함지박에 옮겨담기 시작했다. 이제 배추를 소금에 적당히 절여야 김치를 담글 수 있었다. 김치만 담그면, 그리고 그 설거지까지 마치면 오늘 일은 끝이 날 것이다.

이모가 주방으로 들어왔다. 야야, 막개야. 그는 고개를 들어 이모를 쳐다보았다. 네.

"그거 좀 그만두고 저기 좀 내다보란 말이여."

이모가 숨을 헐떡이는 것처럼 여겨져 그는 놀라 일어섰다. 이모는 창구로 그 사람을 내다보고 있었다. 그 손님은 다시 담배를 입에 물고 식탁 다리에 묶여 있는 라이터로 불을 켜고 있었다. 라이터는 켜지지 않았다. 성진은 그 라이터가 어떤 꼴인지 잘 알고 있었다. 가게의 돈통 안에는 일회용 라이터가 여러 개 뒹굴고 있었으나 이모는 꼭 한 개씩만 꺼내놓았다. 그것도 손님들이 집어가는 일이 한두 번 벌어지자 식탁 다리에 못을 치고 거기 고무줄을 매달아 라이터를 묶어두었다. 그나마 라이터의 가스가 완전히 소모되어 더이상 켜지지 않는 것이 확인되기 전까지는 결코 바꿔 걸지 않았다. 지금 그 라이터의 가스가 거의 완전히 소모된 상태라는 것을 그는 알고 있었다. 아까 라이터가 단번에 켜진 것은 우연에 불과했다. 그 손님은 몇 번이나 거듭 라이터의 점화 바퀴를 돌려 댔으나 라이터는 켜지지 않았고, 그런데도 그는 끈질기게 같은 짓을 반복했다. 그는 한참 동안이나 그것을 지켜보고 있었다. 이모는 비난을 당하는 사람처럼 그의 옆에서 불편하게 숨을 몰아쉬고 있었다. 도대체 이모는 뭘 내다보라는 것일까?

"저기 저 사람……"

하고는 또 이모는 한참 동안이나 숨을 몰아쉬었다. 성진은 기다렸다. 이모는 한참이 지난 뒤에야 기어드는 것 같은 음성으로 내뱉듯 덧붙였다.

"니 애비다."

아비? 성진은 그것이 무슨 말인지 얼른 이해가 되지 않았다. 아비? 아비, 아비…… 나의 아비란 말인가? 저 사람이 나의 아비란 말인가? 그는 믿을 수 없었다. 그에게는 아비가 없지 않은가. 아비, 아비…… 그에게 아비가 있을 수 있다는 생각이 든 것은 한참이 지난 뒤였다. 여전히 담뱃불을 붙이기 위해 켜지지 않는 라이터를 주물럭거리는 그를, 성진은 손가락 끝에서 뚝뚝 떨어져내리는 소금물 방울을 의식하며, 그저 멀거니 쳐다보고 서 있었다.

그렇게 그는 아비를 처음 만났다.

3

그날 이모와 이모부는 일찍 가게 문을 닫았다. 집으로 들어서면서 아비는 울긋불긋한 포장지로 싼 물건을 내놓았다. 이런 걸 뭐하러 사와, 돈도 없는 사람이. 이모가 말하며 포장지를 뜯었다. 뜻밖에도 안에서 나온 것은 털양말, 두껍고 투박하여 결코 신고 싶은 생각이 들지 않을 검정색 털양말이었다. 손님이 인사치레로 친척집에 가져오는 선물치고는 기이했다. 아비는 이모, 이모부와 술을 마시기 시작했다. 성진은 술상 앞에 바짝 붙어앉았다. 그의 운명이 그 술상 위에서 결정날지 모른다는 것을 그는 예감하고 있었다. 그 동안 어떻게 살았는가, 김서방? 이모가 물었으나 아비는 대답하지 않았다. 아비는 술잔을 들어 입 안에 쏟아넣었다. 이모부가 빈 잔에 다시 소주를 채웠다. 아비는 거듭 술잔을 비워냈다. 아비가 중얼거렸다.

"내가 죄를 많이 지었습니다, 처형님, 형님."

"뭔 소린가. 죄는 무슨."

이모부가 손사래를 쳤다. 이모는 이놈의 세상에 돈 없는 게 죄지 김서방이 무슨 죄를 지었다고 하는가, 하며 더러운 옷소매로 눈가를 눌렀다. 성진은 적어도 한 가지 사실은 알게 되었다. 아비는 그가 미워서 그를 버린 것은 아니었다. 돈이 없어서였다. 돈이 없는 사람은 얼마든지 있었다. 그러나 자식을 버리는 사람은 많지 않았다.

　"성진이는 잘 크고 있으니까 아무 걱정 말어. 김서방 살 만해질 때까지 맘 푹 놓고 우리한테 맡겨놔도 되네. 다 커서 사람 구실 할 만해지면 그때 애비 찾아 보낼 테니까. 죄 많은 건 김서방보다 에미란 년……"

　말하다 말고 이모는 성진을 흘끗 쳐다보더니 얼른 입을 다물었다. 아비의 검은 얼굴이 더욱 어두워지는 것을 그는 보았다. 이모부가 물었다. 처제 소식은 들었는가, 김서방? 아비는 이번에도 대답하지 않았다. 이모와 이모부는 한참 동안이나 아비의 대답을 기다렸으나 아비는 끝내 대답하지 않았다. 이모부는 술잔으로 손을 뻗었고, 이모는 한숨과 함께 중얼거렸다.

　"우리도 못 들었는데, 김서방이 어디서 들었겠소. 어디 살아 있기나 한 깃인지……"

　성진은 아무것도 모르는 칙 무표정한 낯을 유지하려 애썼으나, 사실은 온몸이 귀가 된 듯했다. 어미, 어미가 어딘가에 살아 있는지 모른다…… 적어도 어미가 죽었다는 소식을 들은 사람은 아무도 없는 것 같았다. 그러니까 살아 있을 것이다…… 그 생각만으로도 가슴이 두근거렸다. 그러나 어미 얘기는 더이상 나오지 않았다.

　아비의 얼굴은 어째서 저다지 검은 것일까. 그의 얼굴은 마치 영화에 나오는 흑인들의 얼굴처럼 검고 꺼칠했다. 턱 밑을 길게 가로지른 흉터만이 조금 희멀게서 눈에 띄었다. 그의 손은 크고 둔하고 거칠었다. 오른손 엄지손톱이 뭔가 무거운 물건에 짓찧이기라도 한 듯 뭉그러져 있었다. 그는 성진과도, 이모나 이모부하고도 눈을 마주치려 하지 않았다. 고개를 꺾어 방바닥을 내려다보거나 눈을 들어 벽이나 허공을 넘겨다보았다. 그의 눈은 컸으나 기운이 다 빠진 사람처럼 희미했다. 눈에서 빛이 나지 않는 것 같았다. 아무것도 보지 않는 눈 같았다. 그것은 이모의 눈과도, 이모부의 눈과도 달랐다. 성진이 아는 어떤 사람의 눈과도 달랐다. 아비는 어찌 하여 저런 눈을 갖게 된 것일까? 아비의 손은, 얼굴은 어째서 저렇게 된 것일까? 성진은 그런 아비의 얼굴과 눈이, 손톱이 슬펐다.

이모의 자식들은 저희들 방에서 잠든 지 오래였다. 이모와 이모부, 그리고 아비는 끝도 없이 술잔을 주고받았다. 상추가 동이 나자 이모부는 김치로 삼겹살을 싸서 먹었다. 우적우적, 그가 김치와 고기를, 밥과 순대를 씹는 소리는 언제 들어도 요란했다. 그는 게을러서 가게에 나와서도 주전자 한 번, 빗자루 한 번 잡는 일이 드물었으나, 먹는 일에만은 더없이 열심이었다. 그는 열심히 먹었다. 그와 함께 밥을 먹을 때마다 성진은 그의 요란한 저작(詛嚼) 소리에 신경이 쓰여 밥맛을 제대로 알 수 없었다. 아비? 그는 느릿느릿, 억지로 목구멍에 음식을 틀어넣는 것 같았다.

피곤할 텐데 건너가서 자지그러나, 김서방. 이모부가 몇 번이나 권했으나 아비는 아닙니다, 아닙니다, 하며 술잔을 거듭 비워냈다.

"넌 가서 자라, 성진아."

이모가 말했다. 그는 일어서지 않았다. 어서 자라니까. 얘가 왜 말을 안 들어? 이모가 눈을 흘겼다. 그는 일어서지 않았다. 아비만을 쳐다보고 있었다. 어른들끼리 할 얘기가 있어서 그러니까 어서 가서 자. 그는 일어서지 않았다. 아비의 텅 빈 얼굴을 그는 지켜보고 있었다. 그 텅 빈 얼굴, 아무것도 보지 않는 것 같은 그 눈을 통하여 그는 알 수 있었다. 아비는 그가 그 자리를 떠나는 것을 바라지 않았다. 어서. 이모가 재촉했다.

"내가 이번에 자식놈을 데리고 갈까, 싶어서 왔습니다."

아비가 뚜벅, 말을 내놓았다. 이모와 이모부는 놀라 서로를 마주 보았다. 성진도 깜짝 놀랐다. 그렇다. 그의 예감은 적중했다. 이제 그의 운명이 결정될 것이다. 그는 당연히 아비와 같이 가고 싶었다. 아비는 초라했으나, 난생처음 만났을 뿐이었으나, 그래도 그는 아비와 함께 떠나야 한다고 생각했다. 아비와 함께라면 어디든 상관없었다.

"뭔 소린가, 김서방?"

이모부는 김치를 씹다 말고 눈을 가늘게 떠 아비를 넘겨다보았다. 아비는 더이상 말이 없었다. 그 표정이나 눈빛만으로는 이제 막 그런 말을 한 사람으로 보이지 않았다. 자신이 한 말마저 까맣게 잊은 듯 무표정한 얼굴이었다. 이모가 혀를 차며 고개를 저었다.

"자식새끼 먹여살릴 요량은 있는가, 김서방?"

아비는 허공에 눈을 던진 채 짧게 말했다.

"내 새낍니다."

이모는 다시 추궁했다.

"학교는 어쩔랑가? 애 데리고 가면 학교는 댕기게 해야지. 안 그려?"

이모는 화가 난 사람처럼 눈을 치뜨고 큰 소리로 말했으나 그에 비하면 아비는 싱거울 만큼 맥없는 어조였다.

"전학시킬 겁니다. 그 동네 학교로."

이모는 도저히 믿을 수 없다는 낯이었다.

"집은? 방칸이라도 마련했는기?"

아비가 혼잣말처럼 중얼거렸다. 방 한 칸 없이 자식놈 데려가겠다고 나서겠어요? 그것으로 성진은 아비가 오래 전부터 집이나 방도 없이 살아왔다는 것, 그리고 그의 아비가 지독하게 가난하다는 사실도 알게 되었다. 성진은 어디선가 들은 적이 있는 말을 문득 떠올렸다. 부랑인(浮浪人), 노숙자(露宿者). 아비의 몰골은 그런 말들과 잘 어울렸다.

한동안 아비와 이모 사이의 얘기를 듣고만 있던 이모부가 끼어들었다. 어디다 마련했는데? 방바닥에 붙박여 있던 아비의 시선이 허공으로 날아갔다. 서울역 앞에 남영동입니다. 이모부의 얼굴에 얼핏 비웃음이 스쳐가는 것을 성진은 보았다. 이모부는 크게 고개를 주억거리며 탄복했다.

“서울역 앞이라고? 서울 시내 한복판 아녀? 김서방 재주가 아
주 비상하네. 그 동네 방값이 보통이 아니게 비쌀 텐데.”

이모는 완연히 믿지 않는 낯이었고, 이모부는 왠지 아비를 조롱
하는 것 같았다. 성진은 듣고 있기가 거북했다. 슬프고 화가 났다.
이모와 이모부가 미웠다. 이들이 어째서 아비가 그를 데려가겠다
는 것을 막으려는 것인지 이해가 되지 않았다. 다행스러운 것은
아비가 시종 그들의 얼굴도 보지 않고, 그들의 불신이나 비웃음을
아는지 모르는지 아무런 반응도 나타내지 않고 있다는 점이었다.
그는 묵묵히 술잔을 들어 입으로 가져갔다. 빛 하나 없는 막막한
시선, 가면처럼 무표정한 얼굴이 슬며시 성진을 향해 움직여 그의
시선이 잠깐 성진의 얼굴에 머물렀다가 떠나갔다. 그러나 어째
서? 어째서 아비는 항변 한마디 못 하는 것인가? 그는 아비가 이
모 부부의 반대에 꺾여, 그가 기억하지 못하는 까마득한 날에 그
랬듯, 다시 그를 여기 남겨둔 채 혼자서 떠나버릴지도 모른다는
것이 두려웠다.

“그 동안 뭘 해서 먹고살면서 돈을 모아 방을 마련했는가?”

이모가 물었다. 아비는 고개를 꺾어 술잔을 들여다보며 그럭저
럭, 하고 대답했다.

“아이 에미 소식은 전혀 모르는가?”

아비는 아무 대답도 하지 않았다. 이모가 혀를 찼다.

“어이구, 자네가 아는 게 도대체 뭔가?”

이모는 이제는 노골적으로 아비에게 화를 내고 있었다. 아비는 말없이 소주잔을 들었다. 이모부가 말했다. 어허, 이 사람 이거 왜 이래? 누가 이렇게 살고 싶어 사는 사람 있겠어? 그때 아비가 다시 뚜벅 말했다. 내 새끼는 압니다. 이모가 눈을 흘겼다. 아는 사람이 이제껏…… 그녀는 가슴을 치며 입을 다물었다. 처형님, 하고 아비가 고개를 들었다. 그의 눈은 여전히 이모가 아니라 이모 뒤쪽의 벽이나 허공에 맥없이 던져져 있었다.

"그 동안 내 아들놈 이만큼 키워주신 거 고맙습니다. 이 은혜는 무슨 수를 써서든 꼭 갚을라요. 내 눈에 흙이 들어가기 전에 꼭 갚는당게요. 그렇지만 죽었다 깨어나도 내 자식은 내 자식이오. 인자 내가 키울라요."

이모가 뭐라고인지 항변하려 했으나 아비는 벌떡 일어서서 성진의 손을 잡았다. 가서 자자, 진아. 그는 얼른 아비를 따라 일어섰다. 아비를 쏘아보는 이모의 눈에 눈물이 고여 있었다. 성진은 이모가 왜 우는 것인지 이해할 수 없었다.

자기 위해 건넌방에 불을 끄고 누웠을 때에 아비의 음성이 어둠 속에서 건너왔다. 그 동안 애 많이 썼다. 힘없는 음성, 허공에 대고 혼자 무의미한 소리를 늘어놓기라도 하는 듯 높낮이가 없는 어조. 인자부터 나허고 살라믄 고생살이가 더 심헐 것이다. 애비는 저런 음식점도 없고 집 한 칸도 없다. 몸뚱이 하나 있는 것이 밑천이다. 내가 니 이모한테는 큰소리쳤다만, 너한테야 뭔 낯으로 내가 큰소리를 허겄냐. 이제 와서 너한테 이래라 저래라 어떻게 말을 허겄냐. 그러니까 니 마음대로 혀라. 여그서 살고 싶으믄 여그서 살어라. 배는 고프지 않을 테지. 애비하고 살라믄 배곯는 날도 있을 거이다. 세상에 제일 무서운 것이 배곯는 거라드라. 그렇지만 무서워도 할 일은 해야 하는 법이다. 니가 아직 어려서 모르겄지만…… 성진은 아비의 말을 오래 듣고 있을 수가 없었다. 아비가 잠시 말을 더듬는 사이에 그는 얼른 말했다.

"갈 거예요, 아버지랑 같이."

아비는 더이상 아무 말도 하지 않았다. 곧 코 고는 소리가 들려왔다. 아비의 코 고는 소리마저 듣기 좋았다. 손을 뻗어 아비의 거칠고 뭉툭한 손을 잡고 싶었다. 아비의 뭉그러진 손가락을 만져보고 싶었다.

이튿날에도 성진은 학교에 가지 않았다. 그러나 이번에는 이모네 식당에서 일을 하기 위해서가 아니었다. 그는 아비와 함께 이모네 집을 나섰다. 그가 가진 짐은 옷가방 하나, 책가방 하나, 아비의 짐 역시 가방 하나가 다였다. 골목은 얼음구덩이 같았다. 내린 눈이 얼고, 그 위에 다시 눈이 쌓이고, 또 얼고, 아이들이 그 위에서 미끄럼질을 하고 다녀 한 걸음 옮겨놓기가 아슬아슬했다. 그 골목을 아비는 큰 보폭으로 성큼성큼 걸었다. 성진은 난생처음 만난 아비 앞에서 꼴사납게 미끄러져 넘어질까 두려워 조심조심 발을 떼어놓았다.

진아. 아비가 그를 부를 때 쓰는 호칭이었다. 진아. 그것은 이모네 식구들이 쓰는 막개야, 하는 호칭과는 너무 달랐다. 학교에서 선생님이 김성진, 하고 부르는 것과도 사뭇 달랐다. 진아. 그는 진아, 하고 아비가 부르는 것이 좋았다. 아비만이, 그리고 어쩌면 어미만이 그를 그렇게 부를 수 있었다. 그는 아비와 더불어 이름을 되찾았다고 생각했다. 진아. 그는 막개가 아니라 진이였다. 이제 아무도 그를 막개라고 부를 수 없을 것이다.

오랜 시간 동안 버스를 타고 흔들리며 서울 시내를 관통하여 도착한 곳은 서울역 앞 남영동 뒷골목이었다. 비탈진 길을 걸어올라가자 다닥다닥 붙은 더러운 건물들이 높다랗게 서 있었고, 그 건물들이 해를 가려 골목 안은 한낮인데도 침침했다. 길 양쪽 가장자리에는 몇 날 며칠을 묵어 시커멓게 더러워진 눈과 얼음이 높다랗게 쌓여 있었다. 털모자를 쓰고 허옇게 먼지가 뒤덮인 코트를 걸친 노인 한 사람이 소주병을 쥐고 비틀거리며 골목을 내려오다가 얼음에 미끄러지자 이런 개 같은 놈들, 하고 투덜거렸고, 쓰레기통 옆에서 고양이가 쥐 한 마리를 물고 뛰쳐나왔다가 다른 쓰레기통 옆으로 사라졌으며, 양말짝과 라면봉지와 누군가가 토해놓은 토사물과 찢어진 만화책 같은 것들이 쓰레기통 옆에 고스란히 얼어들어가고 있었고, 왱오왱오, 순찰차의 경적이 골목 바로 바깥에서 쏟아져들어왔으며, 음식 쟁반을 든 소년이 어깨를 잔뜩 웅크리고 시커먼 건물의 입구로 뛰어들었고, 찬바람이 골목을 휩쓸고 내려와 성진은 잠시 숨이 막혔으며, 고개를 꺾어 올려다본 높다란 건물의 창문에는 유리 대신 두꺼운 비닐이 뒤덮여 바람에 펄럭거렸고, 창가의 빨랫줄에는 얼어붙은 빨래 조각이 고드름을 매달고 걸려 있었으며, 아비는 으음, 헛기침을 하며 걸음을 빨리했고⋯⋯ 성진은 아비에 관한 한 가지 사실을 발견했다. 아비는 그 골목에 잘 어울렸다. 그 골목에서는 아비가 더이상 어색해 보이지 않았다. 그는 두려움을 품고 아비를, 그리고 아비에게 너무나 잘 어울리는 그 골목을 흘끔거렸다.

그는 아비를 따라 골목 끝의 한 건물 안으로 들어섰다. 비좁은 복도는 캄캄했고, 썩어가는 음식 아니면 걸레 같은 것의 냄새가 코끝에서 떠돌았다. 그 냄새도 아비에게 잘 어울렸다. 아비는 복도의 어둠과 냄새 속으로 거침없이 걸어들어갔으나, 그는 발끝으로 더듬거리며 발을 옮겨야 했다. 눈이 어둠에 익숙해진 다음에야 비로소 복도 양쪽에 나무로 짠 문이 늘어서 있는 것이 눈에 들어오고, 그 문 밑에 어김없이 낡은 운동화나 구두 같은 것들이 늘어 놓인 것도 보였다. 아아, 비좁은 복도에 웬 문이 이리 많을까. 긴 복도, 흰색 페인트가 군데군데 벗어져 떨어져내리는 벽면에 촘촘하게 들어박힌 무수한 문들, 그 문들 앞을 지날 때면 이따금 그 너머에서 인기척이 느껴졌다. 기침 소리, 그릇이 달그락거리는 소리, 아이고오, 길고 맥없는 신음 소리⋯⋯ 그는 그곳이 무서웠고, 그곳에 그토록 잘 어울리는 아비가 무서웠다. 조금 전까지만 해도 막연하기만 하던 두려움은 이제 훨씬 더 생생해지고 구체적이 되었다.

아비는 복도 끝에 이르러서야 희게 번쩍이는 금속 손잡이를 붙잡아 방문을 열었다. 방 안 역시 시커멨다. 그곳으로 들어가야 하는 것일까. 아비가 문 앞에서 비켜서서 그를 바라보며 말했다.

"들어가라. 우리집이다."

집이라니. 그를 바라보는 아비의 눈길이 어째서 그렇게 엄숙해 보인 것일까. 운명 같은 그 눈길을 등뒤로 받으며 그는 될 수 있는 대로 천천히 운동화를 벗고 방 안으로 들어섰다. 알 수 없는 일이었다. 그가 그 방으로 들어서면 아비가 뒤따라 들어서는 것이 아니라 밖에서 문을 닫고, 자물통을 채운 다음 어디론가 사라져버릴지도 모른다는 생각이 들었다. 다행히 아비는 그의 뒤를 따라 방으로 들어와서 전등을 켰다. 천장에 늘어뜨려진 알전구가 떨어뜨리는 빛은 희미했으나, 그 빛으로도 방 안의 전모는 한순간에 여지없이 드러났다. 벽에 옷가지가 두어 벌 걸려 있었고, 엉뚱하게 천장에는 귀퉁이가 깨어져나간 밥상이 걸려 있었다. 방 구석에는 검은색의 커다란 인조가죽 가방 하나, 그 옆에는 양말 조각들, 휴대용 가스버너와 찌그러진 코펠 두어 개, 거기 꽂힌 숟가락과 젓가락 두 벌, 덕용포장의 라면, 단무지와 김치가 담긴 비닐주머니가 각각 하나씩, 바로 그 옆에는 접힌 이부자리, 그 위에 기름때에 찌든 베개가 둘. 그것만으로 방 안은 발 옮길 틈을 찾을 수가 없을 정도였다. 가구라는 것은 전혀 눈에 띄지 않았다. 성진은 엉뚱하게 어디 앉아서 공부를 해야 하나, 걱정이 되었다.

아비는 주저앉아 벽에 등을 기대고 비스듬히 그를 쳐다보았다. 그는 엉거주춤 선 채 아비를 내려다보았다.

"앉아라. 안 무너진다."

그는 책가방과 옷가방을 내려놓고 앉았다. 아비는 저쪽 벽, 그는 이쪽 벽에 등을 기댔는데도 아비의 얼굴은 바로 코앞에 다가와 있었다.

"돈 벌면 더 좋은 방으로 이사가자."

아비가 중얼거렸다. 이미 그 말을 들으면서 성진은 알았다. 결코 좋은 방으로 이사갈 수 없을 것이다. 아비의 어조에는 그처럼 아무런 욕망도 의지도 담겨 있지 않았다. 무의미한, 괜히 해보는 헛기침 같은 말에 지나지 않는다는 것을 그는 그때 벌써 알았다. 무엇보다도 아비는 그 방에 잘 어울렸던 것이다. 그는 아비와 눈을 마주치기가 민망스러워 볼 것이란 없는 방 안을 고개를 꺾어가며 이리저리 살펴보았다.

4

성진은 갑자기 초조감에 사로잡혀 허겁지겁 쪽방 골목을 달려

올라갔다. 집에 아비가 와 있는지, 아비가 오늘 일을 한 것인지 아닌지 궁금했다. 어쩌면 그들의 방은 이미 사라져버렸는지도 모른다. 집주인이 다른 사람에게 그 방을 내줬는지도 모른다. 아비는 또다시 그를 버리고 사라져버렸는지도 모른다…… 그는 진땀을 흘리며 쪽방 집 복도로 뛰어들었다. 복도는 언제나와 마찬가지로 음침하고 조용했다. 그들의 방문 밑에 아비의 낡은 군용 워커가 놓여 있는 것을 발견한 순간 그는 반가워 문을 벌컥 열어젖히며 소리쳤다. 아빠. 대답 대신 코 고는 소리와 뜨끈뜨끈한 술냄새가 끼쳐왔다. 알전구의 희미한 빛 가운데 아비는 옷도 벗지 않은 채 네 활개를 펴고 푸우푸우 거칠고 불편하게 숨을 몰아쉬며 자고 있었고, 아비의 겨드랑이 밑에는 소주병과 김치 그릇이 놓여 있었다. 아무 일도 생기지 않았다, 아무런 나쁜 일도 벌어지지 않았다…… 성진은 같은 생각을 반복하며 한참 동안이나 아비의 거친 숨소리를 듣고 서 있었다.

시장기가 느껴진 것은 그 다음이었다. 그는 라면을 끓이기 위해 물을 버너에 올려놓았다. 김치는 조금 남아 있었고, 단무지도 한두 번 먹을 만큼은 남아 있었다. 갑자기 허기가 져 허리가 꼬부라질 것 같았다. 바깥에서 집주인과 취객이 사천원, 오천원, 사천오백원…… 하고 방값을 흥정하는 소리가 한참 동안이나 계속되었다. 이모네 순댓국은 삼천원이었다. 아무도 값을 흥정하려 들지 않았다. 순댓국 값과 쪽방 값에는 어떤 차이가 있는 것일까.

정신없이 라면을 먹다가 그는 고개를 들었고, 아비가 반쯤 눈을 뜨고 그를 쳐다보고 있다는 것을 발견했다. 아비의 눈가가 젖어 있었다. 라면 맛이 갑자기 모래 맛 같았다. 그는 서둘러 라면을 국물과 함께 들이마셨다. 진아 이놈아, 밥을 먹어야지 이 밤중에 무슨 라면이여. 아비가 일어나 앉으며 중얼거렸다. 성진은 그릇을 가지고 수도간으로 가서 재빨리 씻어들고 방으로 돌아갔다. 아비는 다시 소주를 마시고 있었다.

"너도 한잔 주까?"

그는 놀라 고개를 저었다.

"오늘은…… 한잔 묵어도 될 것이다. 한잔 묵어도 아무도 뭐라 안 할 것이여."

아비는 플라스틱 컵에 소주를 따라 그의 앞으로 밀어놓았다. 성진은 잔을 들어 단숨에 들이마셨다. 아비는 그를 물끄러미 쳐다보다가 중얼거렸다. 뺨이…… 니 뺨이 꼭…… 니 에미 같구나. 아비가 그에게 어미 얘기를 꺼내는 것은 처음이었다. 성진은 기다렸다. 삼십 촉짜리 알전구의 희미한 빛은 방 안의 어둠을 몰아내는 데는 무력하여 천장 구석에서, 아비의 등뒤에서, 그의 코밑에서도 어둠이 뒤섞였다. 성진은 기다렸다. 아비는 망설였다.

"진아, 너 에미 보고 싶지 않냐?"

아비는 눈을 들어 그를 쳐다보았다. 그는 대답하지 않았다. 아비는 또 망설이고 있었다. 그는 또 기다렸다. 아비는 무릎걸음으

로 엉금엉금 방구석으로 기어가 언제나 거기 놓여 있던 커다란 인
조가죽 가방을 방 가운데로 밀어놓았다.

"그것이 니 에미다."

성진은 영문을 알 수 없었다. 아비는 가방을 내려다보고 있었
다. 어떻게 이게 어미일 수 있는 것일까? 그게 니 에미란 말이여,
이놈아. 아비는 화가 난 사람처럼 거칠게 가방의 지퍼를 열었다.
가방 안에는 네모반듯한 흰 나무상자가 하나 들어 있었다.

"니 에미다, 이것이. 뼛가루뿐이지만."

이것이…… 여기 어미의 뼈가 담겨 있단 말인가? 어미의 뼈가?
성진은 슬프다기보다는 무서웠다. 사람의 뼈와 한 방에서 살아왔
다는 것이 잠시 기가 막혔다. 어미를 만난다는 것은 이미 불기능
하다는 사실은 그 다음에야 깨달았다. 그가 최초로 만난 아비는
부랑인이었다. 그가 최초로 만난 어미는 이미 시체, 시체도 아니
라 뼛가루에 불과했다. 그는 엄마, 하고 불러보고 싶었으나, 그 흰
상자 앞에서는 그런 말이 차마 나오지 않았다.

아비는 마지못해 억지로 하는 듯 취한 몸을 꾸물꾸물 움직여 그
나무 상자 앞에 컵을 하나 갖다놓고 소주를 따라놓고, 담배 한 개
비를 불을 붙여 그 옆에 놓았다. 그 동안에도 그는 심술이라도 난
듯 퉁명스러운 어조로 중얼거렸다. 성진이 들어도 좋고 듣지 않아
도 무방하다는 어조였다.

"니 에미가 죽은 지 오늘로…… 딱 열두 달이다. 긍게 제삿날인

셈이여. 계획대로라면 지금 너랑 니 에미 고향 앞바다에 가 있어
야 허는 것인디, 그런디…… 아직까지 장사도 못 지냈다. 니 에미
고향에, 고향 앞바다에 그걸 뿌려줘야 허는 것인디…… 그런디 거
그를 갈 수가 없어. 너무나 멀고…… 돈이 없어 거그까지 갈 재간
이 없어서……"

성진은 어미의 고향이 어디인지 알지 못했다. 얼마나 먼 곳일
까. 저 남태평양쯤이나 되는 것일까. 어째서 가지 못한단 말인가.

"니 에미 고향? 진도 너머 하조도라는 섬이다. 내가 어딘지를
어떻게 알았겄냐? 한번 가본 적이 없는디. 알아보니까 진도에서
뱃길로 한 시간쯤이 더 걸린다고 허드라. 이 나라 남쪽 끝이다, 거
그가. 차비도 내가 다 계산해봤다. 너랑 같이 거그까지 갔다 올라
믄 차비에 숙박비가 적어도 이삼십만원은 들겄드라. 그런디……
좁아터진 땅덩인디 거그가 그렇게 멀 줄은 몰랐다. 이놈의 세상에
서, 십만원, 이십만원 벌기가 이렇게 힘드는구나, 진아."

아비는 몸을 부르르 떨었다. 성진은 유골상자에서 눈을 옮길 수
가 없었다. 내 어미가 저기 담겨 있다…… 아니, 그것은 어미가
아니라 어미의 유골이다. 슬프고 무섭고 화가 났다.

"널 찾아 데려온 것은 너랑 같이 하조도에 갈라고, 그래서 억지
로 널 끌고 온 것이다. 어느 놈한테서 받을 돈이 이삼십만원이 남
아 있었는디…… 널 데려온 이튿날 그놈이…… 어디로 내빼버렸
다. 그 돈으로 어찌어찌 니 에미 고향까지 가볼 작정을 헌 것인

다…… 이삼십만원을 어딜 가서 마련헐 것인지 내가 막막하기만 허다, 진아……”

미미가 아까 한 말이 생각났다. 병신, 그게 무슨 일이야? 돈이 생기는 게 일이지. 그녀와 같이 다니는 사내녀석들은 하루에 삼만 원씩이나 번다고 했다.

“진아 이놈아, 너 나랑 살겠냐? 살아내겠냐? 내가 너 학교 보낼 수 있을 것 같으냐? 내가…… 자신이 없다. 이놈의 세상 살아낼 자신이 없어. 혼자 몸뚱이로도 자신이 없어……”

성진은 기다렸다. 갑자기 아비가 무슨 말을 하는 것인지 이해할 수가 없어졌다. 내가…… 혼자 몸뚱이로도 자신이 없는디…… 아비는 같은 말을 반복했다. 그는 자신의 배꼽이라도 내려다보는 듯 고개를 꺾고 앉아 맥없이 얘기를 계속했다. 아니, 성진은 아비 가 하려는 말을 확실히 깨달은 것인지도 모른다. 아비는 다시 그 를 버리려 하고 있었다.

“니 에미 고향에 가 그 앞바다에 뼛가루 뿌려주는 것, 그것 하나 도 못해 벌써 일 년을, 일 년 열두 달을 이러고 있는디…… 겨우 이 지경인디…… 내가 이놈의 세상 어떻게 살아내겠냐? 혼자 몸 뚱이로도 이 지경인디…… 어떻게…… 내가…… 아이고, 아이 고……”

아비는 고개를 들었다. 그러나 그는 성진을 바라보지 않았다. 희미한 빛과 어둠이 뒤엉킨 허공을 쳐다보며 그는 한숨을 거푸 내

144

쉬었다. 성진은 생각했다. 일 년 동안 안 되면 이 년에 걸쳐 하고, 이 년에도 안 되면 삼 년에 걸쳐서 하고…… 그럴 수는 없는 것일까? 아비는 소주병을 입 안에 틀어넣고 벌컥거렸다. 아비에게 소주가 있다는 것은 얼마나 다행인가. 성진에게는 입 안에 넣고 벌컥거릴 것도 없었다. 한숨도 쉴 수 없었다. 그는 숨이 막혔다. 말도 할 수 없었다. 아비가 불쌍했다. 그가 아비의 아들이라는 것은 불운이었다. 아비에게 그 같은 자식이 있다는 것 역시 불운이었다. 그들은 서로에게 불운이었다.

"오늘은 운이 닿아 일도 하고 돈도 받아와 이 방이나마 뺏기지 않았다만…… 날 믿고 살 수 있겠냐? 살 것 같으냐? 혼자 몸뚱이로도 이 꼴밖에 안 되는디 나를 어떻게 믿고 살 수 있겠냐, 진아?"

세상의 모든 아들은 아비와 같이 산다. 세상의 모든 짐승도 벌레도 아비와 같이 살고 어미와 같이 산다. 그것은 너무나 당연하여 원하고 원치 않고의 문제가 아니다. 그런데 그에게는 어째서 그것이 원하느냐 않느냐의 문제가 된 것일까. 그는 차라리 벌레가 되어야 하는 것일까. 사람이기를 그친다면 아비와 살 수 있게 될까. 그는 아비와 함께 살기 위해서라면 기꺼이 지하철역 바닥에 드러누울 수 있었다. 그러나 그래야 하는 것일까?

"내가 요새는 새벽마다 일을 나가지만, 그것도 니 에미 죽고 나서부터다. 돈 모을라고, 하조도 갈 돈 좀 모아볼라고…… 산수로만 하면 일당 삼사만원, 닷새나 일 주일만 모으면 되겠지, 했는디,

그게 아니드라. 하루 벌면 이틀 못 벌고, 사흘 나흘도 못 버는디, 그 사흘 나흘 동안 잠 자는 거 배아지에 밀어넣는 거 챙기려다보니 돈을 모을 수가 없드라. 자지 않고 묵지 않는다면 당장 내일 일거리가 생긴다 해도 어떻게 일 나가겄냐? 니 에미 죽는 바람에 하조도 가야 한다는 생각으로 내가 일 년은 그럭저럭 일해서 벌어묵고는 살았다만…… 니 에미를 어떻게 한단 말이냐? 먹고는 살아야 하조도든지 하수도든지 갈 것인디, 그러자니 돈 이십여만원 모으는 것이 참말로 막막하고 기막히드라…… 어째야겄냐, 어째야겄어, 이놈아? 이놈의 답답한 노릇을 어쩐단 말이여?"

아비를 지켜보던 어느 순간 성진은 깨달았다. 아비는 어미의 장사를 지내줄 수 없을 것이다. 어미의 장사를 지내줘야 할 사람은 성진이었다. 아비는 이미 포기했다. 포기하지 않았다 하더라도 아비에게는 그것은 당초에 불가능한 일이었다.

"니 에미가 저승에도 못 가고 죽어서도 부랑인이 되어 이승을 떠돌아다닐 생각을 하니 기맥히고 안타깝다, 진아. 어쩐다냐, 어째야 쓴다냐, 이 노릇을."

성진은 어미의 장사를 지내줘야 했다. 어미의 혼령이 이승을 떠돌 것이 걱정스러워서가 아니었다. 그가 장사를 지내주기 전에는 저 유골은 그저 유골에 불과할 것이다. 누구의 유골이라 해도 상관없는, 결국은 흙이 되고 먼지가 되고 말 시체의 자취에 불과했다. 그가 장사를 지내줘야만 비로소 그것은 어미가, 그의 어미가 될 것이다.

아비는 갑자기 쓰러져 잠들었다. 어미의 장사를 지내주기 위해서라도 성진은 돈을 벌어야 했다. 무슨 일이든 상관없었다. 삼십만원, 그로서는 만져본 적도 없는 큰돈이었다. 그는 이모네 가게에 더러운 고무줄로 묶여 있던 녹슨 돈통을, 장사를 끝낼 무렵이면 거의 항상 그 돈통에 가득 쌓여 있던 지폐를 떠올렸다. 은행원들이 커다란 수레에 가득 싣고 금고로 들어가던 지폐더미를 생각했다. 그는 적어도 아직까지는 그런 것들이 그 자신과는 아무런 인연도 없는 남의 돈일 뿐이라고 생각했다. 그러나 이제 아니었다. 그는 이제 그것들을 자신의 소유로 만들어야 했다. 미미를 만나야 했다.

아비가 푸우푸우, 거칠게 숨을 들이쉬고 내쉬는 것을 지켜보다가 그는 어미의 유골상자 옆에 조그맣게 몸을 접고 누웠다. 어미의 제삿날, 아비는 소주 한 잔, 담배 한 개비를 바쳤다. 그는 무엇을 바쳐야 할까. 그가 가진 것이란 아무것도 없었다. 그들이 그에게 한심한 부모였듯 그 역시 그들에게 한심한 자식이었다. 어미는 아비와 그의 사이에 숙제처럼, 의미를 알 수 없는 기념비처럼 버티고 서 있었다. 그는 어미를 끌어안았다. 엄마, 엄마, 엄마……
어미는 딱딱하고 차가웠다.

5

이튿날 성진은 잠에서 깨어나자마자 곧 미미가 사는 쪽방을 찾아갔다. 방 안 가득 미미와 어제 본 사내녀석들이 엎어져 있었다. 라면을 먹는 녀석, 만화를 보는 녀석, 손바닥만한 텔레비전을 보는 녀석, 담배를 피우는 녀석…… 모두 예닐곱은 되는 것 같았다. 성진은 미미를 불러냈다. 그녀는 검정 모자를 눌러쓰고 밖으로 나왔다. 왜? 꼭두새벽부터 웬일이야, 찌찌야? 성진은 단도직입적으로 말했다. 나도 돈 벌고 싶어. 그녀는 멍하니 그를 처다보다가 주머니에서 담배와 라이터를 꺼내 불을 붙여 입에 물고, 그에게도 담배를 권했다. 그는 고개를 저었다. 미미는 갑자기 멸시가 담긴 눈길로 그를 위아래로 훑어보았다. 삐리새끼, 아직 담배도 못 피워? 너 내가 무슨 일 하는지 알기나 해? 성진은 알지 못했다. 미미가 쏘아붙였다. 그러면서 이 일을 하고 싶다는 거야? 그는 돈을 벌어야 한다고 말했다. 삐리새끼, 그거 모르는 사람이 어디 있냐? 하지만 이게 무슨 일인지도 모르면서 무작정 하겠다는 거야? 성진은 갑자기 적대적이 되어버린 것 같은 그녀를 보며 할말을 잃었다.

미미가 점퍼 안주머니에서 마분지 조각을 꺼내들었다. 그 종잇조각에는 엉성한 필체의 글자들이 촘촘히 박혀 있었다. 아아, 씨발, 오늘은 돈벌이가 좀 되려나. 그녀는 마분지 조각의 글자들을 처량한 어조로 읽어내려가기 시작했다. 오늘도 사랑하는 부인과 귀여운 자제분들을 위하여 바쁘고 보람찬 하루를 보내시는 여러 선생님들께 잠시나마 불편을 끼치게 되어 정말 죄송하게 생각합니다. 저는 성 요셉 복지원에 사는 오지원이라고 합니다. 지난 여름까지 저는 육십두 명의 언니 오빠 동생들과 함께 복지원에서 행복하게 살았습니다. 그런데 복지원에 철거계고장이 날아들었고, 그때부터 복지원에 대한 모든 지원이 중단되었습니다. 그때부터 우리는⋯⋯

미미는 더이상 읽을 필요가 없었다. 성진은 곧 그녀가 무슨 일을 하는지를 짐작했다. 그녀는 앵벌이, 버스나 전철에 무작정 올라타 손님들에게 신세한탄을 한바탕 늘어놓은 다음 구걸을 하는 앵벌이였다. 그는 자신은 결코 그런 일을 할 수 없으리라고 생각했고⋯⋯ 낙심했다. 됐어. 알았어. 그가 말했으나 미미는 그만두지 않았다. 그녀는 이제는 마분지 조각을 들여다보지도 않고 계속해서 읊듯이 중얼거렸다. 그때부터 우리는 밥 한 끼 방 한 칸 옷 한 벌이 없다 이거다. 그녀의 어조는 순식간에 뒤바뀌었다. 복지원을 떠나면 우리 육십두 명의 고아들은 굶어 죽고 얼어 죽고⋯⋯ 광화문 네거리에서 올림픽공원 한가운데서 여의도 국회의사당 계단 위에 시체가 되어 나자빠질 거다 이거다. 더이상 처량한 어조가 아니었다. 노래라도 하는 듯 흥겹고 거칠었다. 그녀의 얼굴 가득 웃음이 떠오르고 어깨가 들썩이고 머리가 까딱거리고 엉덩이가 흔들렸다. 두 손의 여섯번째 손가락들이 따라서 꺼떡거렸다.

너희는 집도 많냐 옷도 많냐 돈도 많냐 개 같은 복지원 엿 같은 구청 똥 같은 나라 좆같은 세상 벌레 같은 인간들아 돈 좀 주라 돈 좀 내놔라 주머니에 감춘 돈 좀 보자 구경 좀 하자 내 몸하고 바꾸자 내 씹하고 바꾸자 한 번 해주께 돈 좀 주라 또 한 번 할래 두 번도 좋다 돈만 내면 뭐든 준다 얼마든지 준다…… 깔깔깔, 미미가 웃어댔다. 성진은 웃을 수 없었다. 당황하여 멀뚱멀뚱 그녀를 쳐다보고 있었다.

"하고 싶어, 이런 거?"

그녀가 물었다. 성진은 자신이 없었다. 그러나 돈이 필요했다. 삐리 새끼, 하고 싶으면 언제든지 와. 나 따라댕기면서 배워. 미미는 그 말을 남기고 돌아서서 쪽방으로 돌아갔다. 그녀의 등뒤로 문이 꽈당 닫혔다.

그날 아비는 일을 얻지 못한 채 정오 무렵 소주 냄새를 풍기며 돌아왔다. 아비가 전날 벌어온 돈으로 지불한 숙박비로는 그날 하루를 더 잘 수 있을 뿐이었고, 그사이에 어디선가 돈이 생기지 않는다면 그들 부자는 지하철역으로 나앉아야 할 것이다. 성진은 목이 졸리는 기분이었다. 앵벌이건 거렁뱅이건 가릴 형편이 아니라는 생각이 들었으나 선뜻 그 짓을 하겠다고 나설 수가 없었다.

이튿날 새벽, 아비는 성진을 깨웠다. 오늘은 일 걸릴 거다. 그러나 아비의 말에는 아무런 확신도 없었다.

"오늘은…… 천호동으로 가보자."

가보자는 말을 성진은 아직 이해하지 못했다. 그는 눈을 비비며 아비가 도망이라도 떠나는 듯 분주히 움직이는 것을 물끄러미 지켜보았다. 살림살이 모두를, 먹다 남은 쌀에다 몇 쪽 남지 않은 김치까지 아비는 커다란 배낭에 쑤셔넣었다. 어미의 유골은 성진의 책가방에 쑤셔넣고, 책들은 모두 그 배낭에 옮겨넣었다. 몇 벌 옷가지도 그 배낭 안으로 들어갔다. 아비가 어미의 유골이 담긴 가방을 그에게 내밀었다. 이건 니가 둘러메라. 그제야 성진은 그들이 이 방을 오늘 비워야 한다는 것을 상기했다. 잠이 화들짝 달아났다.

마지막으로 아직 젖은 세수수건을 뚤뚤 말아 배낭 옆구리에 달린 주머니에 쑤셔넣은 아비는 배낭의 끈을 묶으려다가 그를 돌아보았다. 안 춥겄냐? 언제부터인지 그의 위아랫니가 딱딱 맞부딪고 있었다. 뱃속이 떨렸다. 그러나 그것은 오직 추위 때문이었을까? 아비는 배낭을 뒤적거리다가 빨간 털모자를 하나 꺼냈다. 그거 써. 성진은 묵묵히 그 모자를 받아들었다. 워커 끈을 조이고 일어서서 발을 탕 구르는 아비는 날카롭게 살기를 품은 칼날 같은 모습이 되어 있었다. 칼날은 배낭을 짊어지고 작업가방을 손에 들었다. 가자.

아직 날도 밝기 전의 캄캄한 새벽에 성진은 아비를 따라 쪽방 골목을 나섰다. 쪽방 동네라고는 하지만 그래도 두어 주일을 살았는데, 이처럼 갑자기 떠나야 한다는 것이 왠지 섭섭했다. 미미에게 인사라도 해야 한다는 생각이 들었으나, 그는 칼날 같은 아비의 발길을 막을 수 없었다. 자신이 일을 하기 시작했다면 쪽방을 비워줘야 하는 일은 벌어지지 않았을 수도 있었을 것이라는 생각이 들었다.

어디로 가는 것인지도 그는 알지 못했다. 천호동이 어디인지도 알지 못했다. 천호동에 무엇이 있기에 아비가 그곳에 가면 일이 걸릴 거라고 말하는지도 알 리 없었다. 그날 아비와 그가 어디에서 자게 될 것인지도 알지 못했다. 어쩌면 아비는 술에 취하여 전철역에 쓰러질지도 모르고, 성진은 그 옆에 쪼그리고 앉아 밤을 새우게 될지도 모른다……

서울역 앞의 넓다란 도로는 거의 텅 비어 있었고, 그 빈 도로 위를 차들이 필사적으로 달아나는 듯 치달려갔다. 차가 지나가고 나면 거대한 화살 하나가 표적을 향하여 날아간 것 같은 느낌이 들었다. 그는 아비 옆에서 괜히 마음이 분주해졌다. 전쟁이 벌어져 피난을 떠나는 기분이 아마 이럴까. 버스가 다가왔고, 그들 부자는 각기 배낭과 가방을 둘러멘 채 기우뚱기우뚱 버스에 올랐다. 그들이 탄 버스도 아직은 캄캄한 거리를 화살처럼 치달았다. 띄엄띄엄 다른 차들이 버스를 추월하여 붉은 미등을 번득이며 달려갔다. 모두가 모두를 피해 달아나는 것 같았다. 그는 캄캄한 거리를 내다보며 생각했다. 우리의 목적지는 어디일까? 천호동이라는 것은 최종적인 목적지가 아니었다. 어쩌면 아비의 목적지는 일이 있는 곳이었다. 아니, 그의 목적지는 어쩌면 이 땅의 끝, 그 너머에 자리잡은 하조도라는 섬이었다. 그들은 거기 닿을 수 있을 것인가?

천호동에 닿자 그들 부자는 버스에서 내렸다. 찬바람이 얼굴을 때리고 덤벼들었다. 숨이 막혔다. 그는 바람을 등지고 뒷걸음질했다. 아직 어둠으로 뒤덮인 거리에 포장마차 술집이 띄엄띄엄 서 있고, 청소부가 쓰레기가 높다랗게 쌓인 수레를 세워놓고 비질을 하고 있었다. 아비는 거리 모퉁이에 멈춰 섰고, 그는 아비의 곁에 바짝 붙어 섰다. 잠시 후에야 그는 알게 되었다. 공중전화 옆에, 문을 닫은 다방 건물 입구의 계단에, 골목 언저리에도 가방이나 배낭을 짊어진 사람들이 혹은 서넛씩, 혹은 따로따로 서 있었다. 그들은 한결같이 차들이 달려오는 쪽을 바라보고 있었다. 여자들도 있었다. 나이가 많은 여자들, 오십 살쯤 된 여자들, 그 여자들도 가방을 하나씩 들고 있었다. 그는 어미를 떠올렸고 곧 깨달았다. 어미 역시 아비와 함께 이렇게 서 있었던 적이 있을 것이다. 새삼 등에 짊어진 어미의 무게를 의식하며 그는 가슴이 더워지는 것을 느꼈다.

이제야 술자리를 끝내고 집으로 돌아가는 사람들이 하나둘, 비틀거리며 지나가고, 더러는 위태롭게 가로수에 기대어 선 채 택시를 잡기 위해 허공에 대고 손을 흔들어댔다. 아비는 성진에게 동전을 몇 푼 내밀며 말했다. 내가 차에 타면 일이 생기는 거다. 잘

못허믄 너하고는 얘기 한마디 못 하고 가야 하는 일이 벌어질지도 모릉게 애비 말 잘 들어. 내가 차에 타는 걸 보면 너는 아까 그 방으로 돌아가서 주인아저씨한테 다시 그 방을 달라고 혀라. 거기 들어가서 아무 걱정 말고 전주식당에 외상으로 밥 시켜먹으면서 기다려라. 일 끝나면 내가 돈 받아갖고 갈 것잉게. 저기 길 건너가서 서울역 가는 버스 타면 된다. 졸지 말고 정신 똑바로 차리고 있다가 서울역에서 내려야 혀. 그는 아비의 말이 무슨 뜻인지 다 알아들을 수는 없었다. 차에 타면 일이 생긴다는 것도, 다시 그 쪽방으로 돌아가라는 말도 이해할 수 없었다. 다시 그곳으로 돌아갈 생각이라면 아비는 어째서 그를 깨워 여기까지 데리고 나온 것일까. 아, 곧 그는 이유를 깨달았다. 아비가 일을 얻지 못할 수도 있기 때문이었다. 아비가 일을 얻으러 간 사이 쪽방 주인이 성진을 쫓아내버리면 그들 부자는 헤어져 서로를 다시는 찾을 수 없게 될 수도 있었다.

여기저기 흩어져 서 있던 사람들이 갑자기 한 방향으로 달리기 시작했다. 봉고차 한 대가 달려오고 있었다. 순식간에 골목에서, 건물 입구에서, 포장술집 옆에서 사람들이 뛰쳐나왔고, 그들은 곧 수십 명의 한 무리가 되었다. 아비도 그 커다란 배낭을 짊어진 채 그 차를 향해 달려갔다. 봉고차는 몰려든 사람들을 스쳐 십여 미터쯤을 더 가다가 멈춰 섰다. 다시 사람들은 그 차가 선 곳으로 필사적으로 달려갔다. 차 안에서 한 사람의 손이 쑥 나와 몇몇 사람들을 가리켰다. 남자가 넷, 여자가 하나 차에 올랐다. 그러나 아비는 그때까지도 뒤에 처져 있었다. 봉고차가 떠나자 사람들은 다시 뿔뿔이 흩어졌다. 아비는 성진의 곁으로 돌아왔다. 젠장, 이놈의 배낭 때문에 뛸 수가 없구나.

그는 비로소 아비가 일을 얻는다는 것이, 차에 탄다는 것이 무슨 뜻인지를 알 수 있었다. 아비가 새벽마다 일을 얻기 위해 하는 일이란 바로 저런 것이었다. 그는 아비에게 말했다. 배낭 내려놔요. 아비가 그를 돌아보았다. 내가 가고 나믄 니가 이 무거운 걸 어쩔라고? 성진은 일부러 자신 있게 말했다. 내가 메고 거기로 돌아가면 되잖아요. 아비가 눈을 커다랗게 떴다. 이걸? 니가? 무거워, 이 녀석아. 아비의 얼굴이 일그러졌다. 멜 수 있어요. 아비가 다시 물었다.

"니 에미는 어쩌고?"

그는 어미를 등에 짊어지고 있었다. 이건 손에 들면 돼요. 아비는 잠시 망설이는 기색이었다. 그때 다시 사람늘이 한꺼번에 차도 쪽으로 달려들었다. 아비도 그와의 얘기를 마치지 못한 채 그쪽으로 달려갔다. 뛰는 아비의 등에서 커다란 배낭이 위태롭게 출렁거리며 아비를 짓눌러대는 것을 성진은 보았다. 아비 앞에서 달리던 한 여자가 넘어져 길바닥에 머리를 부딪쳤다. 뻑, 하는 소리가 났으나 여자는 다시 벌떡 일어나 차를 향해 달렸다. 이번에는 지프였다. 세 사람이 차에 올랐다. 이번에도 아비는 뒤에 처졌고, 그가 차 곁에 닿기도 전에 이미 지프는 다시 떠나버렸다.

아비는 성진의 곁으로 돌아와 배낭을 벗었다. 한번 메어볼라냐? 그는 어미의 유골을 내려놓고 아비에게 등을 돌려댔다. 아비가 배낭을 그의 어깨에 메어주었다. 어깨가 무너져내리는 듯했고 무릎이 금방 꺾여버릴 것 같았으나, 그는 참았다. 온몸을 뻣뻣이 버티고 서서 그는 말했다. 됐어요. 괜찮아요. 아비는 감탄했다.

"아이고, 우리 진이가 기운이 장사네. 할아버지 닮았는갑다."

아비는 배낭을 벗겨 성진 옆에 내려놓았다. 나 차 타고 가면 그때 짊어지고 가도 된다. 할아버지, 태어나 처음으로 성진은 할아버지 얘기를 들었다. 존재하지 않았던 할아버지가 갑자기 그의 곁에 생겨났다. 그렇다, 그에게도 할아버지가 있었을 것이다. 그는 이제까지 할아버지 생각은 해본 적이 없었다. 할아버지, 그는 할아버지가 궁금했다. 그러나 아비에게 물을 수는 없었다. 지금이 그런 것을 물을 계제가 아니라는 것쯤은 그도 알 수 있었다. 이따가…… 쪽방으로 돌아가서, 아니면 서울역이나 전철역에 엎어지게 되면 그때 물어볼 수 있을 것이다. 할아버지만이 아니라 할머니에 대해서도, 큰아버지, 작은아버지, 고모, 조카…… 그런 사람들에 대해 다 물어보고 싶었다. 아비가 혼잣말처럼 중얼거렸다. 그래도 오늘은 다행이다. 차들이 계속해서 오기라도 허는 것을 봉게 경기가 좀 있는갑다.

그러나 그 모든 것보다 가장 궁금한 것은 어미였다. 어미는 왜,

아비는 왜 그를 버린 것일까? 어째서 아비는 아직까지 그 얘기를 해줄 생각을 않는 것일까? 아비는 다시 당부했다. 내가 차에 타는 걸 보면 넌 곧장 버스 타고 거그로 가 있어, 알겠냐? 배고프면 식당에다가 외상으로 밥 시켜묵고. 내가 돌아가서 갚을 텡게. 알았어?

몇 번이나 차들이 와서 멈춰 섰고, 배낭을 내려놓은 아비는 날렵하게 그 차들을 향해 뛰었으나, 번번이 그 차들은 아비를 남긴 채 서너 사람만을 태우고 사라져버렸다. 그 차들은 마치 사냥하는 짐승 같았다. 어둠 속에서 순식간에 나타나 어리석고 가난하고 약한 짐승들을 사냥하여 재빨리 사라져버리는 것이었다. 성진은 아슬아슬한 심정으로 그것을 지켜보았다. 급히 사냥당하기 위하여 서로 다투는 사람도 있었다. 왜 앞을 막아, 이 빌어먹을 놈아? 누가 막아, 이 자식아? 니가 다리가 지렁이 다리 같아서 뛰질 못하는 거지 누가 막았다는 거야, 이 지렁이 같은 놈아. 너 죽을래? 그래, 먹고살기도 힘드는데, 오늘 너한테 한번 죽어보자. 그들은 여장가방을 길바닥에 내던지고 서로 덤벼들어 발길질을 하고 주먹질을 해댔다. 차가 올 때마다 성진은 이번에는, 이번에는, 하고 애를 태우며 아비를 지켜보았다. 예감이, 방정맞은 예감이 아비는 결국 오늘도 일을 얻지 못할 것이라고 그에게 얘기하고 있었고, 그 예감의 무게는 아비의 배낭의 무게와는 비교가 되지 않았다.

봉고차가 한 대 달려왔다. 그 차가 멎기도 전에 아비는 재빨리 그 차를 향해 치달려갔다. 아비의 다리는 너무 길어 거추장스러워 보였다. 아비 주위로 수많은 다른 사람들이 그 차를 에워쌌다. 어느새 그렇게 많이 모여 있었던 것일까. 육칠십 명은 되어 보이는 사람들이 차를 앞뒤로 에워쌌다. 그 차는 멎기 위해 멎은 것이 아니라 그 무수한 사람들에 포위되어 멈춰 서야 했다. 사람들이 이번에는 모조리 문 쪽으로 덤벼들었다. 오리털 외투를 입은 남자가 그들을 거칠게 밀쳐내며 차에서 내렸다. 사람들은 오리털 외투를 향해 덤벼들었다. 그 남자는 사람들을 팔로 마구 떠다밀며 큰 소리로 빠르게 얘기를 했다. 하남 삼층 연립 어쩌고 하는 소리가 희미하게 들렸다. 오리털 외투가 지명한 사람이 하나, 또 하나 차에 올라탔다. 아비는 아직 오리털 외투 바로 곁을 쫓아다니고 있었다. 그가 아비에게 몇 마디 말을 건네는 것이 보였다. 아비는 고개를 끄덕이기도 하고 허리를 굽신거리기도 했다. 성진은 아비가 차에 올라탈 수 있게 되기를 간절히 바랐다. 두 사람 사이의 얘기가 길어졌다. 아비는 거듭 굽신거렸다. 그사이에도 다른 사람들은 그들 둘을 에워싸고 덤벼들어 오리털 외투에게 말을 건네고 애원을 했다. 마침내 아비가 차에 올라타는 것이 보였다. 아비가 마지막이었다. 차의 문이 닫히자 차는 곧 출발했다. 아비는 차창으로 이쪽을 내다보며 손을 흔들어댔다.

성진은 아비가 탄 차가 떠난 뒤에도 곧 그 자리를 떠나지 않았다. 그는 아직도 차가 올 때마다 부나비처럼 거기 몰려드는 사람들을 보며 뇌고 또 뇌었다. 아비는 일을 얻었다, 아비도 나도 전철역이나 서울역으로 가지 않아도 된다, 헤어지지 않아도 된다, 아비는 나를 다시 버리지 않아도 된다…… 어쩌설까. 학교에서 음악시간에 들은 적이 있는 판소리가 생각났다. 아이구 아이구 내 신세야 어떤 사람 팔자 좋아 고대광실 좋은 집에 호가사로 잘사는디 나는 무슨 팔자간디 매품이란 말이 웬 말이냐……

그는 배낭을 어깨에 둘러멨다. 어미의 유골이 담긴 가방은 한 손에 들었다. 무릎이 휘청거렸다. 어깨가 아팠다. 배낭의 압박으로 온몸의 핏줄이 터져나갈 듯했다. 그러나 그는 두 발로 꿋꿋이 땅을 버티고 걷기 시작했다. 이런 일은 아무것도 아니다. 그는 그렇게 생각했다. 흥부는 매품을 팔러 갔다. 심청이는 제 몸뚱이를 팔고 목숨을 팔았다. 자식새끼들 먹여 살리기 위하여, 아비에게 눈을 사주기 위하여. 아비와 같이 살기 위해, 어미의 제사를 지내주기 위해서라면 이보다 더한 배낭도 짊어질 수 있다.

길을 건너 버스 정류장에 닿기까지 그는 열 번 이상 배낭을 내려놓고 숨을 돌려야 했다. 건너편에서 아직도 일을 얻지 못해 차에, 엉뚱한 차들에까지 덤벼드는 사람들을 바라보던 어떤 순간 그는 돌연 이 세상의 불가사의를 하나 보았다. 이 세상 전체가 하나의 커다란 불가사의라는 것을 한순간에, 몸이 반동강이 나는 것 같은 충격과 더불어 깨달았다. 이 세상도, 여기 사는 사람들도, 아비도, 그 자신도 이해할 수가 없어졌다. 어째서 이렇게 살아야 하

는 것일까. 어째서 이렇게 사는 것인가. 아비는, 또한 나는 어째서
이렇게 사는 수밖에 없는 것인가. 어째서 저 사람들은, 이모는, 저
청소부는…… 저렇게 사는 것인가. 벌레 같은 인간들아, 하고 흥
얼거리던 미미가 생각났다.

6

　미미와 그녀의 일행은 보이지 않았다. 이미 일을 나간 것이리
라. 한편으로는 섭섭하고 한편으로는 다행스러웠다. 섭섭한 것은
오늘 당장 그 일을 시작할 수 없어서였고, 다행스러운 것은 그 일
을 시작하는 것을 하루라도 미룰 수 있어서였다.
　그는 식당에 밥을 시켜먹지 않았다. 전주식당에서는 싼값에 갈
비백반이라거나 굴비백반 같은 것을 배달해주었으나, 모처럼 그
런 것을 먹고 싶은 생각이 없었던 것은 아니었으나, 그는 참기로
했다. 어쩌면 아비가 오늘 돈을 받아오지 못할지도 모른다는 생각
이 그의 머리를 떠나지 않았다. 아직도 캄캄한 도로 저편 멀리 차
가 달려오는 기미가 보이기만 하면 다른 사람들을 밀치고 제치며
허겁지겁 그 차를 향해 덤벼드는 아비의 모습이, 그 거추장스러울
만큼 긴 두 다리의 둔주(遁走)가, 아비의 눈이 아닌 것 같던 칼날
같이 번득이던 눈이, 아비의 입에서 허옇게 뿜어져나오던 입김이,

160

차에 덤벼들어 우글거리던 그 모든 사람들의 입김이 허옇게 흩어지는 광경이 눈앞에 어른거렸다.

아비의 밥은 이모의 밥과 달랐다. 이모의 밥은 기름지고 풍족하고 부지런했으며, 언제나 지천으로 널려 있다 못해 먹다 남은 음식이나 때가 지난 음식은 아무렇게나 버려졌다. 개도 먹이지 않았다. 이모부는, 이모네 자식들은, 그 역시 가끔은 음식 맛을 탓하거나 투정을 부렸고, 아예 밥을 먹지 않았다. 아비의 밥은…… 뭐라고 해야 할까. 무섭다고 해야 할까, 가혹하다고 해야 할까. 가차없다고 해야 할까, 아니면 무자비하다고 해야 할까. 아무튼 그는 식당 밥을, 더구나 외상으로는, 차마 사먹을 수 없었다.

그는 라면을 끓여먹었다. 음식 맛이 슬프다는 것을 그는 처음 알았다. 차마 뱉어낼 수 없는 울음과 눈물, 의문과 두려움, 뭔지를 알 수 없는 억울함과 의구심으로 입 안이 얼얼했다.

라면냄비를 씻기 위해 방문을 열었다가 그는 한 남자와 마주쳤다. 가죽점퍼를 입은 건장한 몸집의 그 남자는 니가 김도깨비 아들이냐, 하고 물었다. 그는 그렇다고 대답했다. 아버지 어디 가셨냐? 일하러 가셨냐? 어디로 가셨는데? 언제쯤이나 돌아온다더냐? 그는 한꺼번에 너무 많은 질문을 했다. 성진이 대답할 수 없는 질문들이 많았다. 가죽점퍼는 미심쩍은 눈빛으로 성진을 위아래로 훑어보며 음, 그래, 음, 그렇구나, 하고 중얼거렸다. 학곤 안 다니냐? 성진은 더이상은 대답하고 싶지 않았다. 그가 누구인지, 무엇 때문에 아비를 찾는 것인지 알 수가 없었기 때문이었다. 성진은 수도간으로 가서 냄비를 씻어 방으로 돌아왔다. 가죽점퍼를 입은 남자는 보이지 않았다.

그가 날을 꼬박 새워 기다렸으나, 아비는 그날 밤 돌아오지 않았다. 그는 불안했으나 아비가 밤을 새워 작업을 하고 함바집에 쓰러지기라도 한 것이리라고 생각하려 애썼다. 날이 밝자 집주인은 그에게 방을 빼달라고 말했다. 그는 아비가 돌아올 때까지만 기다려달라고 말했다. 집주인은 멀거니 그를 쳐다보다가 내뱉었다.

"니 애비가 경찰서에 잡혀갔는데, 돌아오긴 어떻게 돌아와?"

성진은 불현듯 어제 마주친 가죽점퍼를 떠올렸다. 그는 형사, 아비를 잡으러 온 형사였던 것이다. 성진은 방을 박차고 밖으로 내달았다. 방 빼라는데 이놈의 자식이 어딜 가는 거야? 집주인이 고함을 질렀으나 그는 멈추지 않았다. 골목에서 그는 미미와 마주쳤다. 그녀는 숨가쁘게 말했다. 니네 아버지 경찰서에 끌려갔대. 쪽방 동네에서는 오직 성진만이 그것을 모르고 있었던 모양이었다. 김도깨비 아저씨가 어제 밤늦게 집으로 돌아오는데 골목 밖에서 기다리던 형사들이 덮쳤대. 그는 더이상 듣지 않고 골목을 달려내려가기 시작했다. 남대문 경찰서에 이르기까지 그는 한 번도 쉬지 않고 아무것도 생각하지 않았다.

면회실의 철창 너머 아비의 얼굴은 술 취한 사람처럼 울긋불긋했다. 아니, 정말 술 취한 사람처럼 보였다. 사람의 얼굴이라기보다는 상처 입어 피 흘리는 짐승의 가죽 같았다. 이마가 깨어져 핏자국이 보였고, 광대뼈에는 시퍼렇게 멍이 들어 있었다. 울어야 할 것 같았으나 성진은 눈물이 나지 않았다. 겁이 나고…… 어서 그 자리에서, 경찰서에서 빠져나가고만 싶었다. 그런 곳에 오래 머물렀다가는 결국 그 자신까지, 아무 지은 죄가 없다 해도, 거기 갇히게 되는 일이 벌어질 것만 같아 불안했다. 아비는 울긋불긋한 얼굴로 이놈이 여긴 뭐 하러 왔어, 하고 중얼거렸다.

"어서 가, 이놈아."

가다니. 어디로 간단 말인가? 성진은 이제 갈 곳이 없었다. 그가 멍하니 아비를 쳐다보고 있자 아비는 갑자기 히죽 웃었다. 우습지, 애비 꼴이? 성진은 대답할 수 없었다. 아비의 웃음은 기이했다. 지금 저렇게 웃을 수 있는 아비가 이해가 되지 않았다. 이놈아, 나 같은 놈은 다 이러고 산다. 감옥 드나드는 건 아무것도 아니여. 놀랠 것 없어. 내가 이번이 벌써 일곱번째다. 여기서는 밥도 공짜고 방도 공짜다. 옷도 주고 양말도 준다. 비깥보다 훨씬 나아, 나 같은 놈한테는.

"어서 가라니까 뭐 하고 섰어, 이놈이?"

아비는 얼굴을 찌푸렸다. 성진은 가지 않았다. 어디로 가라는 것인가? 아비가 다시 말했다.

"이놈아, 이모네 집으로 돌아가. 이렇게 된 놈의 판에 어쩌겠냐? 니 에미 뼛가루는 어디 내던져버려라. 죽은 사람이 뭘 알겠냐."

성진은 아비에게 배신감을 느꼈다. 이모네 집으로 돌아가라는 것에 대해서도, 어미 유골을 내던져버리라고 하는 것에 대해서도. 이모 부부는 다시 그를 막개라 부를 것이다. 그는 다시 막개로 되돌아가고 싶은 생각은 전혀 없었다. 그러나 아비에게 항의할 수는 없었다. 그는 갇혀 있었다. 그는 마침내 사냥당하여 포획되고 만 짐승이었다. 자신의 뜻대로 할 수 있는 일이란 아무것도 없을 것이다. 그런 사람에게 항의를 할 수는 없는 일이었다.

"어서 가. 난 들어가서 잠이나 더 잘란다."

성진은 이모네 집으로 돌아갈 생각이란 없었다. 혼자서 어떻게 살아갈 것인지 마음먹은 바는 아직 없었으나, 적어도 맥없이 이모네 집으로 돌아가고 싶지는 않았다. 그는 알고 있었다. 이모네 집을 떠나온 날로부터 오늘 사이의 어느 지점에서 그가 그곳으로 돌아갈 수 있는 길은 끊겼다. 그는 학교로 돌아갈 수도 없었다. 그길 역시 끊겼다. 그런 것들은 이제 너무나 까마득히 먼 곳의 일이되었다.

"알았어?"

아비가 추궁했으나 성진은 대꾸하지 않았다. 그는 어미를 생각했다. 어미의 유골이 아직도 쪽방의 어둠 속에 놓여 있지 않은가. 어미는 장사를 지내줄 것을 요구하고 있었고, 그것은 자식이 해야할 일이었다. 면회실을 나가기 위해 돌아서는 아비를 성진이 불렀다. 아버지. 왜? 성진은 망설였다. 이런 데서 그런 질문을 해도 되는 것일까? 그러나 지금 하지 않으면 영원히 기회는 오지 않을지 모른다.

"어째서 날 버렸어요?"

아비는 어이가 없다는 듯 그를 멀거니 쳐다보다가 헛웃음을 웃었다.

"멍청한 놈. 아직도 모르겠냐?"

그 말을 들은 순간 성진은 그 이유를 알 것 같았다. 그는 자신이 정말 멍청한 것 같다고 생각하며 아비를 등지고 돌아섰다. 이번에는 아비가 그를 불러세웠다.

"면회 올 생각 말어, 이놈아. 여긴 다시는 찾아올 생각도 말란 말여."

성진은 대꾸하지 않고 면회실을 나왔다. 쨍한 햇빛이 눈 속을 파고들었고, 그제야 눈물이 주르르 그의 뺨을 타고 흘러내렸다.

미미는 경찰서 바깥에서 그를 기다리고 있었다. 뭐야, 어떻게 됐어? 그는 대답할 말이 없었다. 뭐야? 벌써 나온 거야? 그녀는 사람이 경찰에 잡혀가는 것이 큰 경사라도 되는 듯 흥분한 얼굴이었다. 미미는 별 것 아니라고 말했다. 기껏해야 한 일이 년이야, 찌찌야. 걱정 마. 그녀는 성진의 등을 어루만져주었다.

"괜찮다니까. 감옥살이 한두 번 안 하고 사는 사람 있는 줄 아나, 이 삐리새끼. 이리 와, 내가 한잔 살게."

미미는 그의 아비에 대해 성진보다 훨씬 더 잘 알고 있었다. 아비는 털보라는 사람에게서 돈을 받고 주민등록증과 인감증명서를 빌려주었다. 인감증명서 같은 것이 아비에게 있을 리 없었다. 오직 털보에게 빌려주기 위해 만든 것이었다. 아비는 먼저 이십만원을 받고, 나중에 삼십만원을 받기로 했다. 그 이십만원의 돈으로 아비는 쪽방 임대료 한 달치를 지불하고 성진을 이모네 집에서 데려왔다. 나머지 돈을 받아 그 돈으로 그와 함께 하조도로 떠날 생각이었다. 그러나 털보는 달아나 다시는 나타나지 않고 그 대신 형사가 나타난 것이었다. 털보가 아비의 주민등록증과 인감증명서를 이용하여 은행에서 대출을 받고, 할부로 자동차를 사고, 신용카드를 발급받아 마구 써버리고, 휴대전화를 할부로 몇 대씩이나 사서 외국인 불법취업지들에게 돈을 받고 빌려주거나 팔아먹었다는 것이었다. 미미는 그 털보라는 사람을 아비에게 소개해준 사람이 바로 그들의 왕초 찐따라고 했다. 털보와 찐따는 친구였다.

미미와 성진은 쪽방 골목으로 돌아갔다. 아비와 살던 쪽방집으로 들어서려는데 미미가 그의 손을 잡아끌었다. 내 방으로 가자니까. 그녀가 사는 쪽방은 몇 집 건너였다. 그러나 성진은 자신의 방으로 가기를 고집했다. 집주인이 어미를 벌써 복도에 내팽개쳤을지도 모른다. 이제 그에게는 어미뿐이었고, 그는 속히 어미를 만나야 했다. 다행히 집주인은 보이지 않았다. 어둠침침한 쪽방에 들어서자 그는 먼저 가방을 열어 어미의 유골상자를 꺼냈다. 엄마, 아버지가 감옥에 들어갔어요. 그가 말했으나 어미는 대답하지 않았다. 감옥에 들어갔다구요. 나보고 이모네 집으로 돌아가래요. 엄마를 아무 데나 내던져버리래요. 어미는 여전히 묵묵무답이었다. 아비 말대로 아무 데나 내던져버려도 될 것 같았다. 걱정 말아요, 엄마. 그런 짓은 안 할 테니까.

가게에 들렀던 미미가 들어섰다. 그녀는 소주와 김치와 쥐포를 내놓았다.

"한잔 먹어, 찌찌야. 그 다음에도 속이 안 풀리면 본드나 불고 자빠져버리자."

그녀가 따라주는 대로 성진은 소주를 마셨다. 소주는 쓰고 달작지근했다. 갑자기 이모가 보고 싶었다. 이모 생각을 하자 다시금 눈물이 쏟아졌다. 미미가 말했다.

"울지 말라니까. 너도 이제 줄줄이 별을 달고 살아야 할 팔자야, 이 삐리야. 그게 무슨 큰일이라고 울어? 우리 같은 것들은 그런 데 드나들어야 크는 법이야, 새꺄. 찐따 그 새끼는 별이 몇갠 줄이나 알아? 털보 그 새끼는 또 몇개고? 열 개도 넘어."

그녀는 성진의 등을 쓸어주다 말고 유골상자를 가리키며 물었다. 그런데 이게 뭐냐? 그는 말해주었다. 엄마라고. 태어나 처음 만난 엄마라고. 그녀는 잠시 후에야 알아들었다. 그럼 엄마한테도 한잔 드려야지. 그녀는 밥주발에 소주를 따라 유골상자 앞에 놓았다. 드세요, 찌찌 어머님. 쥐포도 뜯어 그 옆에 놓아주었다. 안주가 별로 안 좋지만 어서 드세요. 미미와 찌찌는 어미의 술잔에 잔을 부딪고 또 소주를 마셨다.

눈물이 그치지 않았다. 이리 와, 이리 와. 미미가 그의 머리를 끌어안았다. 그녀의 체온이 그의 이마에 닿았다. 낯선 체온, 그는 이제까지 누군가의 체온을 그렇게 가까이 느껴본 적이 있는 것 같지 않았다. 그를 그렇게 껴안아준 사람이 있었던가? 그는 어미에게 안겨본 적이 없었다. 아비에게 안겨본 적도 없었다. 이모나 이모부에게는? 그런 기억도 나지 않았다. 찌찌야, 찌찌야. 그녀가 그의 젖은 얼굴을 쓰다듬었다. 그녀의 체온은 따뜻하고 이상한 냄새가 나고…… 편안하고 슬펐다. 언제까지라도 그렇게 기대고 있어도 좋을 것 같았다. 그녀가 스웨터의 단추를 풀고 브라를 벗어 성진의 얼굴을 제 작은 젖가슴 사이에 묻었다. 그녀의 살냄새는 달콤했다. 고만, 고만 울어, 우리 찌찌. 미미는 그의 어미 흉내를 내려는 것 같았다. 그의 손이 그가 의식하지도 못하는 사이에 그녀의 젖가슴을 움켰다. 아아, 미미가 아픈 사람처럼 소리를 질렀다. 그는 얼른 손을 치웠다. 그녀가 그의 손을 잡아 다시 젖가슴에 올려놓았다. 괜찮아, 찌찌야. 얼마든지 만져도 좋아, 우리 찌찌. 그는 입을 그녀의 젖가슴으로 가져갔다. 아아, 미미가 다시 아까처럼 소리쳤다. 그는 놀라 얼른 입을 뗐다. 그녀가 손으로 그의 머리를 잡아 제 젖가슴으로 끌어올렸다. 괜찮아, 찌찌야. 내 찌찌 얼마든지 먹어도 좋아.

그날 저녁에 그는 미미와 함께 지하철을 탔다. 미미는 다리를

절룩이는 흉내를 내며 사람들 사이를 헤치고 마분지 조각을 좌석
에 앉은 사람들에게 나눠주었다. 그는 멀찍이 떨어져 서서 그것을
지켜보았다. 그녀는 사람들 틈에 서서 서글프게 읊어댔다. 오늘도
사랑하는 부인과 귀여운 자제분들을 위하여 바쁘고 보람찬 하루
를 보내시는 여러 선생님들께 잠시나마 불편을 끼치게 되어 정말
죄송하게 생각합니다. 저는 성 요셉 복지원에 사는 오지원이라고
합니다. 지난 여름까지 저는 육십두 명의 언니 오빠 동생들과 함
께 복지원에서 행복하게 살았습니다. 그런데 복지원에 철거계고
장이 날아들었고, 그때부터 복지원에 대한 모든 지원이 중단되었
습니다…… 승객들은 미미가 내미는 상자에 지폐나 동전을 떨어
뜨렸다. 외면해버리는 사람들이 많았으나, 돈을 주는 사람도 적지
않았다.

나중에 미미가 물었다. 어때? 할 수 있겠냐? 성진은 두말없이
고개를 끄덕였으나, 할 수 있겠다는 생각은 아직 들지 않았다. 그
러나 해야 한다고 생각했다. 그는 이제 돈을 버는 방법을 두 가지
나 알고 있었다. 하나는 앵벌이, 다른 하나는 부랑인 노숙자에게
서 주민등록증과 인감증명을 빌려 대출도 받고 자동차도 샀다 팔
고 신용카드도 만들어 물건을 사서 팔아먹고 휴대전화도 가입하
여 빌려주고 팔아먹고…… 하는 것.

밤에 그는 미미와 함께 쪽방으로 돌아갔다. 쪽방 숙박료는 미미
가 냈다. 어미의 유골상자를 방 가운데 기념비처럼 세워놓고 그는

또 미미의 젖을 먹었다. 그는 열다섯 살, 미미는 그녀가 말하기로는 열아홉 살, 그러나 사실은 열일곱 살. 미미는 말했다. 우린 부부처럼 된 거야, 찌찌야. 그러니까 우린 절대로 헤어지지 말자. 아기를 낳으면 절대로 버리지 말자. 그는 무슨 뜻인지 알 듯 모를 듯 했으나 진지하게 고개를 끄덕거렸다.

그런 사이가 되었으므로, 그는 미미에게 앞으로는 어른이 되어 열심히 살기로 결심했다는 사실을 알려주었다. 그 이유는 삶의 목표가 세 가지가 생겼기 때문이었다. 미미가 무슨 목표인지를 묻자 그는 자못 엄숙한 얼굴로 대답했다. 첫번째 목표는 돈을 벌어 하조도에 내려가 어미를 장사지내는 일이었다. 두번째는 털보를 찾아내어 아비의 복수를 하는 일이었다. 우와, 멋있다, 우리 찌찌. 미미는 그의 목을 끌어안았다. 성진은 계속해서 말했다. 세번째 목표는 미미에게 손가락 여섯 개가 달린 털장갑을 사 선물하는 일이었다. 미미는 벌써 그 털장갑을 선물받기라도 한 듯 감격했다. 그날 성진은 미미의 발가락은 다행히 다섯 개씩이라는 것도 알게 되었다. 손가락이 하나씩 많은 것이라고 미미는 말했으나, 성진은 발가락이 한 개씩 부족한 것이라고 말했다.

찌찌가 앵벌이로 나선 것은 그 이튿날부터였다. 그리하여 그날 이만삼천원을 벌었고, 이만원을 찐따에게 빼앗겼다. 다음날에는 운이 없어 만팔천원밖에 벌지 못하여 찐따에게 그 돈을 모두 빼앗기고 얻어맞기까지 했다. 그는 상관하지 않았다. 그날 밤 그는 자

신이 깨우친 돈 버는 방법에 새로운 항목을 추가할 수 있었다. 그
것은 꼬마들을 모아들여 앵벌이를 시키고 그들이 구걸한 돈을 빼
앗는 것이었다.

매일 어미의 유골상자를 등에 짊어지고 그는 일을 하러 나갔다.
잠시도 어미의 유골상자를 떼어놓지 않았다. 잘 때에도 머리맡에
두고 잤다. 앵벌이들 사이에서는 그가 혼자 있을 때 어미의 유골
상자를 꺼내놓으면 거기에서 엉뚱하게 색동저고리를 입은 그의
어미가 나타나고, 그들 모자는 삶과 죽음에 관하여, 그들의 운명
에 관하여, 어제와 오늘과 내일의 돈벌이에 관하여 기나긴 얘기를
나눈다는 소문이 떠돌았다. 가끔 가다가는 그의 할애비와 할미까
지 나타난다고 했다. 그가 귀신을 불러들이는 재주가 있으며, 머
지않아 남자 무당이 되어 쪽방 동네의 도사가 될 거라는 소문도
있었다. 그가 지하 수백 미터의 깊이에서 지하철의 땅굴과 쪽방
골목이 이어지는 지점을 발견해냈으며, 그리하여 표를 사지도 않
고 지하철에 드나든다는 믿어지지 않는 소문도 있었다.

틈이 나면 그는 빵이나 우유를, 가끔은 소주와 오징어를 사들고
서울역으로 나가서 거기 어정거리는 부랑인들에게 나눠주었다.
그들 가운데 두어 사람과는 형님 아우, 삼촌 조카 하는 사이가 되
었다. 같이 일하는 아이들은 구걸해서 먹고사는 놈이 무슨 정신
나간 짓이냐고 추궁했으나, 그는 투자라고, 원대한 투자라고 대답
했다. 그것이 무슨 뜻인지를 아는 사람은 미미뿐이었다.

가을 무렵, 그는 '노래하는 앵벌이'라는 별명을 새로 얻었다. 그가 지하철에서 앵벌이를 하면서 노래를 한두 곡 부르기 시작했기 때문이었다. 돈도 잘 벌었다. 간혹은 하루에 오만원까지 벌었다. 물론 찐따에게 돈을 거의 모조리 빼앗기는 것은 여전했으나 그는 서서히 그에게 돈을 빼앗기기 전에 삥땅을 치는 법도 터득하기 시작하고 있었다. 앵벌이 녀석들은 그의 적성에는 앵벌이가 딱이라고 그를 야유했다. 그는 상관하지 않았다.

그러나 아직까지도 어미의 장례식을 치르지 못한 것은 분명했다. 지하철을 드나드는 그의 등에는 여전히 어미의 유골상자가 덜렁덜렁 매달려 있었으니까.

•••
달팽이가 있는 별

1

어머니는 물었다. 아버지랑 어머니랑 헤어지면 넌 누구랑 살래? 나는 잠시 할말을 잃었다. 결국 그렇게 되고 마는 것인가. 나는 대답했다. 달팽이랑 살래. 어머니는 멀거니 나를 쳐다보았다. 달팽이? 이놈아, 달팽이가 너 밥을 먹어주겠냐, 옷을 빨아주겠냐? 나는 다시 말했다. 나는 달팽이랑 살 거야. 어머니는 혀를 차며 고개를 돌렸다. 그녀의 눈에서 잠깐 눈물이 반짝였던가.

비가 쏟아지고 있었고, 뜰의 항아리 표면을 달팽이가 기어가고 있었다. 나는 달팽이를 잡아 손바닥에 올려놓고 중얼거렸다. 나랑 살자, 달팽이야. 달팽이는 대꾸하지 않았다. 나는 어머니와도 아버지와도 살고 싶지 않았다. 어째서 세상의 아이들은 꼭 어머니,

아니면 아버지랑, 그것도 아니면 그들 모두랑 살아야 하는 것일까? 누가 그렇게 정한 것일까? 달팽이는 찐득찐득한 체액을 흘리며 내 손바닥 위를 열심히 기어갔다. 손바닥이 간질간질한 게 오줌이 나올 것 같았다. 그놈은 부모랑 살지 않았다. 혼자 살았다. 그러니까 나는 달팽이와 살 수도 없고 달팽이 집에 들어가 살 수도 없을 것이다. 얼마나 좋을까, 달팽이는. 집을 짊어지고 다니며 혼자 살 수 있으니까.

뜰에 빗물이 흥건히 고여 수챗구멍으로 흘러들어갔다. 나는 달팽이를 고욤나무 줄기에 놓아주었다. 달팽이는 젖은 나무줄기 위를 꾸물꾸물 느리지만 끈질기게 기어올라갔다. 작은 고욤나무 열매가 빗줄기에 툭 떨어졌다. 어머니는 천장에서 빗물이 떨어지는 마루 귀퉁이에 세숫대야를 받쳐놓다 말고 나에게 말했다. 주승아, 왜 비 오는데 마당에 나가 서 있어? 감기 걸려. 어서 들어와. 나는 집 안에 들어가고 싶지 않았다. 달팽이는 온몸이 축축하고 서늘했다. 그러니까 비를 아무리 맞아도 괜찮은 것일까. 감기 같은 것은 걸리지 않는 것일까. 아니면 단순히 달팽이에게는 어머니가 없는 것일까. 나도 비에 젖어 축축했다. 나도 아무리 비를 맞아도 괜찮다면 얼마나 좋을까. 어쩌면 나에게도 머지않아 엄마 같은 것은 없어질지 모른다…… 어서 안 올라와? 꽥, 어머니가 소리쳤다.

나는 마루로 올라갔다. 발 닦아알 거 아냐. 어머니가 다시 소리쳤다. 나는 마루 끝의 걸레에 발을 쓱쓱 문질러 닦았다. 아버지는 어제도 돌아오지 않았다. 어머니는 이제 더이상 아버지를 기다리지 않았다. 아버지는 어디 있을까? 어머니는 친구와 전화를 하며 말했다. 어느 기집년 무릎에 처박혀 있는지 내가 어찌 알아. 관심도 없어, 그 못난 것. 오죽 못났으면 운전질이 벌써 몇 년인데 개인택시 하나 못 따겠어? 그 꼴에 계집질이라니, 참 기가 찰 노릇이지. 어느 년인지 모르지만 그년도 참…… 그년 불쌍한 건 아마 나밖에 모를 거다. 어머니는 공허하게 웃어댔다. 나는 그것이 무슨 뜻인지는 잘 알 수 없었으나, 아버지에 대한 멸시와 모욕, 그리고 증오라는 것만은 알 수 있었다. 그러나 어째설까. 아버지에 대한 그런 얘기를 들을 때마다 내가 꾸중이라도 들은 듯, 험담이라도 들은 듯, 모욕이라도 당한 듯 가슴이 내려앉는 것은.

비는 쏟아지고 마당에서는 빗물 웅덩이가 점점 더 커지고 토란잎은 한껏 빳빳이 곤두서서 빗물을 한참 동안이나 모으다가 갑자기 팔을 떨어뜨려 빗물을 쏟아버리고는 다시 빗물을 모으기 위해 하늘을 향해 꼿꼿이 잎과 줄기를 세우고 지난 겨울 고드름이 매달렸던 처마에서는 빗줄기가 나란히 나란히 흘러내리고 마루에서는 세숫대야에도 양동이에도 뚱땅뚜당땅 빗물이 떨어지고 달팽이는 꾸물꾸물 나뭇가지를 기어오르고 내 가슴속 어디쯤에서도 달팽이 한 마리가 젖은 길을 하염없이 가고 또 가고 있었다.

나는 그 달팽이를 그리고 싶었다. 화선지와 크레파스를 꺼내 펼쳐놓았다. 어머니는 말했다. 날도 궂은데 뭔 그림이냐, 심난스럽게.

어머니는 기분이 좋지 않았다. 그녀는 요즘 늘 기분이 좋지 않았다. 나는 방으로 자리를 옮겼다. 본을 뜨기 위해 먼저 노란색 크레파스를 집어들었다. 그러나 곧 나는 어려움에 부딪혔다. 달팽이는 얼마든지 그릴 수 있었다. 천 마리라도 그릴 수 있을 것이다. 그러나 내 마음을, 그것을 어떻게 그릴 것인가? 나는 내 마음이 어떻게 생겼는지 알지 못했다. 나는 내 마음이 어떻게 생겼는지 알지 못한다는 것을 알게 되었다. 나는 어머니에게 물어보았다. 엄마, 엄마 마음이 어떻게 생겼어? 어머니는 무슨 엉뚱한 소리냐는 낯으로 나를 마뜩 잖게 쏘아보다가 숯검댕이다 숯검댕이여, 하고 대답했다.

　나는 어머니를 물끄러미 바라보았다. 그렇다. 어울리는 일이었다. 어머니의 마음은 숯검댕이였다. 나의 마음은 무엇일까? 마음 속을 달팽이가 꾸물꾸물 길 때마다 나는 어딘가가, 작년 여름에 병조각에 종아리를 베였을 때처럼, 그러나 그렇게 화끈하거나 날카롭지는 않게, 비유한다면 차라리 눈물이 나올락 말락 하는 정도의 슬픔처럼, 아슬아슬하게, 오줌이 나올락 말락 하는데 오줌을 참고 있어야 할 때처럼, 그렇게 아픈 것 같았다. 달팽이는 내 마음 속을 기어가고, 기어가면서 내 마음을 끝없이 길게 베고, 그것을 아는지 모르는지 가고 또 가기만 하고, 나는 아프고 또 아프지만 그 달팽이를 어떻게 세울지를 알지 못하고, 과연 세워야 하는 것인지도 알지 못한 채 어둠침침한 방 안에서 노란 크레파스를 쥐고 텅 빈 화선지를 바라보며 우두커니 앉아 있었다. 내 마음은 어떻게 생겼을까? 내 마음은 무엇일까? 숯검댕이다, 하고 어머니는 말했다. 사람들은, 어머니처럼, 저마다 자기 마음이 어떻게 생겼는지를 아는 것일까? 선생님이 니 마음이 뭐냐, 하고 물어보면 아이들은 저마다 고무신이다, 풍뎅이다, 세숫대야다, 나팔꽃이다, 거북선이다, 태권 브이다, 하고 대답할 수 있는 것일까?

누구에게 물어봐야 할까? 어머니에게? 나는 방문을 조금 열고 어머니의 기색을 살폈다. 그녀의 얼굴은 시커몠다. 어머니의 얼굴만을 따라다니며 가리는 먹구름이 있어서 항상 거기 그림자를, 어둠을 드리우기라도 하는 것일까. 윗눈썹 둔덕에는 굵은 근육이 팽팽히 당겨져 있었고, 양미간에는 깊고 굵은 주름살이 세로로 흉터처럼 내리꽂혀 있었다. 어머니는 알까? 아마 모를 것이다. 안다 해도 고함이나 지를 것이다. 나는 어머니에게는 물어보고 싶지 않았다. 그렇다면 누구에게 물어야 할까? 아이들에게? 놀림이나 당할지 모른다. 그렇다 하여 학교선생님에게? 넌 삼학년이나 된 놈이 아직 그런 것도 몰라? 꾸중이나 들을 것이다. 하기야 비보 같은 노릇이었다. 아직 내 마음이 무엇인지도 알지 못하다니. 어떻게 그런 것도 모른 채 이제껏 살아올 수 있었을까?

골목에서 순기야, 순기야, 하고 외치는 소리가 들렸다. 영득이었다. 그의 음성을 들은 순간 나는 그에게라면 물어봐도 무방할 것이라는 생각이 들었다.

2

나는 골목으로 뛰쳐나갔다. 어머니가 등뒤에서 외쳤다. 이놈 자식, 비 오는데 어딜 나가? 어서 안 들어와? 나는 상관하지 않았다. 영득이는 삐쩍 마른 다리에 젖은 바짓자락을 펄럭이며 골목을 걸어가고 있었다. 손에 소주병 하나를 쥔 것이 보였다. 내가 물었다. 어디 가, 영득이? 그는 나를 쳐다보지도 않고 대꾸도 하지 않았다. 나는 놀라지 않았다. 그는 늘 그랬으니까. 나는 주춤주춤 그 뒤를 따랐다. 비는 내리고 영득에게는 소주가 한 병 있다. 나는 그의 목적지를 짐작할 수 있었다.

박영녁, 그것이 그의 이름이었다. 그러나 동네에서는 아무도 그를 그렇게 부르지 않았다. 애나 어른이나 다들 그저 영득이라고 불렀다. 삐쩍 마른 몸뚱이에 키는 훤칠하게 커서 그가 걸으면 장대가 꺼떡꺼떡 움직이는 것처럼 보였다. 얼굴 역시 삐쩍 말랐는데 움푹 파인 눈은 크고 어두웠다. 밤에 골목을 서성거리는 그와 마주친 적이 있는 동수에 의하면 그 눈에서 인광이 번쩍거린다고 했다. 인광이라니? 도깨비불이? 동수는 그렇다고 단언했다. 사람 눈에서 도깨비불이라니? 그런 일이 있을 수 있을까? 그러나 동수는 우리가 믿지 않는 것을 원통해했다.

나이는 한 서른쯤 되었을까. 매일 술을 마셨다. 집에 있는 라디오를 들고 나와 구멍가게에 내다주고 소주를 받아 마셨다. 어머니의 핸드백을 들고 나가 소주 한 병과 바꿔 마셨다. 이웃집 강아지를 끌고 나가 개장국집에 가져다주고 술을 마셨다. 그러면 그의 어머니 천안댁은 이웃집을 찾아가 강아지 값을 물어주고는 돌아와 영득이의 멱살을 붙잡고 매질을 해댔고, 그러면 그는 멱살을 흔들면 흔드는 대로, 매질을 하면 하는 대로, 꿈쩍도 않고, 말 한마디 않고, 소리 하나 내지 않고, 아무것도 들리지 않고 아무것도 느끼지 못한다는 듯, 우두커니 앉아서 어머니의 치도곤을 고스란히 견뎌냈다.

술에 취하면 그의 눈은 밤이 아니라 해도 기이하게 번득이기 시작했고, 입술 한쪽 귀퉁이가 말려올라가면서 비웃음 같은 것이 떠올랐고, 느닷없이 허공에 대고 순기야, 순기야, 하고 소리를 질러댔으며, 그러다가는 그의 집 마당에 있는 높다란 고욤나무 가지 위에 기어올라가 으아아아, 으으아아아아, 하고 고함을 질러대다가 노래를 불렀다. 날 저무는 하늘에 별이 삼형제 반짝반짝 정답게 지내이다가 웬일인지 별 하나 보이지 않고 남은 별만 둘이서 눈물 흘린다…… 천안댁이 밑에서 내려오라고 아무리 타이르고 아무리 화를 내고 아무리 소리를 질러봐도 그는 들은 체하지 않았다. 순기야, 순기야…… 으으아아아아아…… 날 저무는 하늘에 별이 삼형제…… 간혹은 노래를 부르다가 꺼이꺼이 울기도 했다. 울다 말고 소주를 마시고 노래를 부르고 순기야, 를 외치고, 으아아아, 고함을 지르고, 다시 소주를 마시고, 노래를 불렀다.

그가 고욤나무에 올라가면 그것은 동네 아이들에게는 놓칠 수 없는 구경거리였다. 아이들이 모두 골목으로 나와 고욤나무 밑으로 모여들었다. 나무는 담 안에 있었으나, 거기 올라앉은 영득이는 담 밖 골목에서도 얼마든지 구경할 수 있었고, 놀려댈 수 있었다. 아이들은 그에게 말을 걸었다. 영득아, 순기가 누구냐? 느그 애비냐? 그러나 거기에서는 말을 조심해야 했다. 담 하나 너머에서 천안댁이 듣고 있을지도 모르는 일이었다. 자칫했다가는 그녀가 벼락같이 달려나와 등짝을 후려칠지도 모르는 일이었다. 언젠가 동수에게 그랬던 것처럼. 동수는 비명을 지르며 잘못했다고 빌었으나, 천안댁은 동수의 귀를 바짝 틀어쥐고 큰 소리로 외쳤다. 니 에미한테 가자. 가서 자식 교육을 어떻게 시키면 이렇게 되는지 한번 내가 알아봐야겠다. 동수네 집이 어딘지 모를 리가 없었으나 그녀는 집으로 끌어가지는 않고, 동수의 귀를 끄들어대며 골목을 몇 바퀴나 돌았다. 어머니, 고만 해요. 뜻밖에도 영득이가 말했다. 고만 하라고요, 어머니. 그러믄 안 돼요, 어머니. 천안댁은 멀거니 고욤나무에 달라붙은 아들을 올려다보다가 맥없이 동수를 놓아주었고, 동수는 그제야 눈물을 뿌리며 집으로 돌아갔다. 천안댁이 집 안으로 돌아간 뒤에도, 아이들마저 다 집으로 돌아간 뒤에도, 밤이 깊어진 뒤에도 영득이는 나무에 달라붙어서 술을 마시며, 노래를 부르며, 혼자 몇 번이나 같은 말을 되풀이했다. 그러지 말어요, 어머니. 그러지 말라고요, 어머니.

순기가 누구인지는 아무도 알지 못했다. 어머니가 알아본 바에 따르면 천안댁도 알지 못했다. 아이들은 골목에서 영득이와 마주치면 곧잘 싱거운 소리로 그를 놀렸는데, 순기가 역시 아이들이 즐겨 입에 올리는 화제였다. 순기가 누구냐? 순기가 어딨는데? 남자냐, 여자냐? 몇살인데? 물론 그가 대꾸할 리 없었다. 웃지도 않았다. 묵묵히 제 갈 길을 갈 뿐이었다. 그의 그런 무반응이 갑갑해서였을까. 가끔 어떤 아이들은, 그러니까 동수 같은 애들은 그를 때리거나 걸어차기도 했다. 그러면 영득은 발걸음을 멈추고, 그러나 이쪽을 쳐다보지도 않은 채 그러지 마, 하고 한마디를 내놓은 다음 다시 걸음을 재촉했다. 동수가 또 쫓아가서 걸어찼다. 그러지 말라니까. 영득은 이번에도 그 말만 내뱉고 다시 걸음을 옮겼다. 이번에는 서너 명의 아이들이 한꺼번에 덤벼들어 그를 차고 때렸다. 갑자기 영득이 주머니에서 돌멩이를 꺼내 위협하듯 아이들에게 겨누었다. 아이들은 와, 하고 흩어져 달아났다.

　영득이는 돌멩이를 좋아했다. 내가 보기에는 그저 아무 특징 없는, 예쁘지도 않은, 보잘것없는 돌멩이일 뿐이었다. 그러나 그에게는 뭔가 다른 것이 보이는 것일까. 그는 늘 주머니에 대여섯 개씩 돌멩이를 넣어가지고 다녔다. 길을 가다가도 돌멩이를 발견하면 그 자리에 쪼그리고 앉아 오랫동안 이리 주물럭 저리 주물럭 매만져보다가 마음에 들면 소중히 주머니에 간직했다. 나는 그가 어두워오는 하늘에다 대고 있는 힘을 다해 돌멩이를 던져올리는 것을 본 적이 있었다. 내가 그에게 물었다. 영득아, 뭐 하는 거야?

그는 대꾸하지 않고 두 손으로 차양을 하고 높다랗게 허공으로 뻗어올라가는 돌멩이를 열심히 쳐다보았다. 돌멩이는, 마치 허공으로 사라져버린 것 같았다. 그렇게 까마득히 날아올라갔다. 돌멩이가 보이지 않게 된 뒤에도 그는 오랫동안 허공을 쳐다보고 있었다. 도대체 무엇을 보는 것일까? 보이는 것이란 희끗희끗한 구름, 이제 막 어두워오기 시작하는 텅 빈 하늘, 그것이 다였다. 뭘 보는 거야, 영득아? 뭐가 거기 있어? 그러나 그는 그뒤로도 한참 동안이나 허공을 쳐다보고 있다가 고개를 꺾으며 뭔가를 깨달았다는 듯 고개를 끄덕거렸다. 뭐야? 뭐가 있는데? 내가 다시 물었으나 그는 말없이 고욤나무로 기어올라가서 주머니에서 소주병을 꺼내 꿀꺽꿀꺽 들이켰다.

동네 뒤에는 야트막한 산이 있었다. 고욤나무와 떡갈나무, 그리고 드문드문 멋대로 구불구불 소나무들이 자랐다. 아이들은 배가 고파서라기보다 심심해서 고욤을 따 입에 깨물어보고는 질겁을 하며 퉤퉤 뱉어냈다. 질겁하게 되리라는 것을 알면서 고욤을 깨물었고, 어김없이 오만상을 찡그리고 씹던 고욤을 내던져버렸다. 그것으로 아이들은 확인했다. 우리의 기억은, 우리의 예상은 확실하다. 그곳은 아이들과 영득이의 놀이터였다. 아이들은 숨바꼭질을 하고 벌레를 잡았고, 영득이는 고함을 지르고 노래를 부르고 소주를 마셨다.

아이들이 나타나지 않기를 나는 바랐다. 아이들이 나타나면, 그래서 또 영득이를 놀려대기 시작하면 나 역시 거기 휩쓸리는 수밖

에 없게 될 것이요, 그렇게 되면 영득이에게 마음이 어떻게 생겼
는지 물어볼 기회는 찾을 수 없을 것이다.

　나무 아래에 영득이는 털썩 주저앉았다. 비에 젖어 풀도 땅도
축축했으나 그는 개의치 않았다. 나는 앉지 않았다. 그와 멀찍이
떨어진 곳에 서 있었다. 동네가 내려다보이고 학교가 내려다보이
고 차들이 오가는 거리와 상점들이 내려다보였다. 젖은 거리는 세
수라도 한 듯 말쑥했다. 아버지는 젖은 길 어디쯤을 달리고 있을
까. 비가 오는 날은 사고가 많이 일어난다고 했다. 아버지는 십사
년 무사고 기사였다. 개인택시 면허를 얻게 되기를 바라고 있었
다. 사고는 일어나지 말아야 했다. 영득이는 소주병을 이빨로 따
서 벌컥벌컥 대번에 반병쯤을 비워냈다. 안주 같은 것은 없었다.
나는 기대에 차서 그를 지켜보았다. 아니나 다를까, 그는 소주병
을 입에서 떼어내자 순기야, 순기야, 하고 허공에 대고 부르짖었
다. 그 다음 으아아아아, 으으아아아아, 하고 고함을 질러댔고, 다
시 소주를 벌컥벌컥 마셨디. 이제 노래를 부를 차례였다. 멀리 사
버린 내 사랑 멀리 떠나간 내 사랑 한번 떠나간 순기는 돌아오지
않네 순기 순기 어서 돌아와줘요 순기 순기 날 사랑해줘요……

　그의 노래가 끝나기를 기다려 나는 불쑥 물었다. 너 사람 마음
이 어떻게 생겼는지 알아? 나는 그가 대답하지 않으리라 생각했
다. 아니면 소주병이다, 하고 대답할지도 모른다. 영득이는 대꾸
하지 않았다. 주머니에서 돌멩이를 꺼내 만지작거리다가 갑자기

벌떡 일어나 허공에 대고 힘껏 던져올렸다. 나는 눈으로 그 돌멩이를 좇았으나 곧 보이지 않게 되고 말았다. 허공을 막막하게 쳐다보는데, 그의 말소리가 들렸다. 저기, 그거다. 나는 놀라 그를 돌아보았다. 그는 열중한 눈으로 하늘을 쳐다보다가 손가락으로 가리키며 덧붙였다. 그거. 내가 물었다. 마음? 니 마음? 어떻게 알았어? 그러나 그뿐이었다. 그는 남은 소주를 벌컥벌컥 들이켜더니 그가 좋아하는 높다란 고욤나무로 불끈불끈 기어올랐다. 나무가 젖어 있는데도 그는 다람쥐처럼 순식간에 나무 꼭대기에 이르렀다. 나는 근처를 서성거렸다. 젖은 풀잎들, 거기 떨어지는 빗방울, 거미줄에 빗방울이 맺혀 목걸이 같았다. 혼자 보기가 아까웠다. 누구에게든지 보여주고 싶었다. 손끝으로 거미줄을 톡 치자 목걸이는 꿈처럼 사라졌다. 아쉬웠다. 좀더 오래 들여다볼걸. 영득이의 노랫소리가 머리 위에서 들려왔다. 날 저무는 하늘에 별이 삼형제 반짝반짝 정답게 지내이다가……

나는 처음으로 그 사연이 궁금해졌다. 어째서 갑자기 별 하나가 보이지 않게 된 것일까? 영득이는 그 사연을 알까? 부스럭부스럭 그가 주머니를 뒤적이더니 또 한 병의 소주를 꺼냈다. 나의 아버지도 술을 마셨다. 그러나 영득이처럼 많이 마시지 않았고, 영득이처럼 매일 마시지도 않았다. 아버지는 술을 마시지만 아무도 그를 미쳤다고 하지 않았다. 왜 사람들은 영득이를 미쳤다고 하는 것일까? 그가 나무 위에 올라가 노래를 부르니까? 그가 우와우와, 고함을 질러대니까? 그런 것을 미쳤다고 하는 것일까? 그는 아무도 해친 적이 없었다. 오히려 우리들, 동네 아이들이 그를 괴롭혔다.

영득이는 정말 미친 것일까? 미친 척하는 것일까? 그런데 나는 어째서 하필이면 미친 사람에게 마음이 어떻게 생겼는지를 물어보려 한 것일까? 미쳤다는 것은 십중팔구 마음과 정신이 미쳤다는 것 아닐까? 미치면 어떻게 되는 것일까? 노래하고 소리지르게 되는 것일까? 허공에 돌멩이를 던지게 되는 것일까? 나는 영득이가 미친 짓을 하는 것을 본 적이 있는지 생각해보았다. 있을 거라고 생각했으나, 어디 그 사람 미친 짓이 한두 번이었던가, 하고 생각했으나, 사실은 한 번도 본 적이 있는 것 같지 않았다. 이상한 일이었다. 그런데 어째서 나는 그가 미쳤다고 생각한 것일까? 어째서 동네 사람들은 모두 그가 미쳤다고 하는 것일까?

순기야, 순기야…… 으으아아아아 으아아아아아……

그는 고함을 지르고 나는 비를 피하기 위해 커다란 떡갈나무 밑으로 들어갔다. 그는 저기, 라고 말했다. 허공을 가리키며 그거다, 하고 말했다. 마음이 돌멩이라는 것일까? 하늘이라는 것일까? 아니면 구름? 빗방울? 알 수 없는 소리였다. 내 마음속에서는 여전히 달팽이가 꼬물꼬물 기어가고 그 자리에는 미세한 상처와 아픔이 남고……

비가 그쳐가고 있었다. 몸은 이미 머리부터 신발까지 흠뻑 젖어 있었다. 어머니에게 야단을 맞겠지만 나는 상관하지 않았다. 이런 일이 없었다 해도 야단을 맞았을 것이다. 나에게 소리를 지르고 꾸중을 하는 것은 어머니의 중요한 일과니까. 나는 쪼그리고 앉아 잡초를 뽑았다. 젖은 흙 밑에서 지렁이가 기어나와 풀 위로 기어 갔다. 내가 지금 막 지렁이의 집을 깨뜨린 것일까. 나는 얼른 다시 흙을 덮었다. 돌멩이가 몇 개 눈에 띄었다. 나는 돌멩이를 하나 집 어 어두워오는 하늘을 향해 던졌다. 무의미한 동작이었다. 그러나 영득이가 노래를 부르다 말고 눈을 들어 그 돌멩이를 좇았다. 돌 멩이가 보이지 않게 된 뒤에도 오랫동안 그는 허공을 쳐다보고 있 었다. 다른 돌멩이를 찾기 위해 내가 다시 쪼그리고 앉았을 때 그 가 문득 중얼거렸다. 별이 되었어. 나는 고개를 젖혀 그를 쳐다보 았다. 뭐가? 그는 대답하지 않았다. 손을 들어 허공을 가리켰다. 젖은 하늘 너머 어둠이 뭉클뭉클 넘어오고 있었다. 비구름 속에 별이 보일 리 없었다. 영득이는 정말 미친 것일까.

내가

"우리 아버지랑 어머니랑 헤어진대."

하고 말한 것 역시 무의미한 돌팔매질이나 마찬가지 짓이었다. 꼭 그런 말을 하려 한 것은 아니었다. 나는 마음속에 변비처럼 묵직 하게 매달린 그 말을 뱉어내고 싶었을 뿐이었다. 영득이에게서 무 슨 대답을 기대한 것도 아니었다. 혼잣말이나 다름없었다.

영득이는 순기야, 순기야, 고함을 지르더니 노래를 불렀다. 멀 리 가버린 내 사랑 멀리 떠나간 내 사랑 한번 떠나간 순기는 돌아오지 않네…… 그의 노래가 끝나기를 기다려 내가 물었다. 순기가 도대체 누군데? 그가 대답했다.

"내 아내."

나는 깜짝 놀랐다. 그에게 아내가 있다는 애기는 들어본 적이 없었으니까. 어딨는데? 내가 묻자 그는 자신 있게 말했다. 곧 올 거야.

어두워진 다음에야 나는 그와 함께 산에서 내려왔다. 가로등 하나 없어 캄캄한 산길을 걸어 내려오다가 그는 갑자기 쪼그리고 앉아 땅바닥을 더듬더니 조약돌 하나를 집어들었다. 그는 우뚝 선 채 그 조약돌을 눈 가까이에서 들여다보며 한참 동안이나 주물럭거리다가 소중히 주머니에 넣었다. 내가 물었다. 왜 돌멩이를 가지고 다니는 거야? 그는 우뚝 멈춰 서서 내 눈을 들여다보았다. 믿을 수 없다는 얼굴이었다. 그가 화가 난 것 같아 나는 무서웠다. 동수에게서 들은 애기가 생각났다. 영득이는 돌멩이를 가지고 다니다가 심심하면, 화가 나면 무작정 돌멩이로 사람들의 머리를 내리친다고 했다. 영득이가 주머니에 손을 넣어 돌멩이를 한꺼번에 다 꺼냈으므로 나는 더욱 놀랐다. 뒷걸음질하려는 나에게 영득이 성큼 다가와 손 안의 돌멩이들을 보여주었다.

"봐, 이게 돌멩이라고?"

돌멩이였다. 작은 조약돌들, 희고 검고 얼룩진 돌멩이들. 그럭저럭 예쁘다고 할 만한 돌멩이도 있기는 했다. 그래도 돌멩이였

다. 나는 대답하지 않았다. 돌멩이들을 내려다보는 그의 얼굴은
내가 이제껏 어디에서도 본 적이 없는 기쁨과 경이로 환했다.

"이건 돌멩이가 아니야. 별이야."

그는 미친 것이 분명했다.

"너도 알잖아."

천만에. 내가 아는 것은 그것이 결코 별이 아니라는 사실이었다.

"원래 돌멩이들은 다 별이야. 다 하늘에서 떨어진 거야. 어떤 돌
멩이들은 말을 해. 가만있으면 작은 소리로 말을 해. '돌려보내줘.
가고 싶어.' 그런 돌멩이들만 간직하고 있다가 저녁 무렵에 하늘 높
이 던지면 그게 하늘로 올라가서 별이 되는 거야. 너 아까 못 봤어?"

나는 대꾸하지 않았다. 대꾸하기에는 너무 이상한 소리였다. 내
가 영득이와 이런 소리를 하고 있다는 것을 알게 되면 동무들은
틀림없이 나까지 미친놈 취급을 할 것이다.

"내가 던진 별이 금방 하늘에 올라가 반짝이는 걸 본 적도 있어."

그의 말을 믿고 싶어지는 것이 어째선지 나는 알 수가 없었다.
그렇지 않다, 하고 생각하며 나는 마음을 다잡았다. 지상에서 별
까지의 거리는 수백 광년, 수천 광년, 그 이상이었다. 그렇게까지
멀리 돌멩이를 던질 수 있는 사람은 없다…… 영득이가 던진 돌
도 내가 던진 돌도 결국 어디엔가, 여기서 그다지 멀지 않은 곳에,
길바닥에, 웅덩이에, 어느 집 지붕에 떨어지고 말았을 것이다.

천안댁은 대문 앞에서 서성거리고 있다가 냉큼 영득이의 팔을 잡

아 안으로 끌고 들어갔다. 나는 대문간에 서 있었다. 천안댁은 영득이를 마루에 끌어다 앉혀놓고 가슴을 쥐어박으며, 어깨를 내리치며, 멱살을 붙잡아 마구 흔들어대며 한탄하고 소리쳤다. 이놈아, 왜 이리 정신을 못 차리냐, 왜. 내가 죽어버려야 쓰겄냐. 이놈아, 니가 얼마나 총명하던 놈이냐. 국민학교 때부터 대학 때까지 일등을 한 번이라도 놓쳤냐. 대학시험 때도 일등했지, 내내 장학금 받으면서 학교 댕겼지, 학교선생시험 때도 일등했지…… 니가 풍금을 얼마나 잘 탔냐, 이놈아. 니가 그놈의 술 때문에 망한 거여, 이놈아. 제발 술 좀 고만 먹으란 말이여, 이놈아…… 대문이 열려 있어서 나는 그 광경을 지켜볼 수 있었다. 영득이는 어머니가 때리면 때리는 대로, 뒤흔들면 뒤흔드는 대로 몸을 맡긴 채 대꾸 한마디 없이 고개를 꺾고 마루 끝에 앉아 있을 뿐이었다. 나를 발견한 천안댁이 소리쳤다. 넌 뭐 하고 있냐? 니 엄마가 기다린다. 어서 집에 가.

학교선생시험이라니? 그렇다면 영득이가 학교선생이었단 말인가? 믿어지지가 않았다. 학교선생? 영득이가? 도대체 어떻게?

집을 향해 터덜터덜 걸음을 떼어놓으며 나는 슬픔이 어깨에 턱 걸터앉은 것처럼 무겁고 답답하고 안타까웠다. 영득이는 왜 저렇게 된 것일가? 왜 아버지는, 그리고 어머니는 이렇게 된 것인가? 무엇이 그 총명하던 영득이를 저 지경으로 만든 것인가? 무엇이 그들을 그렇게 변하게 만든 것인가? 다들 스스로 그리 된 것일까? 자기가 원해서? 어찌 그리 될 수가 있을까?

사람이 변한다는 것만은 틀림없는 사실인 것 같았다. 아버지 어머니를 봐도, 영득이를 봐도 그것을 인정하지 않을 도리가 없었다. 그렇다면 어째서 사람은 변하는 것인가? 오랜 세월이 흐른 뒤에 나는 어떤 사람이 되어 있을 것인가? 마루에 높직이 걸려 있는 아버지 어머니의 사진이 생각났다. 그 사진 속에서 서로 다정히 팔을 낀 아버지 어머니의 모습은 이제는 상상도 할 수 없는 일이었다.

굵은 빗방울이 하나 툭, 이마에 떨어졌다. 그 순간 나는 발견했다.

그렇다, 별이었다. 내 마음을 별이라고 하면 어떨까. 영득이의 조약돌처럼 작고 초라한 별, 집을 짊어지고 그 별 위를 혼자서 꾸물꾸물 기어가는 달팽이. 바로 그것이 내가 그려야 할 그림이었다.

3

아버지는 나흘 만에 집에 돌아왔다. 아버지와 어머니는 서로 말을 하지 않았다. 밤이 깊어 자리를 펴고 불을 끄고 누운 뒤에도 한참 동안 그들은 말 한마디 나누지 않았다. 내가 깜빡 잠이 든 뒤에야 그들은 싸움을 시작했고, 싸움이 시작되자마자 나는 곧 잠에서 깨어났다. 회사 좋아하네. 요샌 회사에서 며칠씩 공짜로 잠도 재워준다더냐? 그년한테 가서 실컷 자빠져 있다가 온 주제에. 뭐 하러 와, 오긴? 거기서 살어. 나는 깨어나지 않은 척해야 했다. 자꾸 정신 나간 소리 할래, 이 여편네야? 내가 도대체 어느 년한테 가서 자빠진단 말야? 내가 그런 재주나 있는 놈 같으냐? 잠든 척 꼼짝 않고 누워 있는 것은 힘들었다. 이놈아, 하루이틀도 아니고 내가 언제까지 속을 줄 알았냐? 어머니가 아버지에게 놈이라고 하고 있었다. 나는 자는 척하면서도 가슴이 덜컥 내려앉았다. 이년이 정말 왜 이래? 이러니까 점점 더 집에 오기가 싫어지는 거야. 나 자야 해, 이 여편네야. 새벽에 일 나가야 한다구. 일을 나가는지 계집질을 나가는지 누가 알어? 나는 숨을 죽이고 꼼짝도 하지 못한 채 두 사람이 쏟아내는 욕설과 고함에 귀 기울였다. 아니, 나는 귀를 막고 싶었다. 그러나 막을 수 없었다. 아버지 어머니가 내가 깨었다는 것을 알게 되는 것이 두렵고, 계속해서 아버지 어머니가 토악질해내듯 뱉어내는 무서운 말들을 듣고 싶었기 때문이다. 불과 연기를 토하는 만화 영화 속의 괴물들이 생각났다. 아버지와 어머니는 그 괴물들을 닮은 것 같았다. 무서웠다. 내 마음속의 달팽이가 비명을 질렀다.

아버지가 어머니를 후려치고 어머니가 벌떡 일어나 아버지의 머리칼을 움켜쥐었다. 그들은 뒤엉켜 방 안을 뒹굴었다. 어머니가 방바닥에 쿵, 엉덩방아를 찧고 아버지가 벽에 쿵, 어깨를 박았으며, 흑백 텔레비전이 쓰러졌다. 나는 잠든 척하고 있어야 했다. 어머니의 무릎이 내 다리를 짓누르고 아버지의 엉덩이가 내 어깨를 짓찧어도 나는 잠들어 있어야 했다. 울먹울먹 울음이 밀려나왔으나 나는 참았다. 아무도 가르쳐준 적이 없었으나, 그래야 할 것 같았다. 나는 잠든 척하고 있다가 잠이 들었고, 그랬다가는 아버지 어머니의 고함 소리에 깨어났으며, 그래도 여전히 잠든 척했고, 그러다 다시 잠들기를 반복했다.

아버지는 새벽에 나가며 말했다. 집구석, 들어와봤자 쉴 수가 있어야지, 빌어먹을. 아, 그런 말도 있었다. 집이 아니라 집구석이었다. 재미있고 슬픈 말이었다. 어머니는 그 뒤에 대고 악착같이 내뱉었다. 오기 싫음 말어라. 여기 너 환영하는 사람 아무도 없다. 아버지가 문을 메어치는 소리가 골목에 메아리쳤다. 어머니가 골목 밖까지 들리도록 소리쳤다. 그렇게 해서 깨지겠냐. 도끼질이라도 해라. 그렇게 말할 수도 있었다. 이를테면, 나는 이렇게 응용할 수 있을 것이다. 선생님이 내 종아리를 너무 아프게 때린다. 맞고 나서 나는 말한다. 그렇게 해서 죽겠어요? 목이라도 매달지 그래요. 아버지가 잠을 못 잔 채 다시 나가 일을 해야 한다는 것이 나는 걱정스러웠다. 어머니는 그런 걱정은 전혀 하지 않는 것 같았다.

아버지 어머니가 가장 두려워하는 일이 교통사고였다. 얼마 전까지만 해도 아버지가 새벽에 일을 나갈 때면 어머니는 목소리 한 번 높이지 않았다. 평소에도 결코 문지방을 밟거나 거기 걸터앉지 않았고, 해가 진 다음에는 손톱 발톱을 깎지 않았다. 밤에 못질을 하지 않았고, 머리에 빗질을 하는 것도 조심했다. 밥에 숟가락이나 젓가락을 꽂지 않았다. 언젠가 길거리에서 장님을 마주치자 어머니는 고개를 틀어 침을 세 번 뱉고 나서 혼자 중얼거렸다. 그놈의 개인택시 때문에 내가 이게 뭔 짓이냐. 미신이란 걸 믿어본 적이 없는데. 십 년 무사고 경력이 개인택시 면허의 중요한 조건이었던 것이다. 해마다 개인택시 면허를 신청할 때면 아버지 어머니는 더욱 민감해져서 까마귀 한 마리를 봐도 그냥 지나치지 못했다. 아버지 어머니에게 개인택시는 지상의 목표였다. 개인택시 면허만 얻으면 뭐든 다 될 것이라 믿는 것 같았다. 나도 덩달아 그렇게 믿었다. 그것이 무엇인지 잘 알지도 못하는 채로 나는 개인택시란 어마어마한 기쁨과 행복을 가져오는 것이라 생각했다. 그러나 개인택시를 탐내는 사람은 많은데 나라에서 내주는 면허는 적었다. 무슨 수를 써야 했다. 어머니는 뇌물을 써야 한다고 했으나 아버지 어머니에게는 돈이 없었다. 힘 있는 사람에게 청탁을 넣어야 한다는 소문이 있었으나, 아버지나 어머니가 아는 힘 있는 사람이란 한꺼번에 연탄 스무 장을 불끈불끈 들어올리는 구공탄가게 장씨 아저씨뿐이었다.

그사이 아버지와 어머니에게는 그보다 더 급한 다른 일이 생겼다. 서로 미워하고 비난하고 괴롭히고 싸우고 욕하고 때리는 일이 그것이었다. 나에게 그럴 힘이 있다면 나는 그들을 당장 헤어져 살게 할 것이다. 그것이 그날 아침 내가 한 생각이었다.

학교에서 돌아왔을 때 어머니는 보이지 않았다. 나는 가방을 마루에 내던지고 뒷산으로 올라갔다. 영득이는 소주병을 겨드랑이에 끼고 고욤나무 속에 들어가 있었다. 그는 나를 본 체 만 체했다. 나는 조약돌을 찾아 하늘에다 쏘아올렸다. 별이 되건 안 되건 상관없었다. 나는 커서 꼭 개인택시 면허를 따서 행복하게 살 것이다. 그러기 위해서는 결혼 같은 건 하지 말아야 했다. 어머니 같은 여자는 개인택시를 따는 데 방해가 될 뿐이다. 아버지 어머니는 왜 같이 살기 시작했을까? 왜 나를 낳았을까? 나는 그들의 자식으로 태어난 것이 전혀 마음에 들지 않았다. 도대체 왜 사람들은 하필이면 결혼이라는 것을 할까? 왜 아이를 낳을까?

나는 영득이에게 물어보았다. 넌 뭐 하러 결혼했어? 그가 지난번에 아내 얘기를 한 것이 기억났기 때문이었다. 영득이는 딴소리를 했다.

"그렇게 함부로 아무거나 던지면 안 돼. 말하는 돌멩이를 골라야 하는 거야. 가만 귀 기울여 들어봐. 그러면 말소리가 들려. 작지만 분명히 뭐라고 뭐라고 속삭인다니까. 그런 걸 골라두었다가 저녁 무렵에, 하늘이 어두워지기 시작할 때 하늘로 던지는 거야. 그러면 그게 금방 별이 되어 반짝이는 게 보여."

나는 돌멩이를 찾아 귀에 가져가 열심히 들어보았다. 귀에 들리는 것이라고는 아버지 어머니가 밤새 다투던 지긋지긋한 소리뿐이었다. 이건 아니다. 나는 땅바닥에 돌멩이를 내던졌다. 이런 것이 별이 되었다가는 우주가 싸움터가 되고 말 것이다.

4

여름이 다할 무렵, 아버지와 어머니 사이의 다툼은 이혼서류를 가지고 와라, 도장을 찍어라 말아라, 하는 정도로 악화되어가고 있었다. 사람과 사람 사이의 관계가 어느 지경으로 악화될 수 있는 것인지, 나는 그 한계를 보고 있었다. 아버지와 어머니는 서로에 대한 증오를 위해 목숨까지 기꺼이 내걸 수 있을 것 같았다. 나는 증오로 얼어붙은 집에서 내 마음속의 별과 달팽이를 그리고 또 그렸다.

우리 집에서 그런 일이 벌어지고 있는데, 바로 옆집에서는 결혼식이 벌어졌다. 동수네 큰형 동석이 제주도 처녀와 결혼을 했다. 결혼식장에 다녀온 동네 아주머니들은 골목에 둘러서서 말했다. 제주도 처녀가 생활력이 강하다니까 동석이네는 잘살 거다. 제주도 처녀들은 시부모 모시는 법이 없다면서? 무슨 소리여. 제수도는 어디 조선땅 아니여? 신부가 기생년같이 얍실얍실하게 생겨서 동수 에미는 그런 며느리 어찌 데리고 살려는지 몰라, 한 것은 우리 어머니였다. 예쁘긴 하드만 너무 약해 보이지? 사내깨나 홀리겠던데 뭐. 여자들은 한바탕 깔깔, 웃음을 터뜨리고 뿔뿔이 흩어졌다.

내가 그 제주도 신부를 처음 본 것은 동석이 형 부부가 신혼여행에서 돌아온 날이었다. 한복을 입고 머리에 쪽을 찌고 흰 구슬백을 손에 쥐고, 붉은색 옷고름을 늘어뜨린 그녀는 내가 상상할 수 있었던 것 이상으로 예뻤다. 골목이 이제껏 내가 오가던 일상의 공간이 아니라 그녀의 아름다움을 위해 마련된 찬란한 무대로 뒤바뀌었다. 뿌연 햇살은 눈부신 조명이 되어 그녀 위에 쏟아졌다. 나는 그녀에게서 눈을 옮길 수 없었다. 그녀가 동수의 얼굴을 두 손으로 감싸쥐며 입이라도 맞출 듯 가슴 깊이 끌어안는 것을 보고 나는 그만 숨이 막혔고, 그에 대한 질투로 가슴이 아팠다. 저렇게 고약한 녀석을 저다지 따뜻하게 껴안아주다니, 그것은 너무나 부당한 짓 같았다. 내가 일도 없이 억울해졌다.

그때 어디선가, 순기야, 순기야, 하는 고함 소리가 들려왔다. 영득이였다. 그가 자기네 집 고욤나무 위에 올라가 이쪽을 내려다보며 고함을 지르고 있었다. 이어 으으아아, 하는 고함 소리, 그리고 아니나 다를까, 그는 노래를 불러댔다. 멀리 떠나간 내 사랑 멀리 가버린 내 사랑 한번 떠나간 내 님은 돌아오지 않네, 순기, 순기, 어서 돌아와주오…… 대문 밖으로 모두 몰려나와 있던 동수네 식구들도, 신랑 신부를 구경하던 몇몇 동네 사람들도 영득이를 돌아보았다. 영득이는 소주병을 뽑아 벌컥벌컥 들이켜고 다시 순기, 순기, 하고 소리쳤다. 제주도 신부도 잠시 그를 쳐다보았으나, 곧 시댁 식구들 사이에 휩싸여 집 안으로 들어가버렸다.

제주도 신부가 동수를 껴안아주던 광경은 내 눈에 아로새겨져버렸다. 무엇을 보고 있어도 눈앞에서 사라지지 않았다. 나는 집으로 돌아와 다시 그림을 그렸다. 별과 달팽이, 그리고 신부. 신부는 별을 뒤덮을 만큼 길고 긴 붉은 옷고름을 휘날리고 있었다. 나는 그 옆에 신랑처럼, 나 자신을, 어른이 된 나 자신을 그려넣을 것인지 말 것인지를 망설였다.

보름쯤 뒤, 영득이는 새벽에 집을 빠져나가 동수네 집 대문을 두들겼다. 동수 어머니가 나와 문을 열었다. 그녀는 영득이가 술 냄새를 풀풀 피우며 서 있는 것을 발견하자 주춤 한 걸음 물러서 며 왜 그래, 하고 물었다. 영득이는 대답했다.

"내 각시 데려갈라고요."

동수 어머니는 영문을 알 수 없어 되물었다. 니 각시? 니 각시가 누군데? 왜 여기서 찾어?

"내 각시 여기로 데려왔잖아요. 며칠 전에."

그때 마침 제주도 신부가 마루로 나와 신을 신었다. 어머니, 벌 써 일어나셨어요? 그녀의 아침인사가 끝나기 바쁘게 영득이는 성 큼성큼 걸어가 그녀의 손목을 움켜줘었다.

"집에 가자, 순기야."

물론 순기는, 아니, 제주도 신부는 비명을 지르며 그를 뿌리쳤 다. 정신을 차린 동수 어머니가 영득이의 등을 떠다밀었다. 그는 아무런 저항 없이 대문 밖으로 밀려났다. 원 별 미친놈 다 보네. 다시 오면 그땐 혼구멍을 내줄 테다, 이놈. 동수 어머니는 대문을 닫으며 소리쳤다.

그날 동수 어머니는 천안댁을 찾아가 자초지종을 얘기하고 자식 단속 좀 시키라고 충고했고, 천안댁은 다시는 그런 일 벌어지지 않도록 하겠다고 손이 발이 되도록 빌었으며, 그녀는 그 자리에서 영득이를 불러앉히고 어깨를 내리치고 허벅지를 내리치고 머리를 쥐어박으며 다시는 그 집 앞에 얼씬도 말라고 타이르고 윽박질렀고, 영득이는 언제나 그렇듯 대꾸 한마디 않고, 저항 한 번 없이 어머니의 꾸중을 고스란히 견뎌냈다.

그러나 나흘 뒤 저녁 무렵, 영득이는 다시 동수네 집 대문을 두들겨댔다. 이번에는 동수의 작은형 동철이가 문을 열었다. 왜 왔냐, 영득이? 영득이는 말했다. 내 각시 데려갈라고. 뭐? 누구 각시? 너 이 새끼, 잘 걸렸다. 고등학교 유도부장이던 동철은 대뜸 영득이의 멱살을 후려쥐었다. 삐쩍 마른 영득이는 대롱대롱 동철의 손아귀에 매달렸다. 그러나 그때 동수 어머니가 방문을 밀고 나와 내려놔, 이놈아, 어서 내려놔, 하고 말렸고, 동철이는 할 수 없이 고스란히 영득이를 내려놓았다. 미친놈 미친 수작에 왜 니가 나서서 기운 자랑이야? 어서 들어가. 동철이 들어가자 동수 어머니는 영득이의 등을 후려치며 말했다. 어서 가, 다신 오지 말아. 여긴 니 각시 없어. 니 에미한테 장가 보내달라고 해. 알았냐?

물론 동수 어머니는 다시 천안댁을 찾아갔고, 지난번에 찾아갔을 때와 비슷한 일들이 다시 벌어졌다. 영득이는 가타부타 말을 않고 어머니의 매타작을 견뎌냈다.

사흘 뒤 새벽에 영득이는 다시 동수네 집 대문 앞에 나타났다.

이번에는 동수와 동민, 동철이 다 같이 나서서 영득이를 떠다밀어 골목에 쓰러뜨렸고, 동수는 영득이의 배를 걷어찼으며, 구경하던 동네 사람들 몇이 그것을 말렸다.

짖궂은 동네 아이들이 시장에 다녀오는 제주도 신부와 마주치면 놀려대기 시작한 것이 그 무렵부터였다. 영득이 색시, 영득이 각시, 영득이 색시, 영득이 각시…… 아이들은 끝도 없이 반복하며 집요하게 그녀의 뒤를 쫓았다. 이번에는 동수도 아이들의 놀림감이 되고 말았다. 느네 새 형수가 영득이 각시라면서? 어째서 영득이 각시를 느네 형이 각시 삼았냐? 느네 형이 영득이 각시를 빼앗았다면서? 나는 동수에게 제주도 신부의 이름을 물어보았다. 그는 형수의 이름을 알지도 못했다.

나는 뒷산에서 영득이와 만났을 때 그에게 그러지 말라고 말해보았다. 그러나 영득이의 태도는 완강했다. 내 각시다. 순기여. 내 각시 순기. 어디에서 만났는데? 내가 추궁하자 그는 말없이 눈을 멀뚱거렸으나 그렇다 하여 생각을 바꾼 것 같지는 않았다.

아니나 다를까, 며칠 뒤 저녁 무렵, 그는 다시 동수네 집 대문을 두들겼다. 동석이 마침 퇴근을 하여 경찰관 정복을 갈아입기도 전이었다. 그는 영득이를 발견하자 껄껄 웃어대더니 담배를 한 대 권하고, 찾아오지 말라고, 어머니한테 장가 보내달라고 하라고 타일렀다. 그러나 영득이는 움직이려 하지 않았다. 오히려 그는 내 색시 내놔, 하고 대들었다. 동석은 가서 술이나 사먹어라, 하고 돈을 몇 푼 주었으나 영득이는 돈을 땅바닥에 내던지고 내 색시 내놔, 하고 되풀이했다. 동철이가 나와 이번에는 영득이를 보기 좋게 골목에 내동댕이쳤고, 버둥거리는 그를 버려두고, 동철이와 동석이는 안으로 들어가버렸다.

어머니와 동네 여자들은 마주 앉기만 하면 으레 제주도 신부와 영득이를 화제에 올렸다. 영득이가 제주도에 가본 적이나 있나 몰라. 그 집 새댁 동네에서 살기 힘들겠어. 벌써 동네 총각들을 그리 후려내니 말여. 지금은 총각이지만 나중에는 동네 사내들 다 후려내는 거 아닌가 몰라.

며칠 뒤에 영득이는 또다시 동수네 집 대문을 두들겼다. 동석이가 나왔다. 영득이는 그의 눈을 쳐다보지도 않고 중얼중얼 말했다. 내 각시 내놔. 동석은 화가 치밀어 그의 멱살을 틀어쥐고 그 자리에서 영득이네 집으로 끌어갔다. 천안댁이 보는 앞에서 동석이는 영득이의 뺨을 후려치며 소리를 질렀다. 이 미친놈 좀 어떻게 해봐요, 좀 어떻게 해보라구요. 동네 사람들이 모두 나와 그것을 구경했다. 영득이는 천안댁과 동석이에게 번갈아가며 두들겨 맞았다. 맞는 동안 한마디도 않고 있던 그는 동석이가 일어나 나가려 하자 그 등뒤에 대고 한마디를 했다. 내 각시 내놔. 동석은 천안댁에게 이를 갈아붙이며 말했다. 또 한번 우리 집에 나타났다가는 그땐 경찰서로 끌고 가버릴 겁니다, 아주머니.

그로부터 한동안 영득이를 볼 수가 없었다. 어머니에 따르면 천안댁이 영득이를 방 안에 가둬두었다는 것이었다. 참 알 수 없는 노릇이 그 녀석이 가둔다고 그렇게 얌전히 갇혀 지낸다는 거야. 천안댁이 하루에 소주를 두 병씩이나 넣어준다나, 어쩐다나.

나의 별에서는 영득이와 제주도 신부의 결혼식이 열렸다. 나는 울퉁불퉁한 나의 별에 커다란 고욤나무를, 제주도 신부를, 그녀의 길고 긴 옷고름이 하늘에 길다랗게 휘날리는 것을 그리고, 그녀가 손을 뻗어 바짓자락을 흩날리고 서 있는 영득이의 손을 잡아쥐고 있는 광경을 그렸다. 고욤나무와 영득이는 키가 비슷했고, 둘다 삐쩍 마른 것이 형제 같았다. 영득이의 소주병은 그릴 수 있을 만큼 얼마든지 그려넣었다. 하객은 나와 달팽이뿐이었으나, 하늘은 영득이가 쏘아올린 별들로 가득했다. 제주도 신부와 결혼식을 올리는 것은 원래는 내 몫이었으나 나는 영득이에게 양보했다. 왠지 그래야 할 것 같았다.

적어도 나의 별에서는 영득이와 제주도 신부는 행복히고 즐거웠다. 영득이는 얼마든지 노래를 부를 수 있었고, 얼마든지 소주를 마실 수 있었으며, 그들을 방해하는 사람도 없었다. 알 수 없는 일이었으나 나는 원래 제주도 신부는 영득이의 색시였을 것이라고 믿었다. 무엇인가가 그들의 운명을 비틀어놓았다. 그리하여 그들은 이제 신랑과 신부가 아니라 미친놈과 남의 아내로 만나는 처지가 되고 만 것이다. 어떤 사악한 마술의 힘, 혹은 간교한 왕의 계략이 그들의 운명을 시궁창에 떨어뜨린 것이다.

5

사악한 마술의 힘이었는지 간교한 왕의 계략이었는지는 모르지만, 그해 겨울부터, 이 나라의 운명은 시궁창에 떨어진 것처럼 보였다. 박정희 대통령이 김재규 중앙정보부장에게 사살당했다. 그리고 이어 동네에서 얼마 떨어지지도 않은 한남동 부근에서 총싸움이 벌어져 군인들이 저희들끼리 죽고 죽였다. 얼마 뒤에는 광주라는 곳에서 군인들이 시민들을 수천 명이나 쏴 죽이고 찔러 죽이고 불태워 죽여 시내가 텅 비어버렸다고 했다. 군인들이 광주시를 포위하여 개미 새끼 한 마리 드나들지 못하도록 막아버렸다고 했다. 모두 아버지에게서 들은 소문들이었다. 아버지는 세상에서 벌어지는 일이라면 모르는 것이 없었다. 택시를 운전하다보면 그렇게 된다는 것이 아버지 어머니의 주장이었다.

동수를 통해서도 나는 온갖 희한한 얘기들을 들었다. 군인들이 경찰서를 점령했다고 했다. 군인들 말을 듣지 않으면 경찰이고 형사고 그 자리에서 두들겨팬다고도 했다. 군인들은 총을 들고 칼을 차고 떼를 지어 거리거리를 쏘다니다가 술 먹고 주정하는 사람, 싸움하는 사람, 심지어는 부부싸움을 하는 사람까지 눈에 띄기만 하면 무작정 붙잡아 경찰서로 끌어오고, 얼마 뒤에는 군대로 끌어가는데, 군대에서는 그 사람들에게 온갖 괴상하고 가혹한 처벌을 다 퍼붓는다고 했다. 그런 것을 계엄령이라고 한다는 것이었다.

나는 설마 그런 일이 벌어지랴, 하는 심정이었다. 그는 큰형으로부터 들은 얘기라고, 틀림없는 사실이라고 주장했다. 얼마 뒤에 텔레비전에서 그렇게 끌려간 사람들이 군부대에서 괴상한 훈련을 받는 광경을 방영하였고, 그때부터는 그의 얘기를 믿지 않을 수가 없었다.

그것과 상관이 있는 일인지 아닌지는 모르지만, 아버지 어머니는 언제부터인지 더이상 싸우지 않았다. 아버지는 일이 끝나면 곧장 집으로 돌아왔고, 어머니는 아버지를 위해 분주히 저녁을 짓고 생선을 구웠으며, 세 식구가 마주 앉아 밥을 먹는 일도 많아졌다. 나는 두 사람이 수상쩍은 눈짓을 교환하는 것을 종종 목격했으며, 그런 때면 골목으로 나가 그들의 수상쩍은 시간을 보장해주었다.

어느 저녁 무렵, 골목길로 군용 지프가 쳐들어왔을 때 나는 동네 아이들과 함께 구슬치기를 하고 있었다. 누가 먼저랄 것도 없이 우리들은 지프를 따라 달렸다. 지프는 영득이네 집 앞에 멎었다. 군인들 세 사람이 뛰어내렸다. 그들은 저마다 커다란 총을 메고, 길다란 몽둥이를 들고 있었다. 대문을 두들길 생각도 않고, 그들은 영득이네 집 안으로 거침없이 밀려들어갔고, 잠시 후 영득이를 끌어냈다. 그는 언제나 그렇듯 고분고분, 말 한마디 없이, 저항 한 번 하지 않고, 그들이 하라는 대로 지프에 올랐다. 천안댁이 뛰쳐나와 안 된다고, 내 아들 죄지은 거 없다고 소리질렀으나, 군인들은 들은 척도 하지 않았다. 지프는 들어왔을 때처럼 순식간에

사라졌다. 무슨 일이 벌어지는 것인지 채 이해하기도 전에 일은
끝나버렸다. 천안댁이 골목에 주저앉아 소리쳤다. 이놈들아, 동석
이 이놈아, 니가 내 아들을, 이놈아……

　나는 같이 구슬치기를 하던 동수를 돌아보았다. 다른 아이들도
마찬가지였다. 동수는 당황하여 우리들을 둘러보며 아니, 난, 우
리 형이……, 하더니 돌아서서 달아나버렸다. 천안댁은 울며 넋두
리를 계속했다. 이놈들아, 너희들이 천년 만년 해먹나 보자, 이놈
들아……

　그날 밤, 동석이 천안댁을 찾아갔다. 그는 천안댁에게 자신은
알지 못하는 일이다, 한 동네에서 빤히 알고 사는 처지에 그런 짓
을 했을까 보냐, 영득이가 경찰서로 끌려들어오는 것을 보고 자신
도 깜짝 놀랐다, 조심스레 알아보니 북괴(北傀) 찬양 어쩌고 하는
혐의인 것 같더라, 하고 설명했으나, 천안댁의 생각은 바뀌지 않
았다. 그녀는 동석에게 매달려 내 아들 좀 살려줘, 내 아들 좀 살
려줘, 하고 애걸했다.

　영득이가 달라붙어 있지 않은 고욤나무는 어색했다. 쓸쓸해 보
였다. 순기야, 순기야, 으으아아아아, 하고 고함지르는 사람이 없
는 동네는 어색했다. 공허했다. 이상한 일이었다. 영득이가 한 일
이라고는 그런 짓뿐이었는데, 동네에는 너무나 큰 빈 자리가 생긴
것 같았다. 아버지 어머니도 영득이 얘기를 하다가 내가 들어서면
입을 다물었다. 동네 사람들 모두가 동석이가 색시 때문에 화가 나

서 영득이를 잡아넣은 것이라고 믿었다. 그때부터 동네 사람들은 동수네 식구들에 대한 두려움으로 몸을 사렸다. 그 집 식구들의 눈에 거슬렸다가는 어느 사이 그런 데로 끌려가게 될지도 모르는 것이다. 그렇게 보아선지 모르지만, 동네 개들도 동수를 꺼리는 것 같았다. 동수가 눈에 띄면 재빨리 달아나버렸다.

동수는 외톨이가 되었다. 아이들은 아무도 그와 놀아주려 하지 않았다. 아이들은 어른들과는 달리, 두려움을 위장하는 데 서툴렀다. 동수를 두려워할 뿐, 그 두려움을 감추고 그와 어울릴 줄을 몰랐다. 동수는 투덜거렸다. 우리 형이 그런 거 아닌데, 우리 형이 안 그랬는데……

초여름에 동수네는 이사를 갔다. 동네 사람들 몇이 이삿짐을 나르는 것을 돕기는 했으나, 동네 분위기는 싸늘했다. 그들이 이사를 하는 것을 서운해하는 사람은 없었다. 그들은 같이 살기에는 부담스러운 존재가 되어 있었다. 이삿짐 트럭이 떠나기 직전, 동수 어머니는 큰 소리로 말했다. 떠나가는 마당에 내가 뭘 감추겠는가, 이 사람들아. 영득이 그렇게 된 건 우리 아들하고는 아무 상관도 없는 일이여. 제발 내가 이 말 했다는 것만 잊지 말아주기 바라네. 동석이 얼른 그녀를 차에 태웠고, 그들은 마치 달아나듯 동네에서 사라졌다. 천안댁은 그들이 사라진 빈 집에 들어가 이 방저 방 침을 뱉고 다녔다. 퉤, 퉤, 더러운 것들아. 내 아들 내놔라, 이것들아. 끝내 쓰러져 통곡하는 그녀를 이웃 사람이 집에 데려다

눕혔다.

그로부터 얼마 지나지 않아 아버지는 그토록 소원하던 개인택시 면허를 받았다. 아버지는 차를 새로 마련하고, 개인택시, 라는 글자를 차 여기저기 박아넣었다. 차 안팎으로 개인택시, 라는 크고 작은 글자가 열일곱 개나 나붙었다. 아버지의 운전기사 제복에도 개인택시, 라는 글자가 이름보다 더 크게 아로새겨졌다. 아버지는 원하는 시간에 나가서 일을 하고, 돌아오고 싶은 시간에 돌아왔다. 적어도 나에게는 그렇게 보였다. 어머니는 즐거이 아버지를 배웅하고 마중했다.

아버지 어머니는 이사를 가야 한다는 얘기를 주고받기 시작했다. 어째서? 이제 아버지가 돈을 잘 벌게 되었으므로 아파트로 이사를 갈 수 있다는 것이 어머니의 주장이었다. 아버지도 반대하지 않았다. 그때까지도 나는 아파트는 부자들이나 사는 집이라고 믿고 있었다. 우리가 부자인가? 아버지도 어머니도 곧 부자가 될 것이라고 믿었다.

집 안에서는 늘 야릇한 냄새, 이런 냄새가 있는지는 알 수 없지만 굳이 말로 하자면, 즐거움과 기대의 냄새가 떠돌았다. 그것은 나에게는 너무나 생소한 냄새였다. 그것이 우리 것이 아니라는, 잘못하여, 실수로 우리 집에 들어온 것뿐, 머지않아 사라지고 말 것이라는 생각이 늘 나를 떠나지 않았다. 어딘가 아슬아슬하고 어색한 나날이었다. 아버지 어머니는 어땠을까.

아니나 다를까, 어느 날 저녁, 천안댁이 우리 집 안방 문을 차고
들어선 순간 그 야릇한 즐거움과 기대는 산산이 깨어졌다. 어머니
는 아버지와 나를 위해 쇠고기를 굽고 있었고, 아버지는 상추에
깻잎에 두툼한 고깃점을 얹고, 그 위에 다시 된장을 듬뿍 찍은 마
늘을 싸서 입 안에 쑤셔넣고 우적우적 씹어넘기며 소주잔에 손을
가져가는 중이었다. 돌연 방문이 벌컥 열렸다. 천안댁이 서 있었
다. 어머니가 깜짝 놀라 말했다. 아주머니, 어서 들어오세요. 같이
식사 좀 하세요. 그러나 천안댁은 마루에 우뚝 서 있을 뿐이었다.
그녀가 신발을 신은 채 마루에 올라서 있는 것을 보고 나는 다시
한번 충격을 받았다. 그녀의 눈이 시퍼렇게 아버지와 어머니를,
그리고 나를 쏘아보았다. 거기 담긴 증오와 멸시로 아버지와 어머
니는 고스란히 얼어붙었다. 한참 동안 꼼짝도 않고 아버지와 어머
니를 쏘아보고 있던 천안댁이 이빨 사이로 내뱉었다.

"이 버러지 같은 종자들아!"

그녀는 천천히 고무신 두 짝을 다 벗더니 돌연 그것을 우리들의
밥상 위에 내던졌다. 고깃점이, 상추와 깻잎이, 마늘과 김치와 숟
가락이 튀었다. 소주병이 쓰러져 방바닥에 소주가 흥건히 흘렀다.
아버지가, 아니 이게 무슨 짓입니까, 하고 일어섰으나 천안댁은
눈 한 번 깜빡이지 않은 채 이를 악물고 아버지를 쏘아보았다. 아
버지는 일어선 기세와는 달리, 얼굴에 튄 김칫국물을 옷소매로 닦
으며 주춤주춤 방 한쪽으로 물러나 이거 원, 이거 참, 하고 중얼거

릴 따름이었다.

어머니는 허둥지둥, 어쩔 줄을 몰랐다. 그러지 마시고, 이리 앉으세요. 뭔가 오해하시는 것 같은데, 제발 앉아서 말씀하세요. 한편 방바닥에 흩어진 고깃점과 상추와 깻잎 들을 치우며, 다른 한편 천안댁에게 말을 하며, 어머니는 그녀의 고무신을 집어들고 마루로 나갔다. 천안댁은 어머니에게서 고무신을 낚아채어 마루에 떨어뜨리고 그 자리에서 태연히 발에 꿰었다. 어머니가 애걸하는 눈이 되어 그녀를 지켜보는 사이 천안댁은 마루를 터벅터벅 걸어 뜰로 내려서서, 서두르지도 않고, 돌아보지도 않고, 태연히 뜰을 가로질러, 고개를 꺾어 퉤, 하고 침을 뱉고 나서 대문을 나갔다.

아버지와 어머니는 항의 한마디 하지 않았다. 변명도 제대로 하지 못했다. 아버지가 흘끔 나의 눈치를 살폈다. 저 여편네가 자식 잃고서 실성을 하는가보다. 그는 애꿎은 소주를 벌컥벌컥 들이켰다. 어서 치우고 저녁 먹자, 하고 어머니는 아무 일도 아니라는 듯, 이런 일이야 늘 벌어지게 마련이라는 듯 부지런히 밥상을 치우고, 방바닥에 걸레질을 하고, 새로 상을 보았다. 그러나 마루에는 천안댁의 고무신 자국이 아직도 선명했다. 아버지가 소주잔을 딱 내려놓으며 말했다. 망헌 놈의 동네 참. 어서 이사를 가버려야지. 어머니가 맞장구쳤다. 그래요, 내가 당장 내일부터 집 좀 보러 다녀야겠어요.

어째서였을까. 그 순간 나는 아버지와 어머니가 한 짓을 깨달았다. 그들이 영득이에게 한 짓이, 천안댁에게 한 짓이 무엇인지가 손으로 부젓가락이라도 움켜쥔 듯 너무나 뜨겁게, 선명하게, 무시무시하게 깨우쳐졌다. 나는 아버지와 어머니를 돌아보았다. 권커니 잣거니 소주를 나누며 다시 부지런히 고기를 굽는 그들이 한없이 비굴하고 한없이 근천스러워 보였다. 아무리 그렇지 않다고 생각하려 해도 천안댁의 저 시퍼런 얼굴과 그 앞에서 한없이 초라해져버린 아버지와 어머니의 몰골이 이야기해주는 것은 너무나 명백했다. 그들이 돌연 사이가 좋아진 까닭도 짐작할 것 같았다. 그들은 돌이킬 수 없는 음모와 그 대가로 끊길 수 없는 결연을, 결혼 같은 것과는 전혀 성질이 다른 결연을 이룬 것이다. 언젠가 아버지가 어머니와 다투다가 내뱉은 얘기들이 귀에 쟁쟁거렸다. 저놈의 여편네 등쌀에, 아이구, 내가 언놈 하나 간첩으로 잡아넣고서라도 개인택시를 차지해야지, 원.

나는 일어나 골목으로 나갔다. 밥 먹다 말고 어딜 나가, 이 시간에? 어머니가 말했으나 나는 대꾸하지 않았다. 나는 그들과 밥을 먹고 싶지 않았다. 골목은 텅 비어 있었다. 거기 세워진 아버지의 택시는 커다란 짐승의 시체처럼 끔찍스러웠다. 의식하지 못하는 사이에 나는 영득이네 집 앞에 서 있었다. 대문이 빠끔히 열려 있었다. 천안댁이 마루 끝에 엎드려 흐느끼는 것이 보였다. 나는 머뭇머뭇 그녀에게 다가갔다. 하늘이 어둑어둑 저물어오고 있었고 고욤나무 가지 위로 별들이 하나둘 돋아났다. 그것은 영득이가 던져올린 돌멩이들이었다. 천안댁은 나를 보더니 눈물을 훔치고 말했다. 니가 여긴 왜 왔냐. 넌 잘못한 거 없다. 어서 집에 돌아가라. 나는 영득이가 보고 싶어서요, 하고 말했다. 천안댁은 나를 끌어 안고 더욱 큰 소리로 흐느꼈다. 넌 이런 거 몰라도 된다. 벌써 이런 일 알아서 어쩐다냐. 나는 고욤나무로 기어올랐다. 천안댁이 말했다. 올라가지 마. 위험하다, 아가. 나는 고욤나무 꼭대기까지 기어올랐다. 하늘이 훨씬 더 가까워진 것 같았다. 손을 뻗으면 별에 닿을 것 같았다. 거기 영득이가 가지 사이에 끼워둔 조약돌이 몇 개 있었다. 나는 조약돌을 꺼내 하늘 높이, 있는 힘을 다해 던져올렸다. 아, 그 순간 하늘에 새로운 별 하나가 반짝, 돋아나는 것을 나는 보았다. 나는 소리지르기 시작했다. 영득아, 영득아…… 으으아아아, 으아아아아아…… 영득이가 왜 그다지 소주를 퍼마셨는지 알 것 같았다. 목이 메고 갑갑했다. 천안댁이 밑에서 흐느꼈다. 나는 큰 소리로 노래를 불렀다. 날 저무는 하늘에 별이 삼형제 반짝반짝 정답게 지내이더니 웬일인지 별 하나 보이지 않고……

• • •
내 님의 당나귀

1

　순이는 근처의 공장으로 배달을 가는 길이었다. 갑자기 근처 대기업에 가스 공급이 끊기는 바람에 직원들의 밥과 반찬을 마련할 수 없게 된 공장이 튀김을 대량주문해왔고, 순이와 내가 밤을 꼬박 새워 만든 튀김을 트럭에 싣고 그녀가 운전을 하여 공장으로 출발한 것이 열한시 무렵이었다. 처음부터 무리한 주문이었다. 그러나 한꺼번에 한 달 수입에 가까운 목돈을 챙길 수 있다는 생각에 나도 순이도 덜컥 주문을 받아들였다.
　교차로에서 직진 신호를 받아 막 출발한 순이의 차를 왼쪽 고가도로를 치달려내려온 십오 톤 트럭이 들이받았다. 트럭에서 쏟아져나온 깨어진 콘크리트와 벽돌 부스러기, 나무토막과 못, 철근

조각 따위들이 무수히 순이의 일점오 톤 트럭에 박히고 꽂히고 뒤덮였다. 순이의 몸뚱이에는 유리 조각과 철근이 박히고 얼굴에는 아직도 따끈따끈 온기를 간직한 오징어튀김과 감자튀김이, 그리고 튀김기름이 묻은 몇 장의 지폐가 덮였다. 공장에 내밀면 곧 두툼한 지폐로 교환되기로 되어 있는 청구서는 어딘가로 하늘하늘 날아가 사라졌다.

무보험차량 대 무보험차량 사이의 사고. 새집으로 이사를 하고, 짐을 대부분 정리하고, 집들이 날짜를 언제로 잡을 것인지 궁리하던 무렵이었다. 집을 사는 바람에 돈이 궁하여 차 보험료 만기를 넘긴 지가 엿새였다.

병원으로 옮겨진 뒤에도 순이는 정신을 차리지 못했다. 철근을 뽑아내고, 꿰매고, 골절된 뼈를 꿰어맞추고, 철심을 박아넣고, 꿰매고, 수혈을 하고…… 모든 조처가 끝나고 이틀이 지나도 그녀는 의식을 회복하지 못했다. 나는 순이 옆을 떠날 수 없었다. 배가 고파 병원 밖으로 나와 국밥을 사먹다가도 돌연 순이가 깨어날지 모른다는 생각으로 부리나케 병실로 되돌아갔다.

의사는 말했다. 허리 아래 부분의 근육을 통제하는 요추 부분 신경계통의 부상이 가장 심각하다. 척추 계통이 많이 손상되었다. 회복불가능이라고 봐야 할 것 같다. 두뇌 부분에 대해서는 아직 좀더 두고 봐야 할 것 같다. 다만 철근이 동맥에 박히는 바람에 출혈이 심하여 일부 뇌 손상이 있었을 것으로 보인다.

나는 그의 말이 무슨 뜻인지 거의 알아들을 수 없었다. 척추를 다쳤다, 그리고 두뇌는 다쳤는지 아닌지 아직 모른다, 좀 다친 것 같다. 내가 이해한 것은 그 정도였다.

일 주일이 지났는데도 순이는 눈을 뜨지 못했다. 내가 부르면 느리게 한두 번 눈을 껌뻑일 뿐이었다. 듣기는 하는 것인지 그것도 안 되는 것인지 알 수가 없었다. 나는 순이 옆에 앉아 꼬박꼬박 밤을 새웠다. 형제도 친척도 하나 없는 처지, 나 대신 그녀를 지킬 사람이 없었고, 그러니까 가게는 당연히 문을 열 수가 없었다.

몇 번이나 엠알아이 촬영을 하고, 수십 장의 엑스레이 사진 앞에서 의사들은 회의를 하고 토론을 했다. 의사들은 뇌에서 출혈을 발견했다. 매출 전표라도 낭독하듯 건조하게 그들은 말했다. 그 출혈 때문에 일부 뇌세포에 산소공급이 이루어지지 않아 일부 기능이 정지된 것 같다. 한번 손상된 뇌세포는 재생되거나 회복되지 않는다. 그러나 한쪽 뇌의 기능이 이상에 빠지면 다른 쪽 뇌가 그 기능을 대신하기 위해 활발히 움직이기 시작한다는 것은 의학계에 잘 알려진 사실이다. 아직 포기할 단계는 아니다. 당분간 주의 깊게 환자의 예후를 살펴보는 수밖에 없다.

나는 순이가 되살아날 것이라고 믿었다. 활기에 넘치던 아내였다. 감기 한번 앓은 적이 없었다. 아니, 앓기는 해도 결코 눕지 않았다. 약을 지어 먹으면서도 집에서나 가게에서나 결코 일을 쉰 적이 없었다. 삶에 대한 의욕에서 그녀를 앞지를 사람은 많지 않았다. 이제 그녀는 일어날 것이다. 눈을 번쩍 뜨고 시장으로 달려 나가 반죽을 만들고 튀김을 만들 것이다. 누워 있는 것은 그녀의 생리에 맞지 않는 짓이었다. 그러니까 금방 일어날 것이다, 순이 는, 나의 순이는, 내 아내 순이는.

한 달이 지나도록 순이는 일어나지 않았다. 나는 절망감에 사로 잡혔다. 입원비는 엄청났다. 한 달 사이에 수천만원이 들었다. 새 로 이사한 집의 한 귀퉁이가 잘려나간 셈이었다. 다시 한 달만 지 나면 집을 팔건 가게를 팔건 결단을 내려야 할 것이다. 일이 년이 면 집도 가게도 다 사라지고 말 것이다. 어찌 할 것인가? 순이를 위해서라면 우리의 전 재산이나 다름없는 그 집을 팔아치운다 해 도 아까울 것은 없었다. 그러나 그렇게 하여 순이가 회복된다는 보장은 있는가?

나는 거의 매일 밤 순이의 침대 옆에 앉아 그녀의 손을 잡고 말 을 건넸다. 불을 어둡게 하여 침침한 병실, 희미하게 떠도는 알코 올 냄새, 의료장비들에서 나오는 규칙적인 전자음들, 사람 대신 산소공급기가 호흡하는 소리…… 그 가운데서 혼잣말을 계속하 는 기분이란 차라리 텅 빈 구덩이에 대고 말을 하는 것보다 더 허 망하고 절망스러웠다. 순이가 그 말들을 들었을까? 듣는 것 같지 않았다. 말을 할수록 갈 곳을 잃은 그 말들은 내 마음속으로 되돌 아와 거기 쓰레기처럼 쌓이고 쌓여 악취를 풍겼다.

할말이란 많지 않았다. 나는 어제 한 말을, 그제 한 얘기를 반복

해야 했다. 용인에 갔을 때, 물 뒤집어쓴 거 기억나? 그 코끼리가 갑자기 나한테 물을 쏘아댔잖아. 그때 내 기분이 어땠는지 알아? 저놈의 코끼리가 틀림없이 수놈이지, 그래서 순이 때문에 나한테 질투가 나서 그런 거지, 그런 생각이 들었어. 순이가 웃어대는 걸 보면서도 무진장 서운하더라구. 그날 동물원 앞에서 먹은 빈대떡은 최악이었어. 세상에, 그게 빈대떡이라니. 순이가 돈이 아깝다고 억지로 다 먹었지. 빈대떡이라는 게 옛날엔 푸짐한 맛에 먹은 건데 요새 빈대떡들은 코딱지만이나 해가지고, 그거 어디 먹을 맛이 나질 않아. 하기야 갈치나 굴비 눈곱만해진 거 보면 세상이 다 그 지경이 되어버린 거지만. 우리도 튀김 좀 작게 만들어 팔아야 하는 거 아닌가 몰라. 오징어 다리 하나로 세 개 네 개씩 만들고. 그래그래, 그래선 안 되지. 손님들이 제일 잘 아니까 금방 소문나서…… 그때

"금방 손님 끊어져요."

하고 말할 것은 분명히 순이었다. 나는 놀라 그녀를 쳐다보았다. 그녀가 눈을 뜨고 비스듬히 나를 바라보고 있었다. 나는 너무 기뻐 한 순간 아무 말도 할 수 없었다. 그녀의 얼굴에 미소가 떠올랐다. 괜찮아? 괜찮은 거야? 정신이 돌아온 거야? 잠깐만 기다려. 내가 간호사 데려올게. 나는 토막의자에서 일어났다. 그때 순이가 다시 나를 불렀다. 여보, 잠깐만. 나는 문으로 가려다가 엉거주춤 돌아서서 그녀를 쳐다보았다. 그녀는 작은 소리로, 그러나 또렷이 말했다.

"아버지…… 옷장 서랍……"

그것으로 끝이었다. 나는 얘기가 계속되기를 기다리는데 순이의 말은 거기서 그쳤다. 나는 그녀에게 다가갔다. 순이는 어느새 다시 눈을 감고 있었다. 그 희디흰 얼굴에서는 미소는커녕 가장 무의미한 표정 하나도 찾아볼 수 없었다.

"아버지라니? 그게 무슨 소리야?"

순이는 대답하지 않았다. 잠깐 의식을 되찾았다가 다시 까무룩 저 깊은 혼곤(昏困)의 어둠 속으로 돌아가버린 것일까. 한참 동안이나 그녀의 손을 흔들어보기도 하고 얼굴을 쓰다듬어보기도 했으나 그녀의 의식은 되돌아오지 않았다.

나는 부지런히 간호사에게 달려갔다. 순이가 의식을 되찾았다고, 말을 했다고 말하자 윤간호사는 믿지 않는 얼굴이었으나 곧 부지런히 나를 따라왔다. 순이는 여전한 눈을 감고 있었다. 윤간호사는 나를 돌아보며 물었다. 잠깐 졸았어요? 나는 그렇지 않다고, 순이가 분명 깨어나 말을 했다고 거듭 말했으나 간호사는 믿지 않았다.

하기야 순이가 아버지, 라고 말했다는 것을 믿기 힘든 것은 나 역시 마찬가지였다. 아버지라니? 무슨 아버지 말인가? 아내는 꿈이라도 꾼 것일까? 아니면 나 자신이? 그러나 나는 졸고 있지 않았다. 그녀에게 얘기를 하는 중이었다. 얘기를 하다가 나도 모르는 사이 깜빡 졸았던 것일까?

이튿날 나는 집으로 돌아가 안방의 옷장 서랍을 있는 대로 다 열어젖혔다. 혹시 순이가 아버지, 라고 한 말에 대해 단서라도 찾을 수 있을지 모른다는 생각에서였다. 몰래 감춰둔 사진이라거나 옛날의 호적등본 같은 것이 튀어나올지도 모른다. 그러나 그런 것은 나오지 않았다. 그러자 나 자신까지 순이가 간밤에 깨어나 그런 말을 했다는 것을 점점 믿기가 힘들어졌다. 내가 정말 본 것일까? 내 기대가 그런 환상을 만들어낸 것일까?

옷장 맨 아래 서랍을 닫으려는데 아무리 밀어넣어도 뭔가가 걸려서 닫히지를 않았다. 나는 서랍의 밑바닥을 훑어보았다. 뭔가가 붙어 있었다. 봉투, 누런 기름봉투가 접착테이프로 거기 붙여져 있었다. 나는 봉투를 뜯어내 열어보았다. 가슴이 두근거렸다. 그렇다. 순이가 나에게 말을 한 것은 확실하다. 어제 순이는 의식을 잠깐 회복했고, 나는 그것을 보았다.

봉투 안에서 나온 것은 얇은 공책, 초등학생들이나 쓸까, 싶은 낡고 얇은 공책이있다. 거기 깨알 같은 글씨로 기록되어 있는 것은 날짜와 숫자들이었다. 순이의 필체였다. 1983년부터 시작된 그 기록이 끝난 것은 바로 두 달 전이었다. 숫자들, 그것은 돈의 액수로 보였다. 1983. 11. 29. 50,000. 12. 30. 50,000. 1984. 1. 29. 60,000…… 그런 식이었다. 두 달 전의 기록은 이러했다. 1999. 6. 22. 500,000.

순이는 누군가와 그 긴 세월 동안 돈 거래를 하고 있었다. 그러나 나는 그게 누구인지도, 어떤 돈 거래인지도 알지 못했다. 아내에 대한 배신감으로 가슴이 서늘해졌다. 가게를 처음 열어 너무나 힘들어 사는 사람만 있다면 팔뚝이라도 떼어 팔아 돈을 마련하고 싶었던 때에도 그녀는 매달 십만원 가까운 돈을 누군가에게 송금하고 있었다. 집을 전세로 옮길 무렵, 길바닥에 떨어진 동전 하나가 기껍던 시절에도 그녀는 매달 누군가에게 어김없이, 정확한 날짜에 돈을 보내고 있었다. 그녀가 돈을 받은 것이 아니라는 점은 분명했다. 우리에게는 어디에서도 공돈이라고는 십원짜리 하나도 생기지 않았다. 십원짜리 하나가 집 안에 굴러다닌다 해도 그것은 순이와 내가 공장에서 받은 봉급이거나 튀김을 팔아 번 돈이었다.

누구에게 보낸 것일까? 아비일까? 그녀의 아비? 고아라고 그녀는 말했다. 도대체 무슨 아비란 말인가? 1983년부터라고 하면 그녀가 나를 만나기도 전이었다. 아마 그녀가 양말공장에 다니던 시절일 것이다.

공책을 뒤적이다가 나는 전화번호를 하나 발견했다. 낯선 번호였다. 지방 어디의 전화번호였다. 나는 전화기를 끌어당겨 그 번호를 돌렸다. 신호가 가고, 거칠고 무뚝뚝한 남자의 음성이 흘러나왔다. 그는 여보세요, 라고 하지 않았다. 누구여? 따지듯 그 목소리는 물었다. 그 목소리가 흘러나온 순간 왠지 가슴부터 철렁 내려앉았다. 나는 스스로를 진정시키려 애를 쓰면서, 죄송합니다, 하고 먼저 말한 다음, 혹시 김순이라고 아십니까, 하고 물었다. 그러자 그 남자는 대뜸 이렇게 말했다.

"김순이는 내 딸년인디, 당신은 누구여?"

딸년이라니. 나는 가슴이 두근거려 더이상 아무 말도 할 수 없었다. 순이의 아비, 아니, 나의 장인, 아니, 그 남자는 계속 떠들어 댔다.

"그년이 왜 벌써 두 달째 돈을 안 보내는 거여? 이 쳐 죽일 년이 왜 돈을 안 보내? 내가 올라가서 그년의 집구석에다가 불을 싸질러버릴 거여, 빨리 안 보내믄……"

몸이 부들부들 떨려오기 시작했다. 그의 음성을 어디선가 꼭 들어본 적이 있는 듯 여겨진다는 것도 무서웠다. 더이상 그의 말을 듣고 있을 수가 없어서 나는 전화를 끊어버렸다.

아무 생각도 할 수가 없었다. 아내에게 아비가 있었다, 아비가 있었다, 아비가 있었다……, 하는 생각만이 화재경보처럼 머릿속에서 왱왱거렸다.

2

나는 하수구 구멍을 쳐다보고 서 있었다. 시장을 거의 다 벗어난 골목 귀퉁이, 시장 안의 순댓집이나 포장마자 술집 같은 데서 나온 술꾼들이 오줌을 싸거나 구역질을 하기 위해 찾는 곳, 하수 냄새와 오물 냄새가 등천을 했다. 어째선지 나는 그 앞을 떠날 수 없었다. 공장에서 나와 저녁밥 대신 소주를 한잔 마시고 텅 빈 집으로 돌아가기 위해 시장을 나서다가 나는 그것을 보았다. 나 역시 두어 번 거기다 대고 시원하게 오줌을 갈긴 적이 있는 곳이었다. 신발가게와 철물점 사이, 그러나 양쪽 가게 모두 하수구를 피하기 위해 거리를 두고 차일을 치고 판매대를 설치하여 하수구 구멍은 제법 널찍한 공간을 차지한 셈이었다. 나는 하수구 구멍을 쳐다보며 한참 동안이나 멍청히 서 있었다.

하기야 갈 곳이 따로 있는 것도 아니었다. 집으로 돌아가봐야 나를 반길 사람은 없었다. 순이는 야간조였고, 그러니까 나는 혼자 자야 할 것이요, 그녀가 돌아오면 한두 시간 사이에 이번에는 내가 일어나 출근준비를 해야 할 것이다.

내가 아내를 처음 만난 것은 구로동 식기공장에 다닐 때였다. 순이는 포장부에서 일을 했다. 공장 회식이나 야유회 같은 데서 자주 눈이 마주쳤다. 우연히 영등포 시장에서 마주쳐 저녁을 같이 먹고, 닭발을 안주로 소주도 마시게 된 다음부터 몇 번 약속을 하고 만나 극장에도 가고 소풍도 다니고, 그러다가 여인숙에 가서 같이 잤다. 몇 달 뒤에 나는 그녀의 자취방으로 짐을 옮겼다. 그렇게 우리의 동거는, 사실상의 결혼생활은 시작되었다.

그녀는 나에게 고아라고 말했다. 아비 어미가 누구인지도 알지 못한다고 했다. 고아, 나 역시 고아나 다름없는 처지였다. 우리는 열심히 일하고 열심히 돈을 모았다. 그 무렵이 공장마다 한참 노동조합 만드는 싸움, 어용노조를 민주화시키는 싸움, 만들어낸 노동조합을 사용자 쪽의 탄압으로부터 지키는 싸움 같은 것들로 공단이 시끄러울 때였는데, 나나 순이는 그런 일은 돌아보지도 않았다. 돌아볼 수가 없을 만큼 우리 살기가 정신이 없었다.

아무리 가난뱅이들이라 해도 공장 동료들에게는 가족들이 있었다. 촌에 사는 식구들에게 돈을 부치기도 하고, 그들에게서 쌀이나 김치를 받아먹기도 했다. 명절이면 헐레벌떡 머나먼 길을 찾아갔다가 곶감이니 밤이니 된장이니 고추장이니 하는 것들을 바리바리 싸들고 돌아와 살림에 보태고 친구들과 나눠먹었다. 어려운 일이 있을 때면 죽네 사네 하고 다니다가도 언니나 형, 이모나 고모, 삼촌이나 사촌 따위에게서 도움을 받아 그럭저럭 견뎌냈다.

나와 순이에게는 그런 가족이란 없었다. 나에게는 두 팔이, 순이에게는 두 다리가 유일한 가족이자 친척이었다. 나도 순이도 기회가 생길 때마다 서로에게 그 점을 환기시키며 부지런히 일하고 악착스레 돈을 모았다.

아무리 일을 해도, 아무리 노동조합이 열심히 활동해도, 아무리 잔업을 하고 특근을 하고 철야를 해도 돈은 모아지지 않았고, 사는 것도 나아지지 않았다. 아득바득 살기 위해 발버둥칠수록 쌓이는 것은 피로와 가난, 좌절감과 증오였다.

하수 흐르는 소리가 돌연 콸콸거리더니 시큼한 악취가 폭발하듯 밀려나왔고, 나는 악취 속에서도 한참 동안이나 더 그 앞에 서 있다가 취기와 피로 때문에 느릿느릿 발걸음을 떼어 집을 향했다.

텅 빈 집에 돌아오자 나는 텔레비전부터 켜고 누워 뒹굴거렸다. 집, 이라고는 하지만 사실은 방 한 칸 부엌 한 칸에 지나지 않았다. 셋집 주인은 이층에 살았고, 아래층은 모두 출입문을 따로따로 쓰는 세 가구의 셋방살이들이었다. 텔레비전을 보는 동안에도, 이부자리를 펴고 잠자리에 누운 다음에도 눈앞에서 그 시커먼 하수구가 머릿속을 떠나지 않았다. 얼기설기 철망으로 막아놓은 시커먼 구멍, 주변의 깨어진 보도블록, 건물 측면에서 튀어나온 콘크리트 기반의 일부, 하수 쏟아지는 소리, 역겨운 냄새…… 그것은 음침하고 더러운 몰골로 자꾸 눈앞에 나타나 잠을 방해했다.

새벽에 순이가 돌아왔을 때 나는 눈을 뜨자마자 그녀에게 말했다.

"가게를 열어야 돼."

순이가 눈이 동그래져서 물었다. 가게라니? 무슨 소리야? 가게 얻을 돈이 어딨어? 나는 대답했다. 돈 필요 없어. 순이는 잠꼬대하는 거지, 하고 눈을 흘겼다. 나는 순이를 끌어안아 이부자리에 쓰러뜨리며 말했다. 자리는 벌써 봐뒀어.

하수구는 든든한 나무판자로 겹겹이 뚜껑을 해서 덮었다. 두 평 정도의 공간이었으나 보도 쪽으로 조금 넓히면 세 평 정도의 공간은 확보할 수 있을 것 같았다. 순이와 내가 궁리 끝에 튀김집을 차리기로 하고, 역시 궁리와 망설임과 싸움과 모색 끝에 둘 다 공장을 그만두고, 둘이서 받은 보잘것없는 퇴직금을 모으고, 그 동안의 예금을 모두 꺼내 가게 설비를 장만하고, 마침내 튀김집을 열었을 때 거리는 1987년 6월 항쟁의 고비에 접어들어 시위대와 최루탄 연기로 뒤덮여 있었다. 민주주의건 직선 쟁취건 남의 일이다, 하고 우리는 생각했다. 이제 공장까지 떠났으므로 더욱 그것은 남의 일이었다. 가게에 엎어져 튀김이나 열심히 부쳐내며 살면 될 것이다.

하수구 냄새? 나는 크게 걱정하지 않았다. 하수구 냄새가 더 지독한지, 돈냄새가 더 지독한지 한번 두고 보자, 하는 심산이었다.

3

간판도 없이 가겟세도 없이 시작한 장사였으나, 돈 들어가는 일은 적지 않았다. 먼저 시장 상인조합에서 찾아와 세를 요구했다. 하수구 위에 내가 만든 자리에 세라니? 그러나 나는 두말없이 세를 냈다. 그것으로 시장이 우리 튀김집을 공식적으로 하나의 가게로 인정한 셈이라는 것을 다행으로 생각했다. 파출소에서는 방범비를 요구했다. 두말없이 그것도 냈다. 이웃 가게에서 끌어다 쓰는 전기세와 물세, 시장 청소부들이 징수하는 청소비도 기꺼이 냈다.

공장 다닐 때보다는 훨씬 속이 편했다. 기계와 시계, 지시와 명령, 통제와 강제, 단순 반복 노동, 잔업과 야근 같은 것들로 시달

리던 우리 부부에게 아무런 간섭도 감시도 없는 튀김가게에서의
일은 거의 해방된 노동과도 같았다. 들이쉬고 내쉬는 숨의 맛이
다르고 일을 찾아나서는 발걸음 손놀림에서 신바람이 났다. 몇 번
이나 순이와 나는 서로 마주 보며 말했다. 그만두길 잘했어, 그놈
의 공장. 순이의 얼굴에서는 반짝반짝 윤이 났다.

　장사가 썩 잘된 것은 아니지만 걱정했던 것보다는 괜찮았다. 한
달이 지나 계산을 해보니 수입은 우리 두 사람이 공장 다니며 받
던 봉급 액수보다 이삼십만원쯤 적었다. 불평만 할 수는 없는 수
준이었다. 일단은 먹고살 수만 있으면 그만이라고 우리는 서로를
격려했다.

　두어 달이 지나도 수입은 더이상 오르지 않았다. 돈을 벌지는
못한다 해도 먹고살 수는 있어야 할 것 아닌가. 공장 다니며 두 사
람이 받던 봉급으로도 살림살이는 아슬아슬했다. 이제 튀김가게
에서 나오는 수입으로는 까딱 뭔 일이라도, 그러니까 회피할 수
없는 누군가의 결혼식이나 장례식 같은 사소한 일이라도 벌어진
다면 정말 끼니를 걱정해야 할 지경이었다.

　더 절약을 하기 위해 머리를 짜보았으나 더이상 줄일 수 있는 비
용은 없었다. 우리는 처음부터 인건비를 절약하기 위해 다른 사람
의 손은 일절 빌리지 않았다. 순이가 튀김을 부치고 내가 손님들에
게 물잔과 음식을 날랐다. 청소도 설거지도 내가 하고 순이가 했다.
가게에 나와 있을 때면 삼시 세때를 사먹어야 하는 경우가 많았는

데, 그 돈이 아까워 남은 튀김 몇 개씩 집어먹는 것으로 끼니를 때운 적도 적지 않았다. 더이상 무슨 비용을 줄일 수 있단 말인가.

값이 쌌으므로, 우리는 조금 상한 듯 보이는 달걀이나 고기, 유통기한이 지난 햄이나 소시지를 사들여 튀김을 만들어보았다. 손님들이 배탈이 나서 가게로 찾아와 항의하거나 당국에 고발하는 일이 벌어지면 어떻게 하나 걱정이 되었으나, 그런 일은 벌어지지 않았다. 그리하여 우리는 그 다음부터는 별로 망설이지 않고 그런 재료를 사들여 사용했다. 세상에는 별의별 장사가 다 있어 그런 물건들만을 전문적으로 취급하는 도매상들도 있었다.

그때부터 비로소 조금씩 수입이 오르기 시작했다. 그야말로 고양이 눈물만큼씩이었다고는 하지만 그 추세는 여러 달 계속되었고, 순이와 나는 비로소 차츰 마음을 놓을 수 있었다. 그때까지만해도 우리는 언제 손님이 급격히 떨어져버릴지, 수입이 곤두박질할지 모른다는 우려로 마음을 놓을 수 없었다. 순이와 나는 튀김을 찾는 손님들에게 값싼 튀김, 그러니까 깻잎이나 호박전 따위를 얹어주는 것으로 죄책감을 덜었다.

그것이 몇 달 뒤에는 우리 가게의 상호가 되었다. 나는 골목에서 주운 작은 판자쪽에 '하나 더 튀김집', 이라는 글자를 써서 가게 처마에 내걸었다. 차츰 장사에 이력이 붙고 요령이 생기면서는 밤이 깊어 가게를 닫을 시간이 되면 남은 튀김을 시장 아주머니들에게 나눠주기도 했다. 팔 수 없는 물건들을 처분하는 한편 인심도 얻을 수 있었고, 덕분에 단골도 여럿 확보할 수 있었다.

조금씩 예금을 시작할 수 있게 된 것은 꼬박 일 년 반이 지난 뒤, 그러니까 이듬해 겨울 무렵부터였다. 그로부터 다시 이 년 뒤에는 예금을 찾아 이십일 평짜리 연립주택으로 이사를 갔다. 물론 전세에 불과했으나 순이와 나는 비로소 아이를 가져도 무방하겠다는 꿈을 꾸었고, 다시 오 년이 지난 뒤에는 우리가 살던 바로 그 연립주택을 샀다. 공장을 계속해서 다녔더라면 꿈도 꿀 수 없는 발전이었다. 부자가 들으면 비웃겠지만, 우리는 이러다 정말 부자가 될 수도 있겠다는 생각까지 하며 즐거워했다.

낡은 연립주택 한 채에 불과했으나, 순이와 나에게는 그것은 이 놈의 세상에 우리가 내린 최초의 뿌리였다. 주택등기부 등본에 우리 이름이 기록되어 있었다. 안중호, 김순이. 어느 누구도 부정할 수 없는 나와 순이의 재산이 이 나라의 영토, 그중에서도 수도 한 귀퉁이에 서 있는 것이요, 그것을 나라가 수백 수천 가지 법률로 보증하고 있는 것이다.

그 무렵, 나도 순이도 우리 가게가 서 있는 자리가 어떤 곳인지는 까맣게 잊고 살았다. 기억할 필요가 없었다. 장사는 잘 되고 우리는 매일 밤 지폐를 세며 즐거웠으니까. 과연 돈냄새는 하수구 냄새보다 지독했다.

4

병원으로 돌아간 나는 순이의 옆에 앉아 그녀를 내려다보며 말했다. 당신 아버지하고 전화 통화했어. 의식을 잃은 사람이 들을 리 없었다. 그러나 순이는 의식을 잃은 것인가? 나에게 아버지라고, 옷장 서랍이라고, 말한 사람은 누구인가? 당신 아버지, 라고 말하는 것이 나는 죄스러웠다. 장인어른이라고 말해야 했다. 그러나 그런 말이 입에서 나오지 않았다. 그런 사람을 장인어른으로 모셔야 한다는 것을 나는 부정하고 싶었다.

순이는 죽을지도 모른다…… 아니, 그녀가 죽지 않는다 하더라도, 만일 그가 정말 순이의 아비라면 그에게 이런 사고가 벌어졌다는 것을 알려야 하는 것 아닐까. 그것은 나의 의무였다.

알려야 해? 나는 순이의 멍한 얼굴을 내려다보며 물었다. 순이는 대답하지 않았다. 그녀는 아비가 있다는 사실을 나에게 비밀에 부쳤다. 그 오랜 세월 동안 살을 비비고 살면서도 나에게 일언반구도 비치지 않았다. 거기에는 분명 이유가 있을 것이다. 무엇일까? 도대체 세상의 어떤 아비가 딸자식에 대해 그런 험한 말을, 더구나 낯선 사람에게, 마구 해댈 수 있는 것일까? 이십 년 가까이 규칙적으로 보낸 돈은 또 무엇일까?

순이에 대한 의구심과 배신감이 뱃속에서 부글거렸다. 당장 그녀를 두들겨깨워 따져묻고 싶었다. 너 아버지가 있었어? 왜 거짓말을 했어? 그 오랜 세월 동안 왜 속였어? 왜 아비에게 매달 꼬박꼬박 돈을 보내면서 나에게는 한마디 비치지도 않았어? 날 속인 이유가 뭐야, 도대체? 그럴 수 없다는 것이 너무나도 갑갑하고 화가 났다. 그녀는 나의 이런 의문에 대답하기 위해서라도 깨어나야 했다.

나는 그녀의 손을 붙잡고 간절히 말했다. 일어나. 일어나봐, 순이. 제발 좀 잠시라도 일어나봐.

순이가 대답하지 않았으므로 나 혼자서 결정을 내려야 했다. 순이 아비에게 사고 소식을 알릴 것인가, 말 것인가?

그날 이후 나는 순이 곁을 잠시도 떠나지 않으려 노력했다. 화장실을 갔다가도 황급히 돌아왔다. 밥을 먹으러 나가는 시간도 최대한 절약했다. 병원 바로 뒷문의 중국음식점에서 자장면을 일 분만에 먹어치우고 병실로 되돌아왔다. 내가 자리를 비운 사이에 순이가 지난번처럼 잠깐 정신을 되찾을지도 모른다는 생각 때문에 잠시 자리를 비우는 것마저 미루고 또 미뤘다.

이틀이 지나고 사흘이 지났으나 순이는 기척 하나 없이 드러누워 있었다. 그사이 나는 순이 아비에게 연락을 할 것인지 말 것인지를 생각하고 또 생각했으나 어떤 결정도 내릴 수가 없었다. 어떤 순간에는 당장 연락을 해야 할 것 같았다가도 다음 순간에는 그래서는 뭔가 내가 짐작도 할 수 없는 엄청난 재난이 벌어질 것 같아 두려웠다.

일 주일째 되는 날 밤, 중국음식점에서 황급히 짬뽕 국물을 들이마시고 뛰쳐나오다가 나는 아무것도 없는 길바닥에서 혼자 나자빠졌다. 두 다리가 꼬여 한쪽 발로 다른 쪽 종아리를 걸어차면서 그대로 앞으로 고꾸라졌던 것이다. 이마가 보도블록에 부딪는 소리가 장작 쪼개지는 소리 같았다. 눈앞이 캄캄하여 한동안 아무것도 보이지 않았으나 나는 정신을 잃지는 않았다. 오직 순이 곁으로 돌아가야 한다는 생각으로 벌떡 일어나 길을 건너 병원으로 들어섰다. 이마에 주먹만이나 한 혹이, 순식간에, 저 혼자 살아 있는 생물처럼 곤두섰다.

어쩌설까. 갑자기 눈물이 쏟아지기 시작했다. 내 꼴이, 그리고 순이의 꼴이, 우리 부부가 이놈의 세상에서 살아남기 위해 발버둥치며 살아온 세월들이 너무나 참혹했다. 지금 저기 의식도 없이 나무토막처럼 누워 있는 순이와 밥을 먹자마자 담배 한 개비 피울 생각도 못 하고 허겁지겁 그녀 곁으로 돌아가기 위해 서두르는 내 꼴이 슬프고 안타까웠다. 나는 병원 로비의 의지에 주저앉았다. 으으으, 으으으…… 끝없이 눈물이 쏟아지고 통곡이 밀려나왔다. 전등을 꺼 어둠침침한 로비에 내 울음소리가 음산하게 울려퍼졌다. 내가 순이와 함께 공들인 그 튀김집, 그리고 이제껏 악착같이 살아낸 그 세월들이 오직 무의미할 뿐이라는, 그렇게 포악을 부리며 살아서 우리가 이놈의 세상에서 건져낸 것이라고는 바로 지금 순이의 자리와 나의 자리, 이런 것에 불과하다는 사실이 도무지 감당할 수 없을 만큼 무거운 절망감으로, 내가 판자쪽으로 틀어막

은 저 하수구에서 콸콸거리며 흘러내리던 오물처럼, 더러운 냄새
와 함께 눈물이 되어 쏟아져내렸다.

입원한 환자를 위해 과일이나 옷가지 같은 것들을 싸들고 들어
오던 가족들이 승강기를 향해 걸어가다가 나를 흘끗거리고 간호
사들이 해해거리며 복도로 뛰어나왔다가 내 울음소리에 질려 웃
음을 그치고 유심히 나를 살펴보았다. 그런 것들을 의식하면서도
나는 울음을 그칠 수 없었다. 살아내기 위해 내가 짊어진 이놈의
세상의 무게를 감당할 자신이 어느새 사라져버렸다. 아무리 안간
힘을 다 써도 내가 이놈의 세상을 감당하기 힘들다는 사실을 도저
히 거역하거나 부정할 수 없을 것 같았다. 어디론가 도망이라도
가고 싶었다. 순이와 나의 이름이 새겨진 집도, 튀김집도 다 내던
지고, 다 잊어버리고, 내 등에 올라앉아 목을 조여대는 이놈의 세
상을, 더러운 옷을 벗어던지듯, 훨훨 벗어던지고 싶었다.

도대체 산다는 일이 무엇이란 말인가. 이놈의 데서 내가 얻은 어
떤 즐거움이 있단 말인가. 무엇 때문에 이다지 닦달당하며 살기 위
해 기를 쓸 것인가. 이놈의 데에서 얻을 것이란 아무것도 없다……
절망과 슬픔, 배신과 원한, 외로움, 고통…… 그런 것이 순서대로
기다리고 있을 뿐이다. 나는 기차를 타고 있는데, 기차가 아무리 가
고 가도, 몇십 년을 가도 내가 가고자 하는 역은 나서지 않았다. 그
렇다면 뭐 하러 계속해서 그 기차를 타고 있어야 하는가?

병원의 거대한 현관문이 벌컥 열리더니, 한 남자가 버럭버럭 고

함을 지르며 들어섰다. 뭐라고 하는 것인지 알 수는 없었으나, 무척이나 화가 난 것 같았다. 그는 상욕을 마구 지껄이며 유리문을 함부로 걷어찼다. 이 개 같은 것들아, 세상에 이런 법이 있냐? 사람이 죽네 사네 하는 판인데 의사니 간호사이니 느그들 하는 짓이라는 게 뭐여? 염병을 혀라, 이것들아. 느그들이 의사여? 간호사여? 벌레가 살어도 이리 안 살고, 귀신이 살어도 이리 안 산다. 원장 누구여? 원장 나오라고 혀, 이 씨부럴 것들아. 그는 대기실의 탁자 하나를 번쩍 집어들더니 출입문에다 집어던졌다. 두꺼운 유리문은 깨지지 않았으나, 탁자가 박살이 났다.

나는 놀라 멍하니 그를 쳐다보고 있었다. 대기실은 어두웠고, 그는 아직 나를 보지 못한 채 혼자 고함을 질러대고 있었다. 안 나와, 이 씨벌 것들아? 아무도 없냐, 이놈의 데는? 복도 저편에서 간호사들, 경비원들이 뛰쳐나왔다. 누구세요? 어떻게 오셨어요? 경비 한 사람이 물었다. 그 남자는 버럭버럭 고함을 질러댔다. 내가 느그들 다 도륙을 내불라고 왔다, 이 상년놈들아. 내가 여그다 확불을 싸질러불라고 왔어, 이 개 같은 것들아. 경비는 황급히 벽으로 다가가 불을 켰다. 현관과 로비, 대기실이 환해졌고, 그 남자의 모습이 드러났다. 반백이 다 된 머리는 산발을 하고, 시커먼 허드렛옷을 입고, 발에는 더러운 운동화를 꿰고, 얼굴은 시뻘겠으며, 당구공만이나 한 부리부리한 눈알에서는 불꽃이 뚝뚝 떨어지는 듯했다. 잘 봐주면 주정뱅이, 험하게 보면 도깨비의 형상이었다.

무슨 일인지 조용히 말씀하세요. 여긴 병원입니다. 경비 한 사람이 그를 막아서자 다른 두 경비가 재빨리 그의 두 팔을 붙잡았다. 그들은 출입문 쪽으로 그를 밀어가기 시작했다. 다 밀려나가는 듯싶던 어느 순간, 그가 두어 차례 몸을 뒤흔드는 것 같더니 세 경비원은 대기실 바닥에 멀찍이 나자빠졌다. 그 남자의 고함 소리만 대기실에 쩌렁쩌렁 울려퍼졌다. 에라 이 상년의 새끼들아. 구경하던 간호사들이 아아, 어어, 비명을 지르며 복도 쪽으로 달아났다.

이상한 일이었다. 나는 그 남자가 하는 짓을 보며 한편으로는 무서웠고 한편으로는 속이 시원했다. 내 마음속에 있는 무엇인가가, 나 자신 그것이 무엇인지 알지 못하지만 분명히 존재하는 무엇인가가 그를 응원하고 있었다. 나는 울고 있지 않았다. 슬픔도 어디로 사라졌는지 알 수 없었다. 나는 그저 그의 욕설과 행패를 활극처럼 구경하고 있었다.

쓰러졌던 경비들이 벌떡벌떡 다시 일어서고, 두어 사람의 경비가 더 쫓아나오고, 경비반장이 허둥지둥 달려나왔다. 나이가 들었지만 완강한 몸집의 경비반장이 느릿느릿 그 남자에게 다가서며 말했다. 진정하세요, 선생님. 그 남자의 대꾸는 이러했다. 나 느그들 선생 아니다, 이 씨벌 것들아. 내가 죽고 말지 느그 같은 것들 선생 하겠냐? 경비반장이 말했다. 그는 반장다웠다. 그 남자의 정면에 떡 버텨서서 그를 똑바로 쳐다보며 말했다. 여기 좀 앉으시죠. 차 한잔 하시겠습니까? 정중하고 당당한 어조였다. 그 남자는 반장을 물끄러미 쳐다보다가 말했다. 니가 좀 사람 같구나. 그려, 커피 한잔 맛있게 타 와봐라. 반장이 뒤에다 대고 소리쳤다. 여기 커피 한잔 타드려.

그들의 문답을 듣는 사이, 그 남자의 음성을 어디선가 들어본 적이 있다는 생각이 들었다. 어디서 들었던가? 오래지 않아 나는 그 음성을 기억해냈다. 그것은 순이 아비, 전화선을 통하여 흘러나오던 순이 아비의 음성이었다. 나는 부르르, 몸을 떨며 그 남자를 주시했다. 그러나 곧 그것만이 아니라는 것을 깨달았다. 그것은 단순히 순이 아비의 음성만이 아니었다. 그보다 훨씬 더 자주, 훨씬 더 가까이에서 들은 적이 있는 음성이었다. 어디서 들은 적이 있는 것일까?

반장은 그 남자를 소파로 안내했다. 무슨 일이신데요? 왜 이렇게 화가 나셨어요? 그러자 그 남자는 다시 고함을 질러대기 시작했다. 여그 내 딸년이 있어. 근데 이 새끼들이 내 딸년이 어딨는지, 뭣 때메 병원에 왔는지도 모르고, 이놈의 데에 날 들어오지도 못하게 혀. 내 딸년 내놔, 이 개 같은 것들아. 경비 한 사람이 종이컵에 담긴 커피를 탁자 위에 내려놓자 그 남자는 커피를 집어 허공에다 내던졌다. 커피 필요 없다, 이 연놈들아. 내 딸년 내놓으란 말여. 반장은 꿈쩍도 않고 그를 지켜보며 물었다. 따님 이름이 어찌 되는데요? 그 남자가 고함을 질렀다.

"김순이다, 이놈들아. 내 딸년이 김순이여."

김순이라는 이름이 내 머릿속에 들어와 박혔다. 김순이, 김순이, 김순이? 무섭고 창피하면서도 나는 그에게 가서 넙죽 엎드리며 내가 당신 사위라고 말하고 싶었다. 그러나 그럴 수가 없었다. 저 사람이, 저런 사람이 순이의 아비요 나의 장인이라니. 나는 그 사실을 부정하고 싶었다. 도대체 여기는 어떻게 알아낸 것일까? 그는 온몸을 고드름처럼 꼿꼿이 곤두세워 천장에 대고 소리쳤다. 그의 눈이 더 커져 얼굴에 눈하고 입밖에 없는 사람처럼 보였다. 어서 안 내놓냐, 이것들아?

그때 돌연 나는 기억해냈다. 도무지 알 수 없는 일이지만, 그것은 다름아닌 나, 나 자신의 음성이었다.

5

그 하수구 구멍을 멍청히 내려다보는 나에게 거기에 가게를 차리라고 알려준 것은 무엇이었을까. 거기 가게를 차리는 것은 나 같은 자의 머리로는 생각해낼 수 없는 일이었다. 무엇인가가 집요하게 나에게 가게를 차려야 한다고 권한 것이 분명하다. 정말 그날 무엇인가가 나에게 한 말을 고스란히 기억해낼 수 있을 것 같다. 가게 만들어. 순댓집이건 김밥집이건. 나는 듣지 않으려 했다. 말이 안 되는 소리였으니까. 하수구 구멍에 가게라니? 터무니없는 말이었다. 돌이켜보면, 그날 집으로 돌아와 순이를 기다리며 혼자 텔레비전을 쳐다보는 동안에도, 꾸벅꾸벅 졸 때에도, 자기 위해 이부자리를 펴는 동안에도 어떤 목소리가 끈질기게 나에게 말을 걸었던 것 같다. 돈 버는 수를 가르쳐줘도 싫다네, 이 한심한 자식이. 가게를 만들란 말이야. 그게 사는 길이야. 언제까지 사람 같지 않은 것들 눈치나 보고 공돌이 공순이 소리 들으면서 살 거 야? 노동조합? 개 같은 소리. 그게 정말 널 니 노동의 주인으로 만 들어줄 수 있을 것 같으냐? 이놈의 세상에서 할 일이 또하나 생기 는 거밖에 없어. 널 니 주인으로 만드는 건 돈밖에 없어, 돈. 돈 때 문에 니가 그놈들 눈치 보지 돈 아니면 뭣 때문에 그러고 사냐? 먹 는 장사를 하는 거야. 먹고 싸고, 그게 사람 사는 거잖아. 딱 좋은 데야, 그 하수구 자리. 시장 바깥, 시장 보는 게 좀 피곤한 일이야? 시장 보고 돌아가다 보면 당연히 아주머니들 허기지지. 들어와서 먹게 되어 있어. 거기가 돈 버는 게 딱 어울리는 자리라니까. 하수 구에 물 쏟아지듯 돈이 쏟아질 거다. 자는 동안에도 그 목소리는 그치지 않았다.

자면서 나는 몽롱히 생각했다. 가게, 가게를 해야 할까? 가게라 면 무슨 가게? 김밥가게? 순댓집? 튀김집?

나중에 유통기한이 지난 재료들로 튀김을 만들기 시작했을 때 였다. 한 노파가 예닐곱쯤 된 여자아이를 데리고 들어왔다. 아이 의 얼굴은 창백한 것이 병색이 완연했다. 노파는 말했다. 여기서 튀김 먹고 아이가 배탈이 났다. 순이는 화들짝 놀라 반죽을 하던 손을 멈췄다. 거의 울상이 되어 있었다. 나도 가슴이 철렁 내려앉았으나 곧 마음을 독하게 먹기로 작정했다. 한창 맛있게 튀김을 먹고 있는 손님들이 그 소리를 들을지도 모른다는 생각이 들자 무서웠다. 그것만은 막아내야 했다. 이제 비로소 장사가 조금 자리를 잡아가는데 그런 일이 벌어지게 할 수는 없었다. 그것을 막기 위해 내가 할 수 있는 일은 그 노파를 가게 밖으로 밀어내는 것뿐이었다. 저리 비켜요, 할머니. 가게에서 한참 떨어진 곳까지 노파를 끌고 온 다음 나는 만원짜리 하나를 꺼내주고 눈을 부라리며 윽박질렀다. 우리 튀김 먹고 그렇게 됐다는 거 증명할 수 있어? 개수작 다 듣겠네. 아픈 아이 이런 데 끌고 다니지 말고 약이나 사먹여. 다시 또 오면 그땐 정말 국물도 없어, 씨발.

일부러 험악하게 지껄이면서 나는 그것이 내 음성 같지 않다는 생각을 뿌리칠 수 없었다. 내가 이런 험악한 소리를 내뱉고 있다는 것이 믿어지지 않았다. 그러면서도 나는 내뱉고 있었다. 어서 꺼져, 이 할망구야.

무엇이었을까, 나에게 그런 말들을 알려준 것은? 하수구 구멍에 귀신이라도 살고 있어 그 귀신에 들린 것일까?

그 비슷한 일은 얼마 뒤에 또 벌어졌다. 이번에는 노파가 아니라 새파란 아주머니였다. 가게로 들어서는 여자의 얼굴이 두드러기로 가득했다. 가게가 손님들로 붐비는 시간이었다. 여기서 먹은 튀김 때문에, 하고 말을 꺼내는 그 여자의 말을 다 들을 필요도 없었다. 나는 그녀의 어깨를 움켜쥐고 고함을 질렀다. 이 여자 또 왔네, 이거. 그 여자가 당황하여 잠깐 말문을 닫은 사이에 나는 여자를 떠밀고 가게를 나왔다. 가게가 있는 골목을 벗어나자 나는 더 이상 소리를 지를 필요가 없었다. 나는 연립주택과 연립주택 사이 비좁은 틈새에 그녀를 쑤셔넣고 그 앞에 버텨서서 내가 만들 수 있는 최악의 험악한 얼굴로 그녀를 쏘아보았다. 증거 있어, 내 집에서 먹은 튀김 때문에 그렇게 되었다는? 어디 와서 행패야, 행패가? 그것은 평소의 내 음성이 아니었다. 이런 억세고 강퍅한 목소리가 내 것일 리 없었다. 그 음성은 그러나 내 목구멍에서 나오고 있었다. 남의 장사 방해하면 어떻게 되는지 알아? 우리 집 오늘 매상 변상할 거야? 얼만지나 알아? 당신 같은 사람은 꿈도 못 꿀 돈이야. 그 여자는 기가 질려 아무 말도 못 하고 서 있었다. 나는 돈 만원도 안 줘노 뇌셌나 싶어서 돌아서서 휘적휘적 기게를 향했다.

뒤에서 누가 불러 돌아보니 그 여자였다. 그녀의 얼굴이 가관이었다. 두드러기 때문에 함부로 빚은 송편처럼 울퉁불퉁 뒤죽박죽 눈이 제대로 보이지 않았다. 군데군데 진물까지 흘러내리고 있었다. 불쌍하다는 생각이 잠깐 들었으나 그 여자가 아직 겁에 질린 음성으로 내가 어제 먹은 게 그것뿐인데……, 하는 말을 들은 순간 그런 생각은 다 사라져버렸다. 오직 빨리 쫓아버려야 내가 살 수 있다는 생각뿐이었다. 나는 무섭고 겁이 나고 불안했다. 지금

죽느냐 사느냐 하는 지경에 빠진 것은 그 여자가 아니라 나였다. 그 여자는 그저 약만 좀 먹으면 나을 것이다. 나? 만일 이 사실이 들통이 나면 가게는 망할 것이다. 순이와 나는 공장 다니던 시절보다 더 형편없는 지경으로, 어쩌면 지금 내 앞에 서 있는 이 여자보다 훨씬 더 한심한 꼴로 밀려날 것이다. 나는 한 발 그녀에게 다가서며 고함을 질렀다. 당신이 어제 먹은 게 그것뿐이라는 거 증명할 수 있냐고. 그녀가 그 자리에 갑자기 털썩 주저앉았다. 더 험악하게 굴어야 한다고, 무엇인가가 나를 충동질했다. 나는 주저앉은 그녀의 코앞까지 다가가 발을 들어 그녀의 얼굴을 짓밟을 듯 위협했다. 다시 따라오기만 하면 그 쌍통이랑 두드러기랑 한꺼번에 구둣발로 문질러버린다, 망할 놈의 여편네. 여자가 으으, 신음 소리를 내며 고개를 땅바닥에 묻었다.

그때 누군가가 여보, 하고 부르는 소리가 들렸다. 나는 고개를 돌렸다가 거기 겁에 질린 얼굴로 나를 바라보고 있는 순이를 발견했다.

"당신이야? 당신 맞아?"
하고 그녀는 물었다. 내가 아니라면 누구란 말인가? 그러나 그렇게 대꾸하려는 순간 나는 나 자신에게도 내가 낯설다는 것을 발견했다. 내가 한 짓은, 그런 짓을 한 나는 내가 아닌 것 같았다.

순이는 한참 동안이나 나를 멀찍이 떼어놓고 싶은 것 같은 눈으로 쳐다보고 있다가 다가와 쓰러진 여자를 일으켜세워 골목 밖으로 데리고 나갔다. 터덜터덜 가게로 돌아오며 나는 생각했다. 나는 누구인가? 나는 도대체 누구인가?

6

병실에 들어서서 순이를 발견하자마자 순이 아비는 울기 시작했다. 아이고 이년아, 이렇게 자빠져 있으면 어떻게 하냐? 이게 뭔 꼴이냐, 이년아. 이 꼴 될라고 서울로 도망쳤냐, 이년아, 이 못난 년아…… 내 목에서도 못다 운 울음이 밀려나왔다. 순이 아비와 나는 난생처음 만난 사이라는 것도 잊은 채 붙들고 서서 한참 동안이나 서로의 눈물로 서로의 얼굴과 목을 적셨다.

바로 그날부터 그는 헌신적으로 순이를 보살폈다. 순이의 용변을 받아내는 일부터 그녀의 얼굴과 몸을 씻기는 일, 변기를 씻어내는 일, 한두 시간에 한 번씩 돌아눕히고 팔다리를 주무르고 온몸을 쓸어주고 이런저런 얘기를 끝없이 들려주고 하는 일들이 모두 그의 일이 되었다. 그는 말했다. 저리 비켜, 안서방. 인자 내가 다 할 거여.

그것만이 아니었다. 그가 나타난 지 일 주일쯤 뒤의 일이었다. 아침에 병원에 간 나는 순이가 병실에서 사라진 것을 발견했다. 가슴이 내려앉았다. 아내가 죽은 것일까? 상태가 악화된 것일까?

눈물을 참으며 헐레벌떡 복도로 뛰쳐나간 나는 처음 마주친 간호사에게 물었다. 순이, 순이, 어디 갔어요? 윤간호사는 눈을 하얗게 뜨고 나를 위아래로 훑어보더니 육인용 병실로 옮긴 걸 모르느냐고 힐문했다. 그것은 반가운 소식이었다. 그러나 어떻게? 입원비가 너무 부담스러워서 내가 육인실로 옮겨달라고 아무리 애걸을 해도 병원에서는 들은 척도 한 적이 없었다. 나는 윤간호사에게 말했다. 고맙습니다, 정말 고맙습니다. 윤간호사는 고개를 외로 틀며, 입에 발린 소리 말아요, 하더니 다른 병실로 들어가버렸다.

육인용 병실, 순이의 침대 옆에 순이 아비가 앉아 있었다. 어떻게 육인실로 옮기게 됐느냐고 묻자 그는 이렇게 대답했다.

"내가 저엄잖게 꾸중을 한마디 혔지. 그랬더니 뭐 그 당장 옮겨주더만."

일 주일 뒤에는 나는 다시 가게를 열고 장사를 시작할 수 있었다. 그것 역시 순이 아비 덕분이었다.

"아픈 식구 있을수록에 돈 드는디 돈 안 벌고 어떻게 그 비싼 입원비에 약값에 감당할 거여? 내 딸년 내가 알아서 돌볼 것잉게 안 서방은 가서 장사하고 돈 벌어."

가게를 다시 열고 사흘이 채 지나지 않아 그는 나에게 물었다.

"안서방, 왜 나한테 돈 안 주는 거여?"

나는 그가 용돈을 달라는 것인 줄 알았다. 그러나 그것이 아니었다.

"두 달치가 밀렸어. 장인 사위 사이라 혀도 돈 계산은 정확해야지."

두 달치, 그러니까 순이가 송금하던 돈을 말하는 것이었다. 나는 도대체 무엇 때문에 순이가 고아를 자처하면서도 이십 년 가까이 매달 꼬박꼬박 그에게 적지 않은 돈을 송금해야 했는지 그 이유를 알고 싶었으나 차마 물을 수가 없었다. 나는 그 다음날로 그에게 돈을 건넸다.

어쩌면 그에게 돈을 건넨 그날부터였다. 바보짓을 한 것은 아닌가, 하는 생각을 뿌리칠 수 없었다. 나는 아직 그가 정말 순이의 아비인지 아닌지 확실히 알지 못했다. 그가 순이를 딸이라 부르는 것은 보았으나, 순이가 그를 아비라 부르는 것은 본 적이 없었다. 그는 정말 순이의 아비인가? 나의 장인인가? 그를 장인어른이라고 부르면서도 의구심은 끈질긴 체증처럼 뱃속에 묵직하게 자리 잡은 채 사라지려 하지 않았다.

나중에 윤간호사로부터 그가 순이를 육인용 병실로 옮기기 위해 한 점잖은 소리라는 것이 무엇인지를 알게 되었을 때 나는 기가 질렸다.

순이 아비는 원무과장이 출근하기를 기다리고 있다가 그가 사무실로 들어가자마자 그 뒤를 쫓아들어갔다. 그의 손에는 시너 한 병, 휘발유 한 병이 각기 들려 있었다. 육인실로 옮겨주지 않는 이유를 묻는 그에게 원무과장이 의례적인 대답을 한마디 꺼내자마자 그는 시너병 뚜껑을 열어 책상, 책꽂이, 바닥, 창문, 벽에 대고 뿌리기 시작했다. 서두르지도 않았다. 느릿느릿, 소풍 나가서 밥 숟가락 떠서 고수레 하는 사람처럼 여유만만했다. 기겁을 하는 원무과장을 가만있어 이 씨불놈아, 한마디로 제압해버리고, 그는 휘발유병 뚜껑을 열어 또 한참을 뿌렸다. 담배를 입에 물고 일회용 라이터를 꺼내 불을 붙이려다 말고, 그것을 본 원무과장이 부들부들 떠는 꼴을 잠시 멀찍이 건너다보다가 순이 아비는 말했다.

"선생, 근디 나는 꼭 우리 딸년을 육인실로 옮겨야 쓰겄습니다. 점잖은 선생님이신디 나도 화는 못 내겄고, 이렇게뿐이 말씀을 못 드리겄소. 제발 부탁 좀 헙시다."

원무과장은 두말없이 전화를 들어 김순이 환자를 육인실로 옮기라고 지시했다.

그날 이후 순이 아비는 병원에서 모르는 사람이 없는 존재가 되었다. 의사도 간호사도 심지어는 환자들이나 그 가족들도 그와 마주 서기를 기피했다. 무서워서가 아니라 더러워서 피한다는 태도가 역력했다. 더불어 나까지 그와 비슷한 사람으로 치부되었다. 나는 그런 정황이 불편했으나 순이 아비는 아랑곳하지 않았다. 병실 간이의자에 쪼그리고 마주 앉아 시장에서 사온 도시락으로 끼니를 때울 때면 그는 지나다니는 간호사들을 위아래로 훑어보며 그 하나하나에 대해 노골적인 촌평을 주저하지 않았다. 저 가시나는 허리가 길쭉혀서 맛대가리 없을 것이다. 계집 허리라는 게 짤막하고 간당간당혀야 맛이 있는 법인디. 저년은 그럭저럭 아쉬운 대로 쓸 만은 허겄다만…… 어이없는 일이었다. 의식을 잃었다고는 해도 딸자식 코앞이 아닌가. 그러나 그는 오직 태연할 뿐이었다.

어느 날 병원에 올라간 나는 승강기 문이 열리자마자 순이 아비가 울긋불긋한 낯으로 복도를 위아래로 오르내리며 고함을 질러대는 것을 목격했다. 나는 얼른 승강기 문이 닫혀버렸으면, 하는 심정이 되었다. 그러나 그는 나를 발견하자 소리를 질러댔다.

"저놈들이 순이를 조각내 팔아묵을라 헌다. 니 마누라를 염통 따로 콩팥 따로 눈알 따로 다 팔아묵을라고 하는디 넌 뭐 하고 댕기는 거냐, 이놈아?"

의사가 찾아와 장기기증서에 서명을 해달라고 부탁을 했다는 것이었다. 그렇다면 더이상 희망은 없는 것일까. 나는 윤간호사를 찾아갔다. 그녀는 진실인지 아닌지 종잡기 힘든 전문가 특유의 어조로 말했다. 지금 당장 김순이 환자에게 무슨 일이 생긴다는 뜻은 절대로 아니다. 다만 만일의 경우를 생각하여 장기기증서에 서명할 생각이 있는지 순이 아비의 의사를 타진해본 것뿐인데 저 행패다.

이튿날 시장으로 찾아온 낯선 거간꾼은 훨씬 더 노골적이었다. 자신을 서비스업에 종사하는 사람일 뿐, 의사도 장기이식을 기다리는 환자의 가족도 아니라고 소개한 그는 순이의 입원비 전액을 내주겠다고 제안했다. 장기기증서하고 입원비 전액 납부 영수증하고 맞바꾸는 거지요. 그가 내놓은 명함에는 이렇게 씌어 있었다. 의료 컨설턴트 이해준.

"장기기증서에 서명만 하시면 됩니다. 그 다음은 나하고 의사들하고 다 알아서 할 겁니다."

그러니까 그는 나에게 아내를 팔아먹으라고 말하고 있었다. 나는 그를 가게에서 밀어냈다. 그는 밀려나가면서도 끈질기게 얘기를 계속했다.

"그런 환자 많이 봤어요. 회복되지 않아요. 천에 하나 회복된다 해도 여기저기 고장이 나서 여자 구실은커녕 평생 가족의 짐이 될 뿐이죠."

나는 그를 쫓아냈다. 그러나 그가 한 말은 쫓아낼 수 없었다. 시간이 흐를수록 그가 한 말은 더욱 요란해졌다. 그의 말은 다른 모든 말들을 사로잡아 먹어치웠다. 오래지 않아 내 머릿속에서 다른 말들은 다 사라져버리고 그의 말만이 남았다. 집을 팔지 않아도 될지 모른다는 생각이 들면서부터는 나는 순이의 얼굴도 순이 아비의 얼굴도 똑바로 쳐다볼 수가 없었다. 부끄럽고 무서웠다. 밥을 먹어도 일을 해도 텔레비전을 봐도 잠을 자도 의료 컨설턴트 이해준의 말은 머릿속에서 진공청소기의 소음처럼 왱왱거렸다.

단골이 되어버린 병원 앞의 국밥집에서 같이 밥을 먹다가 순이 아비는 나에게 불쑥 뭔가를 꺼내놓았다. 명함, 이해준의 명함이었다. 여기 전화 한번 해봐라, 안서방. 나는 그에게 물었다. 이거 어디서 났어요?

"그날 의사가 주더라."

나는 의자를 박차고 뛰쳐나왔다. 순이 아비는 태연히 국밥을 떠 입으로 가져갈 뿐이었다. 나는 순이 곁으로 돌아갔다. 순이 아비가 벌써 이해준으로부터 돈을 받은 것은 아닐까. 그는 충분히 그럴 수 있는 자였다. 불쑥 의구심과 함께 틀림없이 그랬을 것이라는 생각이 들었다. 그는 벌써 서명을 했을지도 모른다. 친권자, 아버지로서. 그러나 그는 정말 순이의 아비인가?

장기기증이라는 게 좋은 거라더라, 하고 그는 말했다. 나는 우리가 하려는 것은 기증이 아니라 거래라는 것을 알고 있었다. 그역시 알고 있었다. 그가 손가락 끝으로 한 번 살짝 밀기만 해도 나는 기꺼이 쓰러지고 말 것이다. 나는 그가 나를 밀어주기를 바랐고, 밀지 말기를 바랐다. 그가 순이의 아비이기를 바랐고 순이의 아비가 아니기를 바랐다. 나는 그 지경으로 전락하고 있었고, 어쩌면 서서히 미쳐가고 있었다.

그가 나 몰래 순이를 의사들에게 넘겨버릴지도 모른다는 생각때문에 나는 가게에서도 집에서도 늘 불안하고 초조했다. 나는 될수 있는 대로 병원에서 버텼다. 가게를 여는 날도 들쭉날쭉이었다. 장사는 이미 뒷전이었다.

시장에서도 나는 곤경에 빠져들고 있었다. 구청에서 대출해준자금으로 시장을 현대화하는 계획이 시작되자 시장 상인조합은우리 가게를 철저히 외면했다. 현대화 공사가 끝난 뒤에 가게를 한 칸 받기 위해서는 시장조합의 회원이 되어야 했다. 이웃 가게의 주인들은 조합 총회니 설명회니 하는 데에 들락거리고 있었는데, 아무리 기다려도 나에게는 회원 총회에 나오라는 연락이 없었다. 조합 사무실로 찾아간 나에게 사무장이라는 자는 이렇게 말했다. 거기가 가게는 무슨 가겝니까. 그때 비로소 알게 된 사실이지만, 시장의 모든 가게에는 '가―1호'로부터 '하―67'호까지 고유번호가 붙어 있었다. 내 가게에는 그것이 없었다. 나는 가겟세 받아먹을 때는 언제고 이제 와서 오리발이냐고 따졌다. 사무장은 시큰둥하게 중얼거렸다. 하수구 구멍에서 그만큼 벌어먹었으면 됐지 더이상 뭘 바라는 거야?

시장이 현대화되면서 내 가게는 사라질 운명이었다. 시장의 단골 아주머니들에게 상의해봐도 그 문제에 대해서는 그들은 입을 다물었다. 어쩌면 그들 역시 하수구 구멍에서 그만큼 벌어먹었으면 됐다고 생각하는 것일까.

순이 아비에게 그 이야기를 하면서도 나는 기대 같은 것은 별로 하지 않았다. 순이를 이인실에서 육인실로 옮기는 것과는 차원이 다른 문제였으니까. 순이 아비는 내 이야기를 듣고 나서 대뜸 말했다. 안서방, 사람이 그렇게 융통성이 없어서 어떻게 이놈의 세상 살아가겠는가? 그것이 뭐가 어려운 일이라고. 사람 꼴이 그게 뭐여? 이마빡에 내천자 하고는. 내일 돈 백만원만 챙겨갖고 와. 내가 알아서 혀줄 텡게.

며칠 뒤 나는 '마─97'이라는 가게 번호를 받을 수 있었다. 순이 아비는 말했다.

"강짜로 할 일이 있고 돈으로 할 일이 있는 법이네. 이런 일은 돈으로 하믄 되는 일이여. 장사꾼들이라는 게 뭐 하는 것들이여? 십원 이문이 남아도 하고 백원 이문이 남아도 하는 것이 장사여. 그런 것들이 현찰 백만원을 거절할 수 있을 것 같은가? 그나저나 안서방이 오늘 나한테 술 한잔 사야 쓰겄는디."

나는 그와 함께 병원 앞의 가요주점으로 갔다. 그는 술에 취하자 마이크를 붙들고 반주도 나오지 않는 노래를 계속 불러댔다. 당나귀 내력을 너 들어봐라 당나귀 내력을 너 들어봐 당나라 나귀가 당나귀냐 망아지가 뿔 나면 당나귀냐 내 님이 가는 길에 당나귀 내 님이 오는 길에도 당나귀…… 한번 들어본 적도 없는 노래였는데, 때로는 슬프게 때로는 흥겹게 그가 끝없이 노래를 부르는 동안 나는 어느새 그 노래를 따라 부르고 있었다. 당나귀 내력을 너 들어봐라 우리 순이 가는 길에 당나귀 우리 순이 오는 길에도 당나귀…… 내가 눈물을 흘리자 그는 말했다. 울지 마라, 안서방. 계집이 세상에 하나둘이냐. 내가 항의했다. 그런 말씀 좀 말아요. 그는 야비한 낯이 되어 비웃듯 물끄러미 나를 내려다보고 있다가 내뱉었다. 난 순이 아비 아니다.

그날 새벽 무렵, 내가 갈증 때문에 잠에서 깨어난 곳은 병원 복도였다. 나는 간이의자를 몇 개 붙여놓고 거기 옹색하게 누워 있었다. 몇시쯤이나 된 것일까. 복도는 텅 비어 있었다. 나는 아직 취기로 먹먹하여 금방 어깨에서 굴러떨어질 것처럼 느껴지는 머리를 겨우 지탱하고 조심조심 병실 문을 열었다. 순이의 몸 위에서 벌거벗은 순이 아비가 꾸물꾸물 몸뚱이를 움직이고 있었다. 나는 한동안 멍하니 그것을 쳐다보았다. 이것이 무슨 일인가? 눈앞에서 벌어지는 일이었으나 나는 이해할 수도 없었고 믿을 수도 없었다. 입이 떨어지지도 않았다. 그것이 정말 여기에서 벌어지고 있는 일인지 아닌지 알 수가 없었다. 저 이상한 일이 벌어지고 있는 순이의 침대로부터 시작하여 온 세상이 밀가루 반죽처럼 일그러지고 뒤틀리고 이리 접히고 저리 접히고 뭉개어지는 것만 같았다. 내가 그를 불렀던가? 장인어른. 그가 나를 돌아보았던가? 나니 장인 아니다, 이 멍청한 놈아.

이튿날 내가 잠에서 깨어난 곳은 집이었다. 순이의 몸 위에서 꾸물거리던 벌거벗은 순이 아비의 넓적한 엉덩이가 생각났다. 그것을 꿈에서 본 것인지 병원에서 본 것인지 도무지 종잡을 수가 없었다. 부지런히 가게로 나가 튀김을 만들고 장사를 하고 지폐를 세고 김치뚝배기로 요기를 하고 저녁 장사가 끝나자마자 가게문을 닫아걸고 나는 병원으로 달려갔다. 그것이 꿈속의 일인지 아닌지 확인해야 한다는 생각에 나는 초조했다.

순이는 여전히 눈을 감은 채 기계의 호흡으로 목숨을 부지하고 있었고, 순이 아비는 그 앞에 우두커니 앉아 있었다. 내가 초밥 도시락을 내미는데도 그는 도시락을 받지 않았다. 평소에는 고맙다는 말 한마디 없이 덥석 받아 한입에 쓸어넣던 사람이었다. 그는 멍하니 순이를 내려다보며 밑도끝도없이 얘기를 꺼냈다. 저그, 내가 당나귀를 봤는디, 안서방도 본 적 있는가? 당나귀라니? 그는 내 대답을 기다리지 않았다.

"장꾼들이 당나귀에다 짐을 잔뜩 싣고 강으로 몰고 들어가는 걸 봤는디…… 한 너댓 마리 되었을 거여. 장꾼도 대여섯 명 있었을 거고. 장마로 물이 불어서 물살이 굉장히 급했어. 강 한가운데를 지나는디 갑자기 당나귀 한 마리가 비틀거리더니 물 속으로 잠겨버리는 거여. 나머지 당나귀들도 뭣에 놀랐는지 허둥거리면서 물살에 휩쓸려 버둥거리고…… 장꾼들도 한두 사람 물에 휩쓸려내려갔을 거여. 근디…… 갑자기 당나귀 한 마리가 물을 차고 날아오르더라고. 어어, 하고 놀라 쳐다보는디, 또 한 마리가…… 그 작달막한 다리로 허공을 차고 날기 시작하더라니께. 아니, 그게 나는 게 아니라…… 아 그놈들이 물을 차고 꼭 땅 위를 가는 듯이 공중에서 네 다리를 움직이기 시작하는 거여. 내가 어릴 때 본 일이여. 그때 처음 알았당게. 아, 허공을 댕기는 당나귀라는 것이 있구나……"

허공을 다니는 당나귀라니? 이 무슨 터무니없는 소리인가?

"그런 당나귀를 찾을라고 내가 세상천지를 다 댕겨봤는디…… 못 찾겄어. 어딘가 틀림없이 있기는 있을 것인디……"

그는 내 얼굴을, 순이의 얼굴을, 그리고 허공을 오랫동안 쳐다보았다.

"순이란 년도 어릴 때는 내 말을 믿드니 조금 크고 나니게 안 믿
드만. 날더러 미쳤다고 하드라고."

그는 순이의 얼굴을 거듭 쓰다듬었다.

"그놈을 한 번만 다시 보믄 여한이 없을 것인디…… 이년 죽기
전에 그걸 찾아 보여줘야 하는디…… 그래야 애비가 미친 게 아니
라는 걸 알게 될 것인디……"

그의 어조가 너무나 침통스러웠으므로 나는 함부로 대꾸를 할
수가 없었다. 그의 얼굴은 슬픔과 그리움과 아쉬움으로 아득했다.
그가 그런 얼굴이 될 수 있다는 것이 신기했다. 그는 단순히 허공
으로 다니는 당나귀를 구경한 것이 아닌지도 모른다. 어쩌면 그
자신이 그런 당나귀를 몰고 다니던 짐꾼이나 장꾼이었는지 모른
다…… 그의 얘기가 끝난 것 같아서 나는 다시 도시락을 내밀었
다. 진지 드세요. 그는 도시락을 받지 않았다.

"다 쓸데없는 짓이여."

하더니 벌떡 일어나 순이의 코에서 산소대롱을, 팔에서 링거 바늘
을, 머리와 목과 가슴에서 전극판을 함부로 떼어내기 시작했다.
나는 놀라 그를 제지했으나 그는 나를 떠다밀었다. 다 쓸데없는
짓이라고, 이놈아. 순식간에 순이의 몸에 연결되어 있던 모든 생
명유지장치들이 제거되었다. 간호사가 달려오고 당직의사가 뛰어
왔다. 그들이 다시 생명유지장치를 연결하려 했으나 순이 아비는

쓸데없는 짓 말란 말여, 하고 고함을 지르며 그들을 마구 떠다밀고 벽에서 의료장치들을 떼어 내던졌다. 이 장사꾼의 종자들아, 고만 혀 처묵어라. 좀 내비두란 말여.

이상한 일이었다. 나는 더이상 그를 막지 않았다. 그를 막아야 한다고 생각은 하면서도, 몸이 움직이지 않았다. 그가 하는 짓이 슬펐지만 또한 후련했다.

7

입원비를 지불하고 장례를 치르기 위해서는 집을 파는 수밖에 없었다. 순이와 내가 이 지상의 한 귀퉁이에 아슬아슬하게 내렸던 뿌리는 여섯 달 남짓 만에 사라졌다.

이삿짐을 꾸리다가 나는 작은 양철상자 하나를 발견했다. 어린 시절, 고아원을 전전하며 안고 다니던 상자였다. 그 안에는 초등학교 시절의 성적표 한두 장과 몽당연필, 고아원에서 찍은 어린 나의 사진이 있었고, 처음 고아원으로 들어가던 때에 내가 지니고 있던 물건들, 망가진 손톱깎이와 구슬, 모자, 단추 같은 것들이 있었다.

무심코 그 상자 안을 뒤적이다가 나는 그것을 발견했다. 손톱만한 작은 당나귀, 주철로 빚은 당나귀였다. 그 당나귀의 어깨에 앙증맞은 날개가 한 쌍 달려 있었다. 아아, 나는 이것을 까맣게 잊고 살았다. 삼촌인지 오촌인지 알 수 없는 먼 친척 아저씨의 손에 매달려 기차를 탄 내가 수원역 구내에 버려지고, 역무원들이 나를 발견했을 때 내 목에 걸려 있던 목걸이의 장식이 그것이었다. 고아원에서 찍은 사진 속에서 어린 나는 그 당나귀를 만지작거리고 있었다. 당나귀 내력을 너 들어봐라 우리 님 가는 길에 당나귀 우리 님 오는 길에도 당나귀…… 순이 아비가 부르던 노래가 생각났다. 그 노래를 그보다 훨씬 오래 전에 들은 적이 있는지도 모른다는 생각이 들었다.

순이 아비는, 아니, 순이 아비인지 아닌지 끝내 확인할 수 없었던 그 사람은 순이를 화장한 바로 그날 종적을 감췄다. 순이의 공책에 적혀 있던 번호로 전화를 해봤으나 그런 번호는 없다는 안내원의 사무적인 목소리가 흘러나올 뿐이었다. 나는 더이상 그 사람이 궁금하지 않았다. 어쩌면 허공을 가는 당나귀를 찾으러 간 것인지도 모른다.

시장을 현대화하는 공사가 시작되어 가게를 철수하는 날, 나는 가게의 하수구 뚜껑을 떼어냈다. 늘 덮여 있었기 때문일까. 악취가 쏟아져나와 순식간에 가게 안을 가득 채웠다.

목구멍을 치받는 구역질을 참으며 나는 시커먼 하수구 구멍을 들여다보았다. 그 구멍 앞을 떠날 수가 없었다. 나는 내 부모를 모른다. 어린 시절 몇 년을 산 적이 있는 영주인지 성주인지 지명도 분명치 않은 소읍 근처의 산골이 어디였는지 알지 못한다. 나는 내 아내가 고아였는지 아니었는지도 모르고, 순이 아비가 정말 순이 아비였는지 아닌지도 모른다. 그렇다. 나는 하수구에서 태어났을 것이다. 하수구에서 살아왔고, 살아갈 것이요, 죽을 것이다. 가고 또 가도, 기대를 품고 창 밖으로 고개를 빼고 내다봐도 다가드는 역의 이름은 언제나 절망이나 멸시, 가난이 아니면 증오나 배신, 창 밖은 캄캄한 오리무중…… 하수구 구멍 따위가 새삼 역겨울 것이 무엇이랴. 가장 역겨운 것은 나 자신, 이놈의 누추한 연명이 아니냐. 문득 가게를 처음 열던 날 기쁨과 기대로 반짝이던 아내의 얼굴이 생각났고…… 눈물이 진땀처럼 비죽 흘러나왔다.

콸콸, 하수가 쏟아지기 시작했다. 나는 주머니에서 그 당나귀를 꺼내 하수구 구멍 깊이 던져버리고 가게를 나섰다. 시장을 빠져나와 횡단보도 앞에 섰으나 나는 문득 내가 갈 곳을 잃었다는 것을 깨달았다. 아무리 생각해봐도 갈 곳이 생각나지 않았다. 거리를 가득 메운 차들은 저마다 목적지를 향해 허겁지겁 치달려가고 있었으나, 나에게는 아무런 갈 곳이 없었다.

바뀌고 또 바뀌는 신호등을 얼마나 우두커니 쳐다보고 서 있었을까. 문득 순이가 한 말이, 그 표정과 함께 생생히 떠올랐다. 당신이야? 당신 맞아?

갈 곳은 여전히 생각나지 않았다. 그러나 적어도 내가 가지 말아야 하는 곳이 어디인지는 알 것 같았다. 그것만으로도 얼마나 다행이냐. 나는 횡단보도를 등지고 천천히 발을 떼어놓았다.

심연에서 비극으로

복도훈(문학평론가)

1

최인석은 그 동안 여러 작품집과 장편소설 등을 통해 유토피아
에 대한 강렬한 희구와 현실의 심연에 대한 탐사를 특유의 부정의
상상력을 통해 극적으로 보여준 작가이다. 이 점에 대해서는 새삼
강조할 필요가 없을 것이다. 최인석 소설의 주인공들에게 이곳,
현실에서의 삶이란 근본적으로 추방이다. 유토피아에 대한 그들
의 도저한 열망은 이로부터 솟아오른다. 이곳에서의 삶이 누추하
고 비루하면 할수록 이곳이 아닌 다른 곳에 대한 열망은 증가하
며, 이곳이 아닌 저곳에 대한 열망이 크면 클수록 이곳의 삶에 대
한 절망은 배가된다. 그 동안 최인석의 소설을 읽어온 독자들은
저곳을 유토피아로, 이곳을 절망의 장소로 명명하기에 이르렀다.

이러한 명명이 설득력이 있었다는 것은 그만큼 최인석 소설의 현실탐구가 치열했다는 증거였으며, 무엇보다도 인간이 인간에 대해 이리인 관계에 대해, 고통이 고통을 낳으면서도 쉽사리 화해를 유도하지 않는 현실의 적대(antagonism)에 대해 작가가 독보적으로 탐구한 결과이기도 했다.

그런데, 다섯 편의 중편이 묶인 최인석의 새 창작집 『목숨의 기억』을 읽다보니 최인석 소설의 가장 중요한 어휘에 속하는 유토피아 대신 희망이라는 단어를 자꾸 곱씹어보게 된다. 유토피아와 희망은 최인석 소설의 독자라면 얼핏 별다른 차이가 없는 어휘처럼 보일 수도 있다. 그러나 최인석 소설에서 유토피아가 철저히 그 부정항을 매개로 하고 있다면, 희망은 어떤 매개 없이 간접적으로 유추된다. 그것은 최인석의 소설적 탐구가 유토피아에 대한 탐색을 중단했다는 뜻은 아니다. 오히려, 유토피아에 대한 상상력 자체가 형질변환을 겪게 되었다고나 할까. 또는 이곳이 아닌 저곳에 대한 직접적인 형상화나 희구 대신 이곳의 삶에 대한 보다 깊은 침잠과 사색을 통해 희망을 넌지시 암시하게 되었다고나 할까. 잠시 이에 대해 더 생각해보는 것도 나쁘지 않으리라.

유토피아에 대한 열망은 그 상관항으로 그만큼 이곳, 현실에서의 삶에 대한 부정으로 이어진다. 그리하여 삶은 항상 이곳이 아닌 다른 곳, 저 너머에 있게 된다. 그렇게 될 때, 이곳에서의 삶은 무정형의 것, 헐벗은 삶의 '혼돈을 향한 한 걸음'에 지나지 않게

된다. 유토피아는 그것이 아무리 찬란하고 황홀하고 아름답더라
도 현실에 대한 증오 없이는 구성되지 않는다. 그러나 희망은 보
상을 바라는 것이 아니다. 사도 바울의 믿음, 소망, 사랑에 대해
철학자 알랭 바디우가 『사도 바울 : 보편주의의 정립』이라는 책에
서 해석한 것처럼, 희망이 보상을 바랄 경우, 그것은 반드시 타인
에 대한 미움과 증오를 수반하게 마련이다. 바꿔 말하면, 이곳에
서의 삶에 대한 부정과 증오가 남아 있는 한, 저곳에 대한 염원은
사실상 이곳의 일그러지고 전도된 거울상에 불과하다. 지금까지
의 최인석 소설이 이에 대한 치열한 탐색의 결과라고 한다면, 지
금 시점에서 그것은 유토피아적 열망에 내재한 모순이 스스로를
드러내기 시작했다는 증거이기도 하다. 이번 소설집에서 최인석
의 탐구는 그 동안 유토피아와 현실 사이의 부정변증법이라고 부
를 법했던 작가 특유의 상상력이 발휘되었다기보다는 삶과 죽음
이나 우연과 필연 등에 대한 본원석인 질문으로 이어진다는 점에
서 흥미롭다. 그것은 최인석의 소설적 탐구가 하나의 전환점에 이
르렀다는 증거로 보인다. 그것을 심연에서 비극으로의 전환이라
고 불러보자.

　현실에 대한 부정성의 열망은 유토피아적 제스처이면서도 동시
에 자칫 부정성 그 자체에 대한 자기 몰두적인, 퇴폐적인 탐닉으
로 이어질 수도 있다. 인간이 인간에 대해 이리인 근원적인 적대
에 맞서려는 부정의 정신은 폭력이 폭력을 낳는 악순환의 고리에

스스로를 집어넣을 수도 있다. 그 누구보다도 작가 자신이 잘 알고 있는 진실이기도 한 이 악순환은 최인석 소설이 가진 한계점이라기보다는, 적어도 이번 소설집에 비추어볼 때, 현실에 대한 치열한 부정의 정신이 하나의 전환점을 필요로 한다는 것에 대한 방증이다. 아마도 다음과 같은 니체의 유명한 금언은 최인석 소설의 주인공들이 그 동안 독자들에게 얼마만큼 매혹적인 존재들이었던가를 설명하는 동시에, 그들이 갖고 있는 인간조건과 세계에 대한 대응방식에 어떤 한계를 노출해왔는지를 암시하는 구절로 보아도 무방하다. "괴물과 싸우는 사람은 자신이 이 과정에서 괴물이 되지 않도록 조심해야 한다. 만일 네가 오랫동안 심연을 들여다보고 있으면, 심연도 네 안으로 들어가 너를 들여다본다."(프리드리히 니체, 『선악의 저편』) 어떻게 보면 최인석 소설에 내재한 가능성과 한계는 유토피아에 대한 그의 소설적 탐구가 방금 인용했던 니체의 저 원한(ressentiment)이라는 정념에 의해 추동되었다는 사실과도 무관하지 않다. 실제적인 반응이나 행동이 아닌, 상상의 복수로 정의되는 원한은 그 동안 최인석 소설의 주인공들을 사로잡았던 근본적인 정념이며, 90년대 중반 이후의 한국소설에서 원한을 통한 노예들의 카니발적 반란을 가장 극단적으로 몰고 간 작가가 최인석이었다는 것도 명백한 사실이다. 그런데 『목숨의 기억』에는 원한의 모습은 거의 없거나, 있어도 반성에 의해 겹으로 싸여 있다고 말해도 무방하다. 아이들의 존재가 그것을 가능하게 만

들었다. 『목숨의 기억』은 원한의 화염이 강렬하게 타오른 후 잠시
찾아온 텅 빈 적막과도 비슷하다.

2

　『목숨의 기억』에서 다른 무엇보다 눈에 띄고 두드러지는 특징을
꼽으라면, 그것은 그 동안 최인석 소설의 구조를 지탱한 유토피아
와 절망, 삶과 죽음, 행복과 불행, 이곳과 저곳 등의 이분(二分)이
그 자체로, 한꺼번에 의문에 부쳐지고 있다는 사실일 것이다. 구
체적으로 볼 때, 이 특징은 우선 소설의 주인공이 어른에서 아이
로 바뀌고 있다는 것과 어느 정도 밀접한 관계가 있다. 왜 어른이
아니고 아이인가. 우선 성장해가면서 자연(본능)으로부터 탈피하
고 문화(승화)에 가깝게 가는 존재로 어른을, 아직 자연과 문화,
본능과 승화가 서로 갈등하고 있을 때, 그 사이에 끼어 있는 어떤
존재로 아이를 정의해보도록 하자. 『목숨의 기억』 특유의 존재론
적 탐구, 삶과 죽음, 기억과 망각 등의 주제는 어른들의 형이상학
적 탐구주제라기보다는 아이가 말을 배우기 시작할 무렵에 떠올
랐다가 잊혀질, 그러나 평생 무의식 속에 각인되는 질문들이다.
그것은 자유와 운명, 우연과 필연이라는 비극 특유의 삶의 요소들
을 이룬다. 아이들은 생각한다. 유토피아와 절망 사이에, 삶과 죽

음 사이에, 행복과 불행 사이에, 기억과 망각 사이에, 이곳과 저곳 사이에 잊혀진 뭔가가 더 있다고. 『목숨의 기억』에 등장하는 최인 석 소설의 아이들은 이런 질문을 가능하게 만드는 존재들이다.

최인석 소설의 어른들, 정확히는 남자들은 심연에 매혹당한 존 재들이었으며, 동시에 심연을 거슬러 유토피아를 꿈꿨던 자들이 었다. 그들은 열망했으나 실제로는 절망한 자들이었으며, 좌절하 기 위해 꿈을 꾸는 자들이었다. 유토피아는 곧 원한이었으며, 원 한은 유토피아와 쌍둥이 자매였다. 최인석의 어른 주인공들은 근 본적으로 그 둘의 (악)순환에 사로잡힌 자들이었다. 사도 바울은 반문한다. 은혜를 받기 위해 죄를 지어야 하냐고. 유토피아를 실 현하기 위해 악을 정당화해야 하냐고. 메시아가 오기 위해 이곳은 반드시 타락한 소돔과 고모라여야 하는가라고. 혹시 최인석 소설 의 주인공들이 걸릴 법한 덫은 이런 것들이 아니었을까. 심연이란 그런 덫이 아니었을까. 최인석의 자전소설 주인공인 최보(崔甫)는 이렇게 질문을 던지는데, 그 질문은 꿈과 현실, 오늘과 내일, 여기 와 저기를 여전히 맴돌며 순환한다. "꿈 때문에 더욱 세상살이가 힘드는데도 불구하고 어째서 사람들은 끊임없이 꿈을 꾸는 것일 까. 어째서 오늘이 아닌 것을, 여기가 아닌 것을, 오늘 여기 사는 자기가 아닌 것을 상상하는 것일까."(「소설가 최보(崔甫)의 어제, 또 어제」, 『나를 사랑한 폐인』, 문학동네, 1998, 94쪽) 이러한 질문이 익시온의 수레바퀴처럼 돌리면 돌릴수록 더욱더 소용돌이 속으로 빠져드는 어른들의 것이라면, 아이의 질문은 그보다 단순하면서도 더 원초적이다. 왜냐하면, 아이는 어른이라면 희미해지거나 잊혀진 자연과 문화(제도), 또는 본능과 승화의 문제를 한꺼번에 제기하는 존재들이기 때문이다. 아이들이 성숙하다거나 그 반대로 유치하다는 것은 그들이 본능을 승화시키는 문화(제도)에 진입했다는 증거 이외에 다른 어떤 것도 아니다.

예컨대 가족을 보자. 레비스트로스의 말처럼, 아이에게는 두 명의 부모가 있다. 하나는 아이를 낳은 생물학적인 부모이며, 다른 하나는 아이를 키운 문화적인 부모이다. 아이에게는, 그리고 부모에게도 이 생물학적인 부모와 문화적인 부모의 구별은 사실상 불가능하다. 아마도 문학사상 최초의 아이였을 오이디푸스, 그리고 마르크스의 말처럼 아이의 예술이었던 그리스 비극이 부딪힌 문제는 바로 이 둘의 구별 불가능성이었다. 오이디푸스는 수수께끼, 또는 예언('네 아비를 죽이고 네 어미와 동침할 것이다')에 시달리다가 실제로 예언을 실현하고 파멸을 당한다. 피하려고 했지만, 아니 피하려고 했기 때문에 예언은 실현되고 만다. 그는 애초에 신탁의 예언에 의해 자신의 생물학적인 부모로부터 버림받아 키워진 존재였다. 오이디푸스는 예언을 통해 가족을 근본적으로 우연적인 것으로, 교환 가능한 '문화'로 경험했지만 나중에 그 예언으로 말미암아 '자연', 즉 생물학적인 필연성과 맞닥뜨리게 된다. 오이디푸스가 겪은 근친상간은 성과 금기, 자연과 문화의 분할이 한꺼번에 의문에 부쳐지는 자에 대한 명명인 것이다. 근친상간은 그것이 금기인 한에서 자연은 아니지만 본능인 점에서 문화도 아니다. 정확히 말하면, 그것은 금지되면서 욕망할 만한 것이 되며, 욕망하게 되면서 금지된다. 근친상간의 수수께끼를 운반한 말(言語) 또한 아이에게 근친상간만큼이나 양가적이다. 말은 사물을 죽이거나(아버지) 범하면서(어머니) 동시에 흔적으로 그것을 운반한다. 최초의 아이 오이디푸스는 본능과 승화, 자연과 문화의 잃어버린 고리를 묶는다는 점에서, 어떻게 보면 괴물과도 같은 존재다. 괴물이라고 했지만, 그것은 이전의 최인석 소설의 원한에 사로잡힌 야수들과는 무관하다.

　『목숨의 기억』에서 아이들은 생물학적으로 나이가 어린 아이들이 아니다. 그들은 특별히 똑똑하거나 성숙해서 그런 것이 아니라 우연찮게도 뭔가를 보았거나 부모의 속삭임을 한 귀로 엿듣거나 하면서 어떤 근원적 질문에 사로잡힌다. 「그림자들이 사라지는 곳」에서 그것은 삶과 죽음 사이에 가로놓인 어떤 불가사의한 영역에 대한 것이며, 「목숨의 기억」과 「달팽이가 있는 별」에서는 가족이라는 제도의 필연성에 대한 의문이다. 「미미와 찌찌」그리고 「내님의 당나귀」에서 아비는 갑자기 나타나 자신이 아비라고 주장하는 존재들이다. 그럼 이 아비는 내 아비가 맞는가. 이 모든 의문들에 대한 답은, 없다고 보아도 무방하다. 비극은 이 근본적 수수께끼에 대한 이러한 답 없음에서 시작된다. "낱말보다 낱말 뜻풀이가 더 어려운 것이라는 사실을 처음 배운 것"(61쪽)은 전적으로 아이 때의 일인 것이다.

1) 나의 무엇이 그런 것을 보아냈을까? 분명 나의 의식은 아니다. 나의 예감? 본능? 아니다. 의식도, 예감이나 본능도 누구에게나 있다. 나는 그때 목을 매달지 않았다뿐, 삶과 죽음 사이의 경계 어딘가에 몸을 걸쳐놓고 있었던 것은 아닐까. 그런 나의 애매한 존재 자체가 틈이 되어 그들이 나에게 다가올 수 있었던 것은 아닐까. (……) 죽음의 영역에는 시간이 존재하지 않아 어제와 오늘, 과거와 미래가 뒤엉켜 있는 것일까. 만일 그렇다면 나 자신 역시 그 너머 어딘가에 벌써 존재하고 있었을 것 아닌가.(「그림자들이 사라지는 곳」, 52쪽)

2) 나는 할애비와 할미 손에서 컸다. 아비와 어미에 대한 기억이 거의 전혀 남아 있지 않았으므로 나는 초등학교에 입학할 때까지도 할애비와 할미를 아버지 어머니라 불렀다. (……) 할애비가 꾸중과 함께 앞으로는 절대로 아버지 어머니라 부르지 말라고 엄명을 내린 것은 내가 초등학교에 입학하던 당일이었다.

그날 많이 운 기억이 난다. 그들을 아버지 어머니라 부를 수 없다는 것이 나에게는 마치 아비 어미를 다시 한번 잃는 것처럼 여겨졌던 모양이다. 어쩌면 그들이 나에게 아비 어미가 되어주기를 거

절하는 듯 여겨졌던 것인지도 모르겠다. 아무튼 나는 아주 섧게 울었다.(「목숨의 기억」, 57~58쪽)

3) 이 세상 전체가 하나의 커다란 불가사의라는 것을 한순간에, 몸이 반동강이 나는 것 같은 충격과 더불어 깨달았다. 이 세상도, 여기 사는 사람들도, 아비도, 그 자신도 이해할 수가 없어졌다. 어째서 이렇게 살아야 하는 것일까. 어째서 이렇게 사는 것인가. 아비는, 또한 나는 어째서 이렇게 사는 수밖에 없는 것인가. 어째서 저 사람들은, 이모는, 저 청소부는…… 저렇게 사는 것인가.(「미미와 찌찌」, 159~160쪽)

4) 아버지 어머니는 왜 같이 살기 시작했을까? 왜 나를 낳았을까? 나는 그들의 자식으로 태어난 것이 전혀 마음에 들지 않았다. 도대체 왜 사람들은 하필이면 결혼이라는 것을 할까? 왜 아이를 낳을까?(「달팽이가 있는 별」, 196쪽)

의문문의 형식을 갖추고 있거나 의문에 처한 상황을 설명하는 위 인용문들은 어떻게 보면 부모라는 타자와 직면했을 때, 또는 그들과 세계 자체가 하나의 수수께끼로 다가올 때 아이가 던질 법한 질문들의 목록이자 원형이다. 아이들은 의문투성이인 이 질문들을 맞아 깊이 생각에 잠기거나 당혹스러워 그저 울거나 반문을 되던진다. 그것은 「그림자들이 사라지는 곳」에서 그렇듯 '나'의 한평생을 따라다닌다. 그 각각에 대해 설명해보자.

1) 이곳과 저곳, 부정적 현실과 유토피아를 분할해왔던 최인석 소설의 상상력은 이제 분할 그 자체를 분할한다. 「그림자들이 사라지는 곳」에서 주인공 '나'를 사로잡고 있는 삶의 의문은 "삶과 죽음 사이의 그 엄중한 격리가 간혹, 미농지처럼 얇아지거나 희미해지는 순간"(10쪽)이 있다는 불가사의한 진실이다. 첫째 인용문은 '나'의 할미가 돌아가셨을 때, 네 살 무렵의 '나'가 곡(哭)을 하던 고모가 손님이 오자 아무 일 없었던 듯 손님을 맞는 장면을 목격한 전후로 일어난다. 죽음은 삶과 분리된 어떤 것이 아니라 이미 삶 속에서 다스려지는 것이라면, "죽은 자와 죽지 않은 자가 교류하는 현장"(39쪽)을 보는 일도 더이상 불가능하지만은 않다. 가족이 완전히 붕괴된 고등학교 시절, 완벽히 홀로 남겨진 '나'는 자살하기 직전에 친구인 성환과 상준을 만난다. 그러나 나중에 알고 보니 그때 보았던 성환은 이미 자살한 지 한참 지난 뒤였으며, 그만큼 놀라웠던 사실은 당시 상준의 복장이 사 년 후에 죽은 상준의 복장과 완전히 일치했다는 점이다. 한 사람에게 죽음은 '나'의 과거였으며, 다른 사람에게 죽음은 '나'의 미래였던 것이다.

2) 불가사의한 일들은 이것만이 아니다. 세계는 수수께끼를 가져오는 곳이 아니라, 세계 그 자체가 수수께끼이다. 「목숨의 기억」의 인용문은 할애비 할미를 아버지 어머니로 부르지 못하게 금지

시키자 '나'가 당혹스러워하는 장면이다. 인용문에서 추출할 수 있는 핵심적인 전언은 자신이 가족에서 교환된, 전적으로 우연적인 존재라는 것이다. 가족이라는 자연과 문화의 연속에서 정체감을 느끼던 '나'는 그것들이 서로 분리되는 순간을 견딜 수 없었던 것이다. 이 부조리는 후에 자신의 집을 찾아온 어머니로 짐작되는 한 여인의 형상과 조우하면서 더욱 증폭된다.

3) 아이에게 삶의 우연성과 부조리는 자명하게 여겨졌던 제도(가족) 그 자체가 한순간에 의문에 부쳐질 때 강렬하게 느껴진다. 「미미와 찌찌」도 마찬가지이다. 이모부와 이모 집에서 쪽방 거리로, 쪽방 거리에서 교도소 감옥으로, 감옥에서 거리로 나아가는 어린 앵벌이들은 아비에게는 자식이 아니라 돈을 벌어오는 노동력 상품일 따름이다. 앵벌이에게 가족은 삶의 우연성과 부조리가 돈과 교환되는 시장에 다름아니다.

4) 가족이라는 형식을 그럴듯하게 유지하는 어떤 가정조차도 사실은 행복과 안정을 돈으로 사고파는 장소에 지나지 않는다. 이제 가족은 바보천치인 영득이를 삼청교육대에 팔아넘긴 덕택으로 어머니와 공모한 아버지가 개인택시 면허를 취득하고 행복하게 삼겹살을 구워먹는 곳이다.

『목숨의 기억』에서 가족은 그 제도의 우연성이 노출되는 장소이며, 아이는 이 우연성을 체현하는 존재이다. 어떻게 보면, 이러한 해석은 최인석의 이전 소설에서 또다른 아비와 어미를 꿈꾸면서 세상을 부정하던 업둥이적 주인공들이 출현하게 된 원인을 설명해주는 동시에[1] 삶이 그 출발부터 비극의 씨앗을 내포한다는 피할 수 없는 진실이기도 하다. 심연의 알레고리보다 암담한 것이 비극이다.

3

물론 『목숨의 기억』의 어떤 소설에는 최인석의 이전 소설에서 보여준 유토피아에 대한 염원과 탐구의 강렬함이 여전히 남아 있는 듯하다. 표제작인 「목숨의 기억」에서 실종된 아버지의 친우이자 아버지와 거의 동일시되는 인물, 남파간첩이었던 빵떡모자 뺑덕이 아저씨가 작곡했던 노래는 최인석 소설의 독자들이라면 한번쯤은 접해봤을 유토피아적 형상에 대한 변주곡이다. "저 산 너머 저 구름 너머 아직 내가 태어날 곳이 있다 저 뻘을 지나 저 골

---

1) 가령 다음과 같은 구절이 그렇다. "적어도 나의 별에서는 영득이와 제주도 신부는 행복하고 즐거웠다. 영득이는 얼마든지 노래를 부를 수 있었고, 얼마든지 소주를 마실 수 있었으며, 그들을 방해하는 사람도 없었다. 알 수 없는 일이었으나 나는 원래 제주도 신부는 영득이의 색시였을 것이라고 믿었다. 무엇인가가 그들의 운명을 비틀어놓았다. 그리하여 그들은 이제 신랑과 신부가 아니라 미친놈과 남의 아내로 만나는 처지가 되고 만 것이다. 어떤 사악한 마술의 힘, 혹은 간교한 왕의 계략이 그들의 운명을 시궁창에 떨어뜨린 것이다."(「달팽이가 있는 별」, 203쪽)

짜기 너머 아직 우리 태어날 땅이 있다 지금만이 아니다 여기만이
아니다 언젠가 언젠가 저기 저 너머 내가 살 곳 내 꿈이 살아 있는
곳……"(69쪽) 더 구체적으로 그곳은 이렇게 묘사되기도 한다.
"사람들이 꽃만 먹고 산다. 밥도 고기도 안 먹는다. 꽃만 먹는다.
(……) 사람이 채송화하고도 풍뎅이하고도 얘기를 하고, 단풍나
무하고도 호랑나비하고도 사랑을 하고 결혼을 한다."(95쪽) 그러
나「목숨의 기억」에서 유토피아적 충동은 직접적으로 표출되기보
다는 반성적 사유의 겹에 의해 둘러싸여 있다는 점에서 이전의 최
인석 소설의 유토피아에 대한 열망과는 차이가 난다. 최인석 소설
에서 유토피아적 형상은 언제나 선지자, 예언자의 목소리와 함께
그려졌다. 그러나 이번 소설집에서 유토피아는 어둠에 휩싸여 있
다. 형상은 금지된다. 형상은 사실상, 우상숭배이기 때문이다. 메
시아가 도래하기를 기다리던 자들은 그들이 견디어내야 할 오랜
시간을 참다못해 황금송아지를 만들고 숭배하기 시작했던 것이다.
　아버지의 흔적을 확인하기 위해 뺑덕이 아저씨가 있는 곡성의
황금연못, 금지(金池)로 찾아간 '나'는 아저씨로부터 다음과 같은
말을 듣는다. "어둡냐?"고.

　"이놈의 게 다…… 내가 토해놓은 어둠 같구나. 어디 나만 토했
겠냐. 니 애비도 토했을 것이고, 니 할배랑 할매도 토했을 거고, 너
도 토했겠지. 공화국에 있는 내 새끼들이랑 마누라도 토했을 것이

고…… 숨을 토할 때마다 시커먼 어둠이 뭉클뭉클 쏟아져나오는 것 같지 않드냐? 매일매일이 그렇드라. 순간순간이 그렇드라. 감옥소 안이나 밖이나 다를 게 없드라.”(102쪽)

왜 어둡다고 말할까. 그것은 지금까지 최인석 소설에 내재한 두 가지의 근원적 충동, 유토피아에 대한 열망과 현실의 심연에 대한 탐구가 가진 어떤 한계에 대한 반성적 성찰에서 연유한다. 유토피아는 그것이 말해질 수 없다는 점, 그려질 수 없다는 점, 그래서 그것이 하나의 현실과 직접적으로 동일시되는 한 재앙을 낳는다. 뺑덕이 아저씨의 공화국의 삶도, 아마도 그 모델이 되었을 법한 스탈린주의도 돌이켜보면 역사라는 이름으로 모든 것을 단죄하던 유토피아적 열망이 초래한 대재앙이었다. 그것이 유토피아라면, 어둠도 괜찮고 심연도 허용된다. 지난날 대문자 역사는 혹시 그런 것들이 아니었을까. 거기에, 이 현실이 근본적으로 어둠이며 감옥인 한, 모두가 그것에 대해 책임이 있는 것은 아닐까. 할아버지의 말처럼, 이 모든 것을 초래한 “사람만한 괴물”(90쪽)은 달리 없는 것이다. 황금연못, 금지(金池)는 금지(禁止)된 곳, 금지(禁地)이다. 그렇다고 유토피아가 정녕 포기될 수 있을까. 그것을 희망이라고 바꿔 불러보면 어떨까.

「내 님의 당나귀」와 같은 탁월한 소설에서 환기되는 어떤 피로감도 아마 이와 관련이 없지 않을 것이다. 하늘을 나는 당나귀와 하수구의 검은 진창이라는 대립항이 맞서는 이 소설의 구성방식은 최인석 소설 특유의 상승-하강 벡터적 상상력이 유감없이 발휘된 경우라고 할 수 있다. 모든 것을 잃고 홀로 거리에 나선 '나'의 마지막 독백, "적어도 내가 가지 말아야 하는 곳이 어디인지는 알 것 같았다"는 소설의 마지막 구절이 주는 먹먹함은 어떻게 보면 희망의 다른 이름처럼 들리기도 한다.

「내 님의 당나귀」에서 둘 다 고아인 '나(안중호)'는 아내인 김순이와 함께 "하수구 냄새가 더 지독한지, 돈냄새가 더 지독한지 한 번 두고 보자, 하는 심산"(227쪽)으로 시장통의 하수구가 있는 장소에 튀김집을 열어 악착스럽게 돈을 번다. 그러던 중에 교통사고가 나며, 아내는 전신불수에 식물인간 상태로 병원에 누워 있게 된다. 그때, 아내의 아비라는 낯선 사내가 전화를 하고 '나'를 찾아온다. "잘 봐주면 주정뱅이, 험하게 보면 도깨비의 형상"(235쪽)인 순이 아비는 그 동안 순이가 몰래 부쳐주던 용돈을 마저 내놓으라고 '나'를 협박한다. 이 아비의 정체는 누구인가. 소설은 주인공이 아비의 음성을 처음 들었을 때 "그것은 단순히 순이 아비의 음성만이 아니었다. 그보다 훨씬 더 자주, 훨씬 더 가까이에서 들은 적이 있는 음성이었다. 어디서 들은 적이 있는 것일까?"(237쪽)라고 의문을 던지고 있다.

이미 암시되었겠지만, 순이 아비는 '나'의 분신과도 같은 존재이며, '나'가 감히 하지 못한 일들을 '해버리는' 존재이다. 그는 평상시 무기력한 '술주정뱅이', 무능한 아버지처럼 보이지만 곤란하고도 처치하기 어려운 일이 생길 때에는 '도깨비'처럼 모든 것을 해결하는 위력적인 초자아와 비슷하다. 한편 순이 아비의 목소리가 이렇게 속삭인다는 점에서 그는 화폐-신과도 같은 존재다. "널 니 주인으로 만드는 건 돈밖에 없어, 돈."(239쪽) 순이의 병실을 옮겨주고 회생불가인 순이의 장기를 팔라고 권유하는 자도 순이 아비이며, 가게 터를 회생시키는 것도 결국 그이다. 그렇지만 '나'가 아비에게 의존하면 할수록, '나'는 자기 자신과 멀어져간다. "나는 누구인가? 나는 도대체 누구인가?"라는 질문은 '나'가 직면한 이러한 곤궁과 교착상태의 증거다. 그러나 결말에서 '나'는 순이 아비가 경영하는 질서와 손을 끊는다. 그것은 결국 "거래"(249쪽)에 지나지 않았기 때문이다. '나'는 자신의 삶을 이뤘던 기반을 모두 잃어버리는 방식으로 아비와 결별한다. 그러나 동시에 순이 아비 역시 '나'의 면전에서 사라진다. 당나귀 모형을 하수구에 던져버리는 '나'의 상징적 행위는 순이 아비와의 짧지만 괴로웠던 악연을 끝내는 제스처이다. '나'는 모든 것을 잃어버린 것처럼 보인다. 오히려 순이-아비와의 인연을 끊고 난 다음에 '나'에게 찾아오는 것은 먹먹한 홀가분함과도 비슷하다. 그것을 희망이라고 부르는 것은 어려운 일일까.

확실히 최인석의 『목숨의 기억』은 이전의 소설들에 비해 유토피아에 대한 염원이 강렬하게 느껴지지는 않는다. 그만큼 현실의 부정성에 대한 치열한 탐구도 덜한 인상을 준다. 그러나 그것은 순간적인 인상에 의거할 때 그럴 뿐이다. 이러한 인상은 우려될 만한 것도 아니며, 그것을 최인석의 소설적 탐구가 특유의 장기를 잃었다는 증거로 보아서도 곤란하다. 오히려 최인석의 이번 소설집은 작가가 책상에 놓아두고 참조하고 인용할 법한 책인 블로흐의 『희망의 원리』, 그리고 그와 상반되는 푸코의 『감시와 처벌』 중간의 어디쯤에 있으면서 또한 그 어디에도 속해 있지 않다. 작가의 탐구는 심연에서 비극으로 이동했지만, 사실 비극은 심연보다 더 암담하고 어둡기만 하다.

어두운 전조(前兆)라는 말이 있다. 우뢰가 내리치기 전에 하늘이 잠시 환해지는 모습이다. 우뢰의 예감인 이 어두운 전조는 생성의 잠재적 공간이며, 도약 이전의 움츠림과 비슷하다. 블로흐가 말했듯이 예감은 언제나 땀을 쥐게 한다. 그것은 시간의 주름이며, 꿈들의 겹침이다. 「목숨의 기억」의 할아버지가 다음과 같이 말했듯이. "사람은 때가 되면 죽어 사라지지만, 그가 꾼 꿈은, 그것이 아름답고 지극한 것이라면, 결코 사라지지 않아, 꽃씨처럼, 또다른 자리에, 또다른 사람의 가슴에 떨어지고, 그렇게 꿈으로, 꿈으로 이어지다가 언젠가는 피어나는 것 아닐까."(97쪽) 최인석의 『목숨의 기억』을 읽는 것은 밤하늘에 우뢰가 내리치기 전에 찾아오는 이 어두운 전조를 음미하는 것과 참으로 닮아 있다.

나의 작은 새

북한이 핵실험을 했다니까 내 술잔에 낙진(落塵)이 가득한 것
같다.

뉴요커의 브랙퍼스트 토스트에는 낙진이 수북하려나.

베이징 사람의 월병이나 모스끄비치의 보드까 잔에도.

스스로를 마취시키지 않고는 잠들 수 없는 날들이 여전하다.

간밤 꿈에는 하늘이 사기접시처럼 깨어지는 것을 보았다.

치욕이 창 밖에서 기웃거리는 아침

하늘은 짱짱하구나,

도화살 긴 년 눈초리같이.

새 한 마리 그�

눈 속에서 가까스로 날고 있다.

새, 세상에서 제일 작은
동전보다 작은 나의 새.

2006년 늦가을 慕遠齋에서

최인석

문학동네 소설집

목숨의 기억

ⓒ 최인석 2006

초판인쇄 │ 2006년 11월 23일
초판발행 │ 2006년 11월 30일

지 은 이 │ 최인석
펴 낸 이 │ 강병선
책임편집 │ 조연주 김송은
펴 낸 곳 │ (주)문학동네
출판등록 │ 1993년 10월 22일 제406-2003-000045호

주   소 │ 413-756 경기도 파주시 교하읍 문발리 파주출판도시 513-8
전자우편 │ editor@munhak.com
전화번호 │ 031) 955-8888
팩   스 │ 031) 955-8855

ISBN 89-546-0255-X 03810

✽ 이 책의 판권은 지은이와 문학동네에 있습니다.

  이 책 내용의 전부 또는 일부를 재사용하려면 반드시 양측의 서면 동의를 받아야 합니다.

✽ 이 도서의 국립중앙도서관 출판시도서목록(CIP)은 e-CIP 홈페이지(http://www.nl.go.kr/cip.php)에서

  이용하실 수 있습니다.(CIP제어번호: CIP2006002578)

www.munhak.com